乡土 中国记忆

吕峰 著

梦里天堂——
一城一景一味

山西出版传媒集团

北岳文艺出版社

图书在版编目（CIP）数据

梦里天堂 / 吕峰著. - 太原：北岳文艺出版社, 2017.4（2025.4重印）
ISBN 978-7-5378-5018-6

Ⅰ. ①梦… Ⅱ. ①吕… Ⅲ. ①游记 - 作品集 - 中国 - 当代 Ⅳ. ① I267.4

中国版本图书馆CIP数据核字（2016）第 323962 号

书名：梦里天堂	策　划：商爱欣	责任编辑：史晋鸿
著者：吕　峰	书籍设计：赵廷宏	印装监制：巩　璠

出版发行：山西出版传媒集团·北岳文艺出版社
地址：山西省太原市并州南路 57 号　邮编：030012
电话：0351-5628696（发行部）　0351-5628688（总编室）
　　　0351-5628695（编辑室）　传真：0351-5628680
网址：http://www.bywy.com　E-mail：bywycbs@163.com
经销商：新华书店
印刷装订：三河市天润建兴印务有限公司

开本：660 毫米 ×960 毫米　1/16
字数：167 千字　印张：15
版次：2017 年 4 月第 1 版
印次：2025 年 4 月河北第 4 次印刷
书号：ISBN 978-7-5378-5018-6
定价：49.80 元

自序

相遇，都是久别的重逢

我是一个有着烟霞之癖的人，也是一个喜欢在路上的漫游者。虽然生命对于每个人来说只有一次，行走却使生命的枝头缀满葱郁的绿意和芬芳的花朵。我喜欢以自己的脚步去感受所际遇的一切，我喜欢乘着风，沐着雨，行至山水，坐看云起，感风吟月，观山听雨，念人怀古……

古人曾云"读万卷书，行万里路"。在我看来，"万里路"正是鲜活的"万卷书"。地理不仅仅是自然的风景，而且是一种历史，一种人性和生存的氛围，一种对生活和祖先的纪念，一种心心相印、休戚相关的情怀。地理书上的山脉、湖海、车站、码头，历史书上的名城、古都、关隘，都可以在行旅中一一得到印证。可以说，四海为家，荡舟五湖，去领略山光水色是每个人深藏心底的浪漫梦想。日日忙碌于滚滚红尘中，穿梭于车水马龙间，人流如潮中的你有没有想过到一个美丽的地方去？到一个美丽的地方去体验一种前所未有的感受？

在纷繁的事物中，与生活进行一个短暂的吻别，给烦劳的精神告一个短假，就足以在生活之外，让心灵得以憩息，让精神走得更远。《梦里天堂：一城一景一味》是一本提倡享受旅行的书，记录了我背着行囊游走的独特感悟。在工作之余，我带着相机、带着一颗流浪的心，一路走走拍拍，记录了一个个精彩的瞬间，也讲述了旅行途中所际遇的名山大川、古城名都、四方吃食和对逝去生活的怀想,以及行走中的点点滴滴,虽然不太成熟,却是心灵的真实反映。

一路行来,既完成了现实世界里的位置移动,又进行了历史时空中的思想驰骋。我不仅珍惜在路上的每一天、每一分、每一秒,而且更加珍惜际遇的每一座城、每一处建筑、每一个人……因为那许许多多的过客,我的行旅充满了温馨、充满了温情。虽然有的擦肩而过了,更多的却是有所交集并成为朋友。闲聊时,常会引发一些感人的故事。比如一位朋友,出门时总会带一箱的东西走,然后沿路和异域的友人交换,所以那些带回来的纪念品都会让他回忆起当时的地点、人物、情境。有一个朋友喜欢捡东西,他常在不同的地方捡拾当地特色的东西,而这些琳琅满目的物品都等于是那些城市记忆的标签。

印象最深的是在乌鲁木齐的大巴扎吃手抓饭时,我遇到了一位维吾尔族老汉。他那风尘仆仆的样子,让我觉得自己和他是那么的相像,于是我们开始费力地交谈起来。他教我用小刀如何细致地剔出肉,看着我的动作,他满意地点着头,重复着每一句我能听懂的话,消磨着彼此的时光。看着他在热风中一飘一飘的白胡子,我不禁想起了我的祖父。在那一刻,我好像是和远在天堂里的爷爷交谈。虽然在那一顿饭之后,我们就会各奔东西,可是却丝毫不影响我们的交流,就像一句诗所说的一样"世间所有的相遇,都是久别的重逢"。

在外出旅行的时候,我还喜欢光顾当地的杂货店。对那些一见钟情的,特别对口味、对心情的,都会欢欣无比地买回去,有时是一个布娃娃,有时是一个茶杯,有时是一个陶罐,有时是一张书签……地图也是我爱收集的,尤其是我自己用过的城市地图。我曾经旅行过数百个大城小镇,而这些我曾经踏上足迹的地点,拥有我许多青春岁月的回忆,所以那一页页的地图就成了一段岁月的见证。每次看着收集的地图，都像走进一趟时光隧道的旅行，那些旧地图不仅是空间的，还是时间、记忆、情感的存在。

在写本书的过程中，那些曾经邂逅的朋友也给我提供了无私的帮助，如苏白、费青、巴陵、朱天纯等诸多师友，为本书增色不少。对此，我是心怀感动的，也是心怀感激的。记得我在向费青兄表示感谢的时候，费青兄曾说，"我帮助你，没什么要求，只是希望你能够将助人这种美德传递下去，当有人需要你帮忙时，能够伸出援助之手！"这可能就是一种达者兼济天下的胸怀吧！在感动之余，我也告诫自己，一定要做一个"授人玫瑰，手有余香"的人，这也是这本书给我带来的最大的收获吧！

"山一程，水一程，身披天涯万里尘。"虽然旅行有时候很辛苦，却是一种独特的经历，是一种对时间和生命的致敬，是一种熨烫灵魂的享受。所以，让我们一起来享受在路上的生活吧，放慢生活的脚步，找到一种最朴素、最纯粹的幸福。

目录

倾城之恋　001

北京·长城　002
南京·昆曲　005
上海·张爱玲　008
海口·海瑞墓　010
厦门·鼓浪屿　013
合肥·包公园　016
济南·泉水　018
扬州·瓜洲古渡　021
青州·范公祠　024
成都·茶馆　026
延安·黄土　029
威武·诗词　031
门源·油菜花　034
称多·歌舞　037
东莞·袁崇焕纪念园　039
宜兴·紫砂壶　041

045	**梦里天堂**
046	云南·丽江
049	北京·什刹海
052	南京·寺庙
055	闽南·土楼
057	苏州·巷陌
060	广西·桂林
062	青岛·老房子
065	皖南·古村落
067	山城·重庆
070	浙北·西塘
073	北海·涠洲岛
075	嘉兴·乌镇
078	西北·胡杨林
080	内蒙古·乌兰布统草原
083	常熟·沙家浜
086	安徽·黄山

| **追踪前贤** | **089** |

大禹・大禹陵	090
孔子・观道亭	093
荆轲・易水河	095
屈原・汨罗江	098
虞姬・虞姬墓	100
王昭君・青冢	103
李白・采石矶	105
薛涛・薛涛墓	108
柳永・纪念馆	111
陆游・沈园	114
秦观・秦龙图墓	117
李香君・媚香楼	120
李渔・芥子园	122
纳兰性德・纪念馆	125
秋瑾・轩亭口	128
萧红・故居	131

| 135 | **跋山涉水** |

136	舟山・普陀山
139	安庆・天柱山
141	鹰潭・龙虎山
144	福建・武夷山
147	湖南・张家界
150	十堰・武当山
153	温州・雁荡山
156	焦作・云台山
158	镇江・北固山
161	杭州・西湖
164	南京・秦淮河
167	南宁・德天瀑布
170	无锡・太湖
173	兰州・黄河
175	永嘉・楠溪江
178	布尔津・喀纳斯湖

| 四方吃食 | **183** |

北京·涮羊肉	184
四川·回锅肉	187
云南·米线	190
新疆·手抓饭	193
滇西北·琵琶肉	195
南京·芦蒿	198
西安·羊肉泡馍	201
徐州·椒子酱	204
镇江·肴肉	207
眉山·东坡脡	209
黄山·臭鳜鱼	212
沛县·狗肉	215
杭州·龙井茶	218
诸暨·豆腐羹	220
太行山·柿子	223
承德·板栗	226

【倾城之恋】

北京·长城

  长城是人类文明进程中所表现出来的智慧与美的代表，是一部经过两千多年风雨击打，积淀了厚重文化的历史巨书。在它巨大的背景中涌动着一连串感人至深的故事，以及一连串让后人赞叹不绝的文字。这些故事和文字时时透露出斑斓的色彩，彰显着激烈动荡的力量。很早，我便在描绘它的诗文中以及孟姜女哭长城等故事里沉醉，便想变作那风景中的一只鸟、一株树，静静地守望它、感悟它。

  第一次登上向往已久的长城是在一个风有些冷的春日。抬眼望去，黄褐色的山岭上，长城盘旋着，宛若蛰伏蜿蜒的游龙，沿着山势的走向延伸，或隐隐约约，或高高低低，或宽宽窄窄，连绵起伏在重峦叠嶂之中。在流泻的阳光下，它的身躯散发出银灰的色泽，安详中潜伏着几许青铜的坚韧与古朴。那一往无前的气势击打着我的胸膛，让我热血沸腾，让我有一种抑制不住地想流泪的感觉。在那一刻，我对长城有了一种无法抗拒和割舍的爱。以至于在后来的日子里，每当我想起它，我的心头就会涌起波澜壮阔的风景，我的灵魂就会感到惊心动魄的震撼。

  登临长城，人头攒动，步伐矫健的男子，裙裾飞扬的女郎，活蹦乱跳的孩童，碧眼金发的外国友人，这些行色匆匆的游客，共同构成了长城的驳杂与和谐。虽然游人如织，可是他们一旦踏上长城的台阶，却奇怪地失去了在其他景点很容易形成的喧嚣，变得寥落而又渺小，甚至一群人的喊声也激不起多少的回音，原因是群山太茫阔，长城太凝重。很多人朝八达岭的制高点爬去，我犹豫了片刻，终于反其道而行之，朝另一边攀去。这边的山峰比较高，并且有着优美奇险的起伏。长城铁骨钢筋的身躯舞动出极有韵致的曲线，似被时光冻结的冰川，又仿佛躬身待发的蛟龙，正在春阳下一点一滴地复苏、一鳞一甲地扭动。

在我看来，沿着长城向上攀登，就是沿着时光溯流而上，就是去感受许多渗透着历史沧桑、惊天动地的故事，就是去感受无数砌入了长城之中的生命，如秦朝的蒙恬、孟姜……两汉的卫青、霍去病……明朝的徐达、戚继光……他们传递给我们的是人性的深切和神圣，让后来者可以撷拾曾经的苦难和艰辛、奉献和牺牲、收获和教训。走着走着，仿佛走进天荒地老的岁月，走进历史的拐弯处，左顾右盼却很难分辨历史的尽头，心里顿时生出一种神秘感。走着走着，我仿佛感受到了古人的呼吸，看到了无数的脸在风中浮现。

越往高处走，风越大、越冷，让人觉得阳光还没有落下来，就好似已隔在千年之外。当我站在高高的烽火台上，回首来路，禁不住惊出一身凉汗。山极陡，长城也极陡，风很硬，在耳畔呼呼作响，声如扯锯，便有了一份苍古的感觉。长城确是苍古，由于年代久远，加上风吹日晒雨水侵蚀，有的已呈残颓之势，有的城垛裂出胳膊粗的缝隙，但它仍然朝迎东方日出，暮送荒野落日，形成了一道独特的景观，真实地记录着并向我们述说着那段历久弥新的历史，提醒人们不要忘记过去。

站在长城上，历史再也不是抽象的空间，再也不是看不见摸不着的了，它是历史生命的延续，为已死亡的历史灌注着生命的气息，让我们通过它感受到那早已远逝的灯光和战火。一眼望过去，许多砖石似乎要腐朽了，不少地方露出一些缺口。但它有一种坚强的意志，显出不畏惧一切的神气。在一个高处往下看，长城像是一条细窄的带子，薄弱得似乎经不起一丝微风，然而却露出一种顽强的精力，那样无终无尽地延长，爬上高险的山，不在乎地越过去，又徐徐降落在阔深的谷底，吐一口气，又昂头纡曲地走向无尽，真是固执的惊人。

所以，站在长城的城墙上，看着这些历经风雨雪霜、从血与火的古战场冷却下来、伤痕累累的身躯，我感慨万千。看到远处固守在山巅的烽火台，我仿佛看到了边塞狼烟四起、勇士血染疆土的战斗场面；看着眼前依然结实的砖泥，我似乎看到了许多汗流浃背筑城、悲壮地倒在墙根的累累白骨；看到长城内外的落叶枯枝被吹得呼呼作响，我的耳畔又一次响起了古战场上的马蹄声、战鼓声、厮杀声，响起了胡茄和羌笛的哀音伴着孟姜女的哭声。

爬累了，我仰面躺在长城的脊背上，凝望那滤去了任何杂质的纯蓝天空，一任视线高高飞翔，也懂得了什么叫宽阔与辽远。时间与空间在我的脑海里，就像这天空、这城墙一样，无止境地延伸着。四野无人、亦无人声，硕大无边的空间里，不见任何别的人影，可以坦然地放纵自己，可以无所顾虑地思想。当山风剧烈地拍击着长城时，我感觉到长城好似在群山之巅不停地奔跑着，那种奔跑一如从远古传来的歌声，悠长中带着颤动，奔跑带来的细微声响和动静都有一种能掀动天地的力量，能渗入到人的骨髓里。

虽然历经千年风霜的长城，有的看上去已面目全非，几乎要化入崇山峻岭中，但它毅然用伤痕累累的身躯抗住了漫天风雨的浸淫，仍然魂绕九州、魄萦山河，顽强地支撑着一个民族曾经有过的力量、智慧、毅力、信念，执拗地向后人昭示着那曾经的热情、激奋、勇猛。"花朵凋谢了，种子却成熟了。"长城废弃了，它的灵魂却萦绕在群山之中。它早已深嵌在我的心中,逶迤千万里,从过去到未来,像一条粗壮的血脉向我、向所有的炎黄子孙输送着古老而又新鲜的血液。

长城,我记忆中的古长城,魂魄永驻,精神长存。

南京·昆曲

六朝古都的南京,金陵霸气已消,剩下的只是平和厚实的一种庄重,被历史擦亮的一抹斜阳给人一种静谧的安详。六百年前,昆曲来到南京后,在历史的嬗变中,逐渐成为南京的文化名片,吸引着越来越多人的目光。

昆曲是一种精致典雅的艺术,是中国现存最古老的剧种之一。自明清以来,就与南京结下了不解之缘。没有哪个地方,能够像南京这样让你与昆曲如此接近。南京历史上曾出现了"兴化部""华林部""李渔家班""曹寅家班"等名扬全国的专业昆班,而且清音小部和文人唱曲之风亦绵延不绝。据说明太祖朱元璋定都南京后,每天都要欣赏《琵琶记》;汤显祖在南京生活了七年并写出了《紫钗记》传奇;孔尚任以秦淮名伶李香君为摹本写了《桃花扇》;闲情大家李渔在南京生活了二十年,并营建了芥子园,自编、自导、自演。

昆曲曾因其过于风雅繁难的表演风格而逐渐走向没落,如今它又重新散发出迷人的魅力,特别是台湾著名作家白先勇先生以一种令人惊讶的气概,将昆曲《牡丹亭》重新演绎后,世界各地纷纷排演起了《牡丹亭》

《西厢记》《长生殿》等，一时间昆曲成为最热门的词汇，从网站到手机彩玲，都能听到昆曲的吟唱之声。在南京，几乎处处可闻悠扬的昆曲声。听昆曲，不仅可以体会到南京的性格，也可以了解南京的历史与未来。正如清人吴敬梓在《儒林外史》中说的那样，南京的"菜佣酒保皆有六朝烟水气"。

有一次应朋友之邀去南京游玩，第一天，朋友就安排去朝天宫江宁府学欣赏了一出精妙绝伦的《牡丹亭》。在一片现代的高楼大厦之中，一处古色古香的清静院落，不朽的爱情传奇在伫立在宁静水面中的古戏台上娓娓道来……没有麦克风和扬声器，演员完全靠嗓子和身段，裙裾暗香迫近眼眉，曼拂轻纱构成了恍惚如生的意境。表演者的动作语言很丰富，俯仰之间，绰有态度，一颦一嗔，皆有神韵。现场也没有伴奏带，唯有乐师的现场演奏，贯耳即闻曲笛幽咽，丝弦婉转如琢如磨，无法挥去的扑面古意交缠着无限的幻想，那种惊艳之美似乎瞬间就飞至眼前身畔，给我带来了异常美妙的观剧感受。

夜晚在南京城里漫步，突然发现在歌榭茶楼之间，古老的昆曲在灵活地以一种韧性的状态存在着，这是尤为难得的。虽然这些昆曲表演的不能算是炉火纯青，但是给外行听听，也是足够的。有一家茶馆竟以"牡丹亭"来命名，走进去，素素的窗帘茶几，沙发的抱枕上绣着牡丹，一朵、半朵娇艳地开着，很是雅致。墙壁上悬着许多跟昆曲有关的图片，我一进去就喜欢上了这种淡淡如水的清素之气。坐下来之后，朋友点了一壶南京当地产的雨花茶，很是清正素淡。那音箱里的曲子如浊世里的清音，唱词或者清妍，或者艳丽，字字珠玑。在茶香袅袅间，在低吟浅唱里，六根清净，恍若误入桃花源中。

就这样，昆曲吸引了越来越多的人来关注、来观赏，看不懂不要紧，看得不大懂也不要紧,只要使人身心愉悦,就可以达到目的了。有一次,我在一位朋友的驾驶室里发现了几张昆曲的碟片,于是以为遇到了知音,想和他好好聊聊昆曲,谁知朋友却说他不懂昆曲。后来他告诉我,只是因为这些碟片很好听,"它们的节奏很慢,我听这样的音乐,有时候自己还跟着哼,开车的时候可以放慢速度,避免事故。"刹那间,我终于明白了,昆曲表达就是一种闲情逸致、檀板笛声,阵阵悠扬,带出了中国文化中最婉约最柔软的部分。

很难有一种艺术像昆曲这样,曲高和寡却绵延百年而不衰,也很难有一种艺术像昆曲这样,荣列世界非物质类文化遗产却无狂喜过望,照旧以原有简单的形式平淡地生活。有人说,这就是真正的艺术,也有人说,这才是所谓的道行。其实,我们所爱恋的昆曲,就是活生生的娇美容颜、清亮亮的婉转歌喉、万方的仪态和毫不屈就的矜持,它能给我们带来衣香鬓影、曲笛幽咽的非凡感受,带领我们去领略跨越时空的动人力量。

南京已经洗脱浮丽,不需要张扬,自有大家气派。正如昆曲的风格,不标新立异,讲究的是原汁原味,功底深厚。"原来姹紫嫣红开遍,似这般都付与断井残垣""朝飞暮卷,云霞翠轩,雨丝风片,烟波画船……"到了南京,如果不到朝天宫江宁府学听昆曲,那无论如何都是一件非常遗憾的事!

上海·张爱玲

上海是我喜欢的城市，我喜欢的上海不是作为国际大都市的上海，而是人文气息浓厚的上海。上海孕育了众多的才子才女，但在我心中，最出众的永远是张爱玲。上海成就了张爱玲的神话，张爱玲也把上海的传奇演绎到了极致。无论生前身后，她那华美绚烂、才气逼人的文字都吸引着一批又一批的"张迷"，吸引他们去走访她笔下的上海。

张爱玲是一位孤傲、敏感、卓尔不群的奇女子，是从上海走出的天才女作家。正如同鲁迅靠鲁镇，沈从文靠湘西一样，张爱玲靠的是上海。她与上海有着千丝万缕的联系，她的前半生是在上海度过的，她的代表作也是从上海传遍大江南北的。即便她已经逝去，日新月异的上海依然存有她的影子，康定路的张氏老宅、愚园路的常德公寓、陕西南路的红房子西菜馆……都可以找寻到张爱玲曾经的生活痕迹，让人们觉得她依然生活在这个城市里。

张爱玲是一个传奇，她给热爱文学的人一些可谈的话题。且不说她那如流言般魅惑的传奇身世，单说她七岁会做小说，十六岁便发表了《霸王别姬》的那份奇才，就足以辉煌中国现代文学史。我最喜欢在月落乌啼的夜晚，一个人独坐一隅，细细品读张爱玲这位旷世奇才的传奇人生和锦绣文章。那些汪在她笔尖下如水般美丽的文字，如同江南纸伞上的雨珠，沾染了香气，却婉婉转转地不露声色。她把别人知道却不会说也不肯说的话，添上颜色、添上声音、添上隐约的痛楚和欢愉说出来。

翻开张爱玲的作品，无论小说、散文还是剧本，都可以看到上海的影子。特别是她的小说，即使故事不是发生在上海，也无不弥漫着上海的味道。《金锁记》里的姜公馆、《倾城之恋》里的白公馆、《留情》里狭窄的弄堂，以及经常出现在作品中的裁缝店、电车、黄包车、百乐门等等，都是上海的真实投影。张爱玲曾说过："我喜欢上海人，我希望上海人喜欢读我的书。"正是因为这种喜爱，才得以让她笔下的上海呈现出多维的视角，丰满而又立体。

对上海的公寓，张爱玲有着一份由衷的喜爱。她在《公寓生活记趣》中写道："公寓是最合理想的逃世的地方。厌倦了大都会的人们往往记挂着和平幽静的乡村，心心念念盼望着有一天能够告老归田，养蜂种菜，享点清福。殊不知在乡下多买半斤腊肉便要引起许多闲言闲语，而在公寓房子的最上层你就是站在窗前换衣服也不妨事！"老上海的电影院、舞厅也是张爱玲曾经流连忘返的所在，她的《色·戒》这样描述平安戏院，"横街对面的平安戏院最理想了，廊柱下的阴影中有掩蔽，戏院门口等人又名正言顺。"为了表达她对上海的喜爱，张爱玲甚至用上海方言写成了《海上花开》《海上花落》，虽然流行度不高，却反映了她的上海情结。

张爱玲在谈上海人时说，"上海人是传统的中国人加上近代高压生活的磨练。新旧文化种种畸形产物的交流，结果也许是不甚健康的，但是这里有一种奇异的智慧。"于是，张爱玲以旁观者的身份在既现代又苍老的老上海的舞台上远远眺望着，在传奇中寻找着普通人，在普通人中寻找着传奇。她用一支神来之笔，娓娓诉说着过去的或正在进行着的人生戏剧里的诸多角色，尤其是她笔下的一大批女性，可谓多姿多彩、五色斑斓,丝毫也不逊色于曹雪芹笔下那些大观园里的女子们。《金锁记》中曾拥有青春温情回忆的曹大姑娘变成了凶狠残酷的姜老太婆;《倾城之恋》《第一炉香》中的白流苏和薇龙则因女性的卑弱和虚荣而走向了庸俗……

"生命是一袭华美的袍,上面爬满了虱子。"因为胡兰成的政治沦落与逃亡,让张爱玲不得不离开心爱的上海。1952年,张爱玲离开上海去了香港,辗转去了美国,从此渐渐淡出了中国文坛,仅留一份余香在空中弥漫。1995年,灿烂一生的张爱玲在美国洛杉矶的公寓去世了,结束了她传奇的一生。虽然她已经去世了,但是人们并没有因为她的离开而将她遗忘,反而对她留下的文字和生活痕迹,平添了更多的想象和挖掘的空间。

张爱玲在上海度过人生最美的时光是她个人的幸运,而上海拥有张爱玲更是一种历史的幸运。直至今天,我们可以通过她的文字感受上海旧日的时光;可以去上海的福1088餐馆,品尝一下张爱玲宴;还可以去常德公寓的咖啡馆去打发一段美妙的时光。总之,拥有了张爱玲的上海,更迷人,更有魅力。

海口·海瑞墓

海口是闻名遐迩的海滨城市,它的阳光、海水、沙滩、椰林让光临于此的人流连忘返。除去南国热带风情,海口还有着厚重的人文历史,建于明朝万历年间的海瑞墓就是一处神圣的所在，也是海南历史上为数不多的名人遗址。

海瑞墓坐落在海口市秀英区的滨涯村，是明朝皇帝派官员监督修建的。传说海瑞灵柩运至今墓址时，棺绳突然断开，人们以为是海瑞自选风水宝地，于是就地下葬。海瑞墓规模宏大、布局严谨、风格独特，格局与杭州的岳坟相似。墓园掩映在高大的椰子树和热带树木之中，古朴清幽，墓道两侧的石羊、石马、石狮、石鼓、石人，都散发出年代久远的质朴气息。主墓为石砌，四周石栏围护，石板铺地，墓碑石刻为"皇明敕葬资善大夫南京都察院右都御史赠太子少保谥忠介海公之墓"。

海瑞是中国历史上清官的典范、正义的象征，他的为官之道令人肃然起敬。他历任知县、州判官、尚书丞、右佥都御史等职，他一生方正清廉、刚直不阿、严谨峻刻；他一生洁身自爱、忠心耿耿、直言敢谏。他曾置生死于度外，给皇帝犯颜上书《直言天下第一事疏》。明代思想家李贽曾评价他："先生如万年青草，可以傲霜雪而不可充栋梁"。自明代之后，海瑞就成了"清正为官、勤政为民"的代表与象征，海瑞精神被广泛传颂，名垂千古。

海瑞一生志在"治国，平天下"，无论是做官还是做人原则性很强，虽然官至二品，死后家中除了一些破帐子、烂箱子外，一生的积蓄只有几两散碎银子，连给自己办丧事都不够。海瑞处处严格按制度的条文和法律的规定办事，绝无半点通融和含糊。在他任浙江淳安县知县时，推行清丈、平赋税，并屡平冤假错案，打击贪官污吏，深得民心。明嘉靖四十五年（1566年）任户部云南司主事时，他准备好一口棺材，冒死上书劝谏世宗皇帝改正迷信巫术、生活奢华、不理朝政等弊端，遭迫害入狱，世宗皇帝死后才得以获释。

明隆庆三年（1569年），海瑞调升右佥都御史，他一如既往，惩治贪官，打击豪强，疏浚河道，修筑水利工程，并推行一条鞭法，强令贪官污吏退田还民，遂有"海青天"之誉。后被排挤，革职闲居在家十六年。明万历一三年（1585年），海瑞重被起用，先后任南京吏部右侍郎、南京右佥都御史，力主严惩贪官污吏，禁止徇私受贿，两年后病死于南京。海瑞死后，朝廷赐祭八坛，赠太子少保，谥号"忠介"，并归葬海南故里。

"知县知一县之事，一民不安其生，一事不得其理，皆知县之责。"海瑞用行动向历史展示了一位文臣所能达到的勇毅与正气。海瑞去世后，当地的百姓如失亲人，悲痛万分。很多百姓甚至制作他的遗像，供在家里。正如《明史·海瑞传》记载的："小民闻瑞去，号泣载道，家绘像寺祀之。"关于他的传说故事，民间更广为流传。后经文人墨客加工整理，编成了著名的长篇公案小说《海公大红袍》和《海公小红袍》，或编成戏剧《海瑞》《海瑞罢官》《海瑞上疏》等。

海瑞墓的亭柱上有一副"三生不改冰霜操，万死常留社稷身"的对联，最能代表他的一生，对联摘自海瑞的诗《谒先师顾洞阳公祠》："两朝崇祀庙谟新，抗疏名传骨鲠臣。矢志回天曾叩马，功同浴日再批鳞。三生不改冰霜操，万死常留社稷身。世德尚余清白在，承家还见有麒麟。"只有一心常怀天下而置生死于不顾者，才配写这样铁骨铮铮的诗句，也只有拿自己的生命为百姓撑起一片青天的人，才配得上使用这样的对联！"海青天"——这就是老百姓对海瑞最高的褒奖！

扬廉轩、清风阁、不染池、八方亭，这些充满寓意的建筑，彰显着后人无比的崇敬之情，也意喻着海瑞的两袖清风、一尘不染，他的高风亮节和威名将永传四面八方。

厦门·鼓浪屿

厦门的鼓浪屿是有名的钢琴之岛、海上花园,仅仅是名字就给人一种无比浪漫的感觉。真正到了鼓浪屿,才发现它把这种浪漫的气质发挥到极致,仿佛不在红尘喧嚣中一样,而在童话里,唯一能够表达的只有陶醉。

鼓浪屿是个充满艺术氛围、怀旧气息和浪漫情调的小岛,岛上既有迷人的沙滩风光,也有小城市中古旧街巷的风韵,又具有异域风情建筑的味道,正是这些五味杂陈的内容,构成了风格独特、魅力十足的鼓浪屿。漫步在鼓浪屿的巷弄里,触目可及满目的苍翠。建筑掩映在绿荫里,围墙爬满了密密的青藤,不经意间就邂逅了一树又一树的三角梅、炮仗花,它们在雨水的滋润下,愈发的娇艳欲滴,楚楚动人。

行走在鼓浪屿,最引人注目的是那一栋栋风格迥异的建筑。在这个不足两平方公里的小岛上,有一千多座别墅,它们如珍珠般散落在绿荫丛中、沙滩边上,既有中国传统的飞檐翘角的庙宇;也有闽南风格的院落;既有中西合璧的小楼;也有纯欧洲风情的别墅。

菽庄花园是鼓浪屿名园之最,花园依海而建,垒石补山,其间楼台亭榭不一其形,有四十四桥、谈瀛轩、叠石假山等景点,站在哪一处都可以望见浩渺的海面,中国唯一的钢琴博物馆及民俗家具博物馆也建于院内。鹿礁路的天主教堂是厦门地区唯一的一座哥特式建筑,教堂坐西北朝东南，共三层，一层为入口，二层为歌经楼，三层为钟塔。外形表现了强烈的造型感染力，四层塔式尖顶，递次上升，尖端置一十字架，高耸挺立。中门上方正中，镶一梅花型装饰窗，环以繁花浮雕，显得十分灵秀。

鼓浪屿还是一座哺育名人的摇篮，悠扬的琴声，飘香的花树，引导着我们穿过寻常的巷陌，去寻访那些文化名人的故居。凝视那一扇扇雕窗，一座座花墙，一层层台阶，似乎在聆听一个个人生故事，呼吸着生命的温馨。福建路的怡园是晚清福建八大诗人之一林鹤年的故居；漳州路的林语堂故居是鼓浪屿最古老的建筑，林语堂曾在此求学、结婚，并从这里走向世界，成为世界文化名人；毓园是妇产科专家林巧稚的纪念园；鸡山路16号是一幢欧式建筑，是钢琴家殷承宗的旧居，琴声仿佛还在绿丛与浪花上萦绕。

鼓浪屿到处都是精品小店，即使在偏僻的路上，不经意间也可以遇见，就像闯入了童话世界，所有小店都有一个别致的名字：张三疯的猫、赵小姐的店、花与爱丽诗、海上雅典娜……印象最深的是一家卖文化衫的店铺，上面写着很多搞笑的字句，有的写着："老公赚钱，老婆花！"有的写"我没钱，别烦我！"有的写"我是帅哥，我没有女朋友！"凡是能想到的搞笑的话都能找到。

每到吃饭时间，岛上的饭店、美食铺子都坐满了男女老少、中外友人。他们一边晒着太阳，一边悠闲地吃着，一边随意地聊着，一边懒散地看着过往的人群，让人感到时间停顿了，时光也就在这么平静、悠闲、舒适中过去了。随便找家咖啡屋，慢慢品着，看身旁人来人往，或聆听旁人的旅途风闻，享受这一刻无所事事的自在，很是惬意。

来鼓浪屿一定要在岛上住上个三五日，岛上的各色民宿大多依托原有的花园洋房改建，或是一派的欧式浪漫，或者田园风情，让人流连忘返。每一栋房子都有着自己的格调，都有自己的故事。我入住的是一家传统建筑风格的别墅，当时我正在鼓浪屿的石板路上惬意地闲逛着，忽然耳边传来了留声机独有的乐声。寻声而去，发现一个年龄与我相仿的年轻人正躺在摇椅上听曲子。他朝我点头微笑，并指了指旁边的摇椅。于是我欣然落座，一边看天上云卷云舒，一边聆听着留声机传出的曲子，很快就沉醉于其中。之后，我就住在他的客栈里，每天出游回来一定要听几张他珍藏的唱片。临走时，他送了我好多张唱片，它们都成了我最宝贵的珍藏。那段时光也如曲子般刻录在我的脑海中，让我经久难忘。

等到阳光和人潮退却，夜里的鼓浪屿渐渐流露出另一种气质，仿佛伴着余温回味白天的美好一般，又像夜里渗透出别样的风情，浪漫和宁静笼罩着整个海岛。路边的老房子的窗口也一扇一扇的亮起灯来，巷子里闪现着岛上居民归家的匆忙的身影和孩子们嬉戏的笑声。岛上的店家也大都悠闲地站在店门外聊着天，有客人的时候才慢慢地走回店铺。此时，咸咸的海水味道从海上蔓过来，海岛的上空飘荡着悦耳的钢琴声，那份独有的诗情画意让人如痴如醉……

人总会带着一种情愫远行，快乐、平静或者如同释放一般。如果你的心想休息片刻，请来鼓浪屿；如果你厌倦了喧嚣，请来鼓浪屿；如果你追求浪漫，请来鼓浪屿，这里有你想要的一切。

合肥•包公园

包拯是历史上一个震撼心灵的人物，合肥的包公园也是一处非常独特的所在。它像是一部历史的沉淀，浓缩着时光所给予的积累。行走其中，会情不自禁地滋生一种神圣的情感，并且这份情感会如春潮般汹涌澎湃起来。

我最先来到了幽深、庄严、肃穆的包公墓园，穿过平平坦坦的神道和香烟缭绕的享殿，便是包公的墓冢了。上面覆盖着萋萋芳草，墓前竖着一块青石碑，正面刻着：宋枢密副使包孝肃公拯之墓。我怀着无比敬仰的心情在墓前伫立了很久。我也发现来此的人们，都非常的肃穆虔诚。无论是在墓室的地宫，还是在享殿、碑廊，都是悄无声息的，没有任何的喧嚣与嘈杂，在寂静中传递着一份景仰和感慨，传递着一份心灵的温煦和沟通，也传递着一种对公正、清廉和神圣法律的呼唤。

从包公墓园出来，走不多远就到了包公祠，祠堂非常的简朴、清寒，一如包公的为官之道，令人肃然起敬。幽幽华光之下，袅袅香雾缭绕之中，供着包拯的坐像，他方面阔额，长髯飘胸，颈正如松，格外引人注目。他那山岳般高大威严、挺直坚毅的躯体似乎包容了千山万壑、五湖四海，让任何人站立其下都会感到自身的渺小与卑微。透过那些珍贵的历史遗物，感觉一个真实的包公，似乎挺着坚毅的身板、迈着沉稳的脚步、拂起两袖清风，穿过九百多年的滚滚风云，走进我们的心里。

包拯的事迹长期流传民间，为小说、戏曲、评书、民间传说等文学艺术载体所取材，元杂剧已有《陈州粜米》等作品，以后流传日广，形成丰富的传说。经过数百年的演绎，包公已经全然定型，妇孺皆知，成为一个一身正气、两袖清风、刚直不阿、执法如山、为民做主的清官廉吏的化身。几乎每个人对他都会有或多或少的了解，而且人们对他的精神高度推崇，差不多已经臻于神化的地步，就这样，包公在千千万万黎民百姓的心中，成为一种图腾、一种崇拜、一种信念、一种理想、一种希望、一种寄托，传递的是百姓的崇敬、百姓的爱戴、百姓的理想、百姓的信仰。

细究起来，包公既不是挥手起风雷的政治改革家，也不是落笔惊风雨的文章高手，他之所以千百年来受到人们的怀念、景仰和爱戴，是因为他铁面无私、关心民苦、为民请命、努力改革、兴利除弊、严惩贪污、廉洁清正。他用锋利的铡刀斩断了一颗颗罪恶的头颅，随着他那一声声回肠荡气的"开铡"，民众心底的情绪也得到了淋漓酣畅的宣泄和释放。正如《宋史·包拯传》所说的："……人以包拯笑比黄河清，童稚妇女，亦知其名。"

在包公园里，我尽情地徜徉在历史与现实之间。我试图拂去历史的烟云，走近真实的包公。包公真名包拯，字希仁，谥号"孝肃"，大宋仁宗年间任龙图阁大学士、御史中丞、三司使和枢密副使等显职。他曾不顾安危地给宋仁宗上疏《乞不用赃吏》，并在疏中云"廉者，民之表也；贪者，民之贼也。"他曾写过一首"廉诗"："清心为治本，直道是身谋；秀干终成林，精钢不作钩；仓充鼠雀喜，草尽兔狐愁；史册有遗训，无贻来者羞。"可谓是他光明磊落一生的真实写照。在弥留之际，他还留下了"后世子孙仕宦，有犯赃者，不得放归本家，死不得葬大茔中。

不从吾志，非吾子孙也。"的临终遗言，以此来警告他的子子孙孙。

"历史睡了，而时间醒着。"包公精神会永远闪耀着青天明月般不朽的光辉，带给人们一种至高无上的美好信仰。真诚的希望支撑社会的每个灵魂会因为包公品格的影响，而变得有如晴空般明净美好，也期待所有的世俗和贪婪都远离我们，让人类社会变得如春水般平和安详。

济南·泉水

济南是一座古老的城市，也是一座被泉水滋润的城市。在这座以泉城命名的城市里，喷溅不息的泉水肆意分布在城市的各个角落，滋养着这座城市的万事万物，也给这座城市增添了无与伦比的魅力。

济南是泉的世界，在它的城内城外星罗棋布着数不胜数的泉，并且每一道泉都有一个悦耳的名字，趵突泉、黑虎泉、五龙潭、珍珠泉、漱玉泉、月牙泉、贤清泉、芙蓉泉、琵琶泉……有的呈喷涌状；有的呈瀑布状；有的呈湖湾状；有的白浪翻滚，如同银花玉蕊；有的晶莹温润，就像明珠璎珞……这些汩汩流淌的泉是上天的恩赐，也是济南的福分，它们也因此成为济南这座古老城市的灵魂。老舍先生曾说："设若没有这泉，济南定会丢失了一半的美。"

在济南喧嚣的城市中心，有一处浩浩荡荡、奔流不息的泉水，那就是被称为"百泉之首"的趵突泉。这汪泉水不知疲倦地流淌了上千年，也一直鲜活在千年历史的时空之中。宋代曾巩为其定名为"趵突泉"，取自"跳跃奔突"之意，反映了趵突泉三窟迸发喷涌不息的特点。北魏郦道元《水经注》载："泉源上奋水涌若轮，突出雪涛数尺，声如隐雷。"

经过千年时光的积淀，趵突泉成为一处异常美丽的园子。园内有园，院内有院，亭下廊前每步即景。在这个精致、幽深的园子里，无论是一亭一轩，还是一砖一瓦，亦或是一草一木，都与周围的环境极其融和，没有一丝一毫的突兀。石上明水，地下暗泉，无论你怎么走，都不会迷路，因为始终会有一湾溪流陪伴着你，引导着你。

趵突泉是园子里最大的一池泉水，泉池是方形的，池子里有三股泉眼在汩汩地冒着，水柱粗壮，毫不停歇，水质也异常清澈透明。清代乾隆帝品尝后，认为其比玉泉更佳，就封其为"天下第一泉"。池子前方为观澜亭，取"观水有术，必观其澜"之意。泉边碑刻、额联、轶闻趣事、故事传说连篇累牍，如元代赵孟頫描此胜景的"平地涌出白玉壶"，清代何绍基的"万斛珠玑尽倒飞"，以及蒲松龄的"海内之名泉第一，齐门之胜地无双"。一边读着美文，一边赏着清泉，别有一番心境。

除去趵突泉，园子里还有漱玉、金线、板桥、洗钵、螺丝、柳絮、皇华、卧牛等名泉，以及默默流淌的无名泉水、溪流、沟塘。但不论是泉，还是池，都无比的清澈洁净。哪怕是一点点、一汪汪，也都是清浅、透明。板桥泉是用围栏圈起来的一眼泉水，在石栏的中央，水柱几乎与池里的水面一样高，泉涌却很大，水波从中间往四周漾开去，形成圈圈水环。晴雨溪是一条浅浅的溪流，站在甬路上看过去，在晴天里水面犹如落进无数的雨点，轻轻泛着水花，给人以无穷的诗情画意。

趵突泉周边的名胜古迹不胜枚举，如泺源堂、望鹤亭、尚志堂、李清照纪念堂等。最为人称道的是漱玉泉畔的李清照纪念堂，相对于诸泉的清澈秀丽，纪念堂则多了一份浓郁的书卷气和厚重的人文色彩。李清照是那个时代之后至千年的今日，仍让人们为之赞叹、为之尊敬的旷世奇女子，她和她的词构成了一道绝美的风景，在历史的时空中熠熠晃动。时光已逝，泉水依旧。走在纪念堂里，那蔓延了千年的芳心苦恨依然会撩扰着你的心，让你不忘那个已经走远的身影，让你用心去倾听着一首首用精彩之笔绘出的绝美韵律。

对于来自天南海北的游客来说，赏泉听泉是一种雅兴。对于济南的市民来说，泉水则与他们的生活休戚相关，是相依相伴的手足情缘，是不离不弃的烟火日子。喷涌而出的泉水汇聚成了溪、汇聚成了河、汇聚成了湖，每天仅趵突泉就涌出七万立方米的泉水。"四面荷花三面柳，一城山色半城湖"的大明湖，就是由城内诸泉汇聚而成的，且水质清澈甘洌，游鱼可见。在护城河边，见得最多是来取水的市民，三五成群，带着水壶、水桶等，系着长绳，放到泉眼处接水，构成了泉城一道独特的风景线。

济南的曲水亭街，就是一条临水而居的老街。一边是青砖碎瓦的老屋，一边是泉水汇成的清河，构成了小桥、流水、人家的江南生活场景，就像清代刘鹗在《老残游记》中所写的"家家泉水，户户垂漾"。临泉人家在这里过着无比悠闲的自在生活，夏日将啤酒、西瓜泡在泉里，随用随取；秋天在泉边对着一轮月色，把酒小酌，快意人生。这实在是神仙都羡慕的日子，也让我这个俗人更为之向往了。

在人类的发展历史上，人类总是择水而居。许许多多的城市选择了大江大河，如杭州、南京、昆明、兰州，而济南选择了泉水，或者说，是泉水选择了济南。这是一种巧合，更是一种难得的机缘。如今，清澈甘洌的泉水在济南这座城市，日夜叮咚地流淌，它已经渗透到了城市的每条大街小巷，就像是一条又一条的血脉滋养着济南的每一寸土地，提供着无穷的动力和活力。

　　泉水给了济南太多精神上的安慰，也给了这座城市太多文化上的寄托。奔流不息的泉水让城市变得更有生命力，也让时光变得更加柔软，也让这里的生活变得恬淡、朴素、从容……

扬州·瓜洲古渡

　　长江曾是中国南北对峙的分水岭，浩浩荡荡的两岸就有了许许多多的渡口，而在这诸多的渡口之中，名声最大、年代最久远、文化积淀最深厚并且至今还在发挥着渡口功能的，唯有瓜洲古渡了。那奔腾了九万里、穿越了万重山的江水，在这里内敛的中规中矩，使得瓜洲成为古时沟通南北的重镇，也成为出入扬州的咽喉。

　　瓜洲是大运河与长江的交汇点，古人称作"合江口"，为"南北扼要之地"。从魏晋时期的沙洲浮现，到唐宋元明时的江北重镇，瓜洲古渡一直都是江南江北往来的必经之路。《扬州画舫录》说，瓜洲古渡"瞰京口、接建康、际沧海、襟大江，每岁漕船数百万，浮江而至，百州贸易迁涉之人，往还络绎，必停泊于是，其为南北之利"。

　　"京口瓜洲一水间，钟山只隔数重山。春风又绿江南岸，明月何时照我还？"大多数人是从王安石的这首诗知道瓜洲渡的，而我也是吟咏着这首诗来到瓜洲渡的。其实在王安石之前，瓜洲渡口的滔滔江水也曾引起白居易的愁情满怀。"汴水流，泗水流，流到瓜洲古渡头，吴山点点愁。"白居易不愧为大诗人,笔尖不经意地一抖,便给瓜洲渡口笼罩上了一层忧郁的气质,并且延续千年而经久不散。这位香山居士一生颠沛流离,到过许多地方,枫叶荻花的浔阳、乱花浅草的钱塘,都曾留下他的身影和诗作。可是我不明白他为什么偏偏把满腹的忧愁随同汴水和泗水,都一并流入这个小小的渡口?

"天下三分明月夜,二分无赖是扬州",扬州自古就是"明月之城"。地处江畔的瓜洲古渡,月色更加迷人。唐代诗人张若虚孑然一人在瓜洲古渡边,那静穆浩瀚的明月,皎洁如练的月光,引发了诗人对人生哲理的思索,于是便有了"孤篇盖全唐"的《春江花月夜》。"春江潮水连海平,海上明月共潮生",正是这样的意境,这样的感叹,使诗人的诗突发异彩,获得了不朽的艺术生命。

除了王安石、白居易和张若虚,瓜洲还拥有过陆游。这位生逢国难的爱国诗人曾任镇江通判,曾满怀豪情地检阅过瓜洲渡口的战船,谋划北伐。虽然到晚年仍壮志难酬,但陆游一生都在憧憬、在呐喊。"楼船夜雪瓜洲渡,铁马秋风大散关。"瓜洲古渡和早年的抗金经历一起永远留在了诗人的记忆深处。于是瓜洲古渡,就是这样承载着不屈的热血和壮志未酬的心痛。正是因为有了陆游,瓜洲便融入了一种抗争精神。

与陆游构成奇特对应的,则是一个名叫杜十娘的女子。这位刚烈的名姬,因厌倦风尘,决意从良,她以全副的身心、智慧和自己的钱财赎出身来,随贵公子李甲回归苏杭。可是李甲为了个人的前程,竟将杜十娘卖给了徽商。杜十娘盛怒之下,在瓜洲古渡怀抱自己积蓄的万金之宝愤然投江自尽。冰冷的江水一摇一晃,宽容地接纳了那只箱子,而她那荡气回肠的爱情绝唱也同样引起了后人的无尽感叹。在瓜洲古渡边,至今还有一个纪念杜十娘的"沉箱亭",石碑的背面记录着杜十娘在此处怒沉百宝箱的故事。

最有资格让后人感叹的是鉴真，一个让整个中国历史都为之骄傲的唐代僧人。公元743年的一天，他带着让神圣的佛法远播海外的誓愿，在瓜洲起航，东渡扶桑。可是，佛祖像是有意考察他的诚心，他在十年之中的五次东渡竟然均告失败，甚至付出了双目失明的代价，但他始终以坚韧的品格不懈地努力着，终于在公元753年踏上了那片开满樱花的土地。他的骇俗之举为古老的瓜洲注入了一股顽强而酣畅的生命力。因为他带到日本的，不仅仅是佛法，他东渡的意义，也远远超出了他的本意。至今，他的名字依然在中日文化交流史上熠熠发光。

"人事有兴亡，往事成古今。"曾经的皇舆蔽日、帆樯如林，曾经的歌舞升平、儿女情长……都随着时间的推移而消失殆尽，都已成为过去，但是所幸还有默默流淌着的长江，还有那些曾在瓜洲驻足歇脚的古人，他们在这个古老的渡口做出各自生命的展示，让凛冽的江水安抚疲惫的心灵。时至今日，似乎还能看到他们恍惚的身影，他们和瓜洲以及那几叶轻舟就这样长久地留在了历史的时空，也留在了人们的心头。

瓜洲古渡不是普通的渡口埠头，它和我们这个古老民族的历史风云紧密地连接在一起的。漫步在江畔，纵然不再有当时的场景，但还能穿越时空，还可以透过无语东流的江水，去体味那千百年前的种种心情，任思绪在沧桑变幻中变得宁静而又从容。

青州·范公祠

山东青州是一座历史悠久的名城，城西有一座古色古香的宅院，院内绿竹青翠、古树参天，这就是千百年来香火不绝的范公祠。漫步其中，有一种神圣的情感在心底滋生漫延，让人不禁去探求北宋著名政治家、军事家、文学家范仲淹的精神世界，他的"先天下之忧而忧，后天下之乐而乐"忧乐观至今仍有其现实意义。

范公祠并不大，可以说是颇为简陋。院子中有一口历经千年依然清冽有加的水井，相传是范仲淹所修。他在公务之余用此水调成一种"青州白丸药"，治民痼疾，颇有奇效，这井也成了后人怀念他的依托，宋人有诗云"甘清汲取无穷尽，好似希文昔日心"。祠内还有冯玉祥将军题写的碑联："兵甲富胸中，纵教他虏骑横飞，也怕那范小老子；忧乐观天下，愿今人砥砺振奋，都学这秀才先生。"准确地概括了范仲淹的一生。

范仲淹从小丧父，家境贫寒，以后科举得官，为政清廉，且力图革新，是宋代为数不多的忧国忧民的政治家，也是倡导先忧后乐思想、提倡仁人志士节操的先导。从二十七岁步入仕途，至六十四岁溘然长逝，在几十年的政治生涯中，他都心系朝廷，忧国忧民，无时或已，这种民胞物与的襟怀，正是他一生人格的写照。当西夏频频入侵，朝中无军事人才之际，他以文官身份统兵戍边，大败敌寇，西夏人惊呼"他胸中自有雄兵百万";在朝中主持庆历新政的改革时,他大刀阔斧地除旧图新;在频繁调往各地任职时,他亲自推行地方政治的革新。

虽然范仲淹是一个典型的封建官宦,他是站在封建主义的立场上,但不管是居庙堂之高,还是处江湖之远,他都时刻不忘百姓,把群众挂在心上。他总是"进亦忧,退亦忧",所到之处关心民瘼,兴利除弊,泽被一方,其忧国忧民之心如炽如焰。即使受尽屈辱,也不改忧国忧民的初衷,只要有利于社稷,他就不会钳口结舌,缄默不言。孟子说:"穷则独善其身,达则兼济天下。"范仲淹却是"寸怀如春风,思与天下芳",只要有一点欢乐,他都愿与天下人共之。一个封建社会的士大夫有如此嶔崎磊落的精神境界,的确难能可贵,这也是他流芳百世、受到历代人民崇敬的根本原因。

范仲淹在六十三岁时移位青州,这是他官宦生涯也是人生旅途的最后一站。在青州做了一年多的知府,六十四岁时又调往他地,他扶病上任,途中在徐州溘然长逝。范仲淹一生坎坷,两袖清风,清廉为官,他按照自己认定的处世治国之道,鞠躬尽瘁地去做,最能体现他一生思想结晶的是那篇千古传颂的《岳阳楼记》。范仲淹将他对人生、社会的理解,将他一生经历的政治波涛,将他胸中起伏的思潮,一起借洞庭湖的万千气象,倾泻而出,最后总结为"先天下之忧而忧,后天下之乐而乐",这声大彻大悟的慨叹,如暮鼓晨钟一样浑厚沉远、震悟大千,这一声长叹悠悠千年,不知激励了多少志士仁人,匡正了多少仕人官宦。

在院中徘徊,面对范仲淹的神位,默想千年历史中,如他这样职位的官员有多少,但为什么只有范仲淹让人千年永记、时时不忘呢?我想是因为他创造了一种精神,提炼出一种符合民心、符合历史规律的思想,那句"先天下之忧而忧,后天下之乐而乐"的忧乐观更使他得到了永恒。

千百年后的今天，范公祠后的流水还是那样的清澈见底，范公祠里的唐楸宋槐和婷婷翠竹还是那样的苍劲翠绿，而范公的精神也会光照千秋、永远铭记在后人的心里，因为在历史之河中长存的是那些曾用生命去肩动历史车轮的人。

成都·茶馆

一座城市有一座城市的味道，而且建城越久远的，其味道就越醇厚、越香浓。当我进入成都的时候，我就闻到了成都独有的味道，那是一种氤氲弥漫的茶香气味。茶文化充溢在成都的大街小巷，所到之处，无论市区、乡镇、闹市、野外，大者茶馆，小者茶摊，比比皆是，成为了成都特有的风景。

成都自古以来，就是一个休闲的都市。杜甫的《成都府》诗曰："曾城填华屋，季冬树木苍。喧然名都会，吹箫间笙簧。"从地理位置上来看，成都位于四川盆地的中央，是东西南北面向的聚焦点，所以它的山水走势很气派、很标准。在历经两千多年的岁月磨砺中，形成了一种精雕细刻、精益求精的文化精髓。因此，成都的文化，无论是饮食、服饰、语言，还是艺术、建筑都自成一格、自成体系，川菜、川戏、蜀绣、蜀锦、都江堰、木牛流马、悬棺等都是成都独有的绝唱。

茶馆最能轻易体现成都的文化特色，成都的茶馆不仅历史悠久，数量众多，而且有它自己独特的风格。无论你走进哪座茶馆，都会领略到一股浓郁的成都味：竹靠椅、小方桌、三件头盖茶具、老虎灶、紫铜壶，还有那堂倌跑堂……成都人喝茶讲究舒适、有味，茶客一到，茶博士应声而至，主随客便，泡上一壶香茗清谈，经济实惠。店内还不时有刮脸、扦脚、梳辫子等手艺人待客。茶过三巡，往靠背竹椅上一靠，是无比的舒服惬意，悠闲自在。

在老茶馆喝茶有一股浓浓的人情味，花一杯茶钱可消磨一整天，如中途有事需暂时离开，走时只需将茶盏盖揭开放于座椅上，店家即不会收茶，茶客也不来占座。茶客们在茶馆"泡"多久也无人厌弃，不会遭人白眼，而且兴之所至，天文地理、古今中外、街谈巷闻、国家大事，无话不谈，喝完讲完，各奔东西。印象最深的是成都的宽窄巷子，那些饱经时光之河洗涤的庭院几乎都是私房菜馆或是茶馆，且有一种大隐隐于市的深意。它们是成都这个古老而又年轻的城市的往昔缩影，也是一个记忆深处的符号。走进之后，四面环顾，坐在天井当中，城市的喧嚣与高楼，都渐渐隐去。于是，安详与自在，一种关于老成都特有的静谧闲情，便会从心底徜徉开来。

除去茶馆、茶楼，充溢在成都街头巷尾的更多是茶摊。这些茶摊的经营区域似乎是没有限制的，当街支起炉灶，偌大的铜壶里时刻有沸开的水，只要有客来，三五人聚拢在一起，竹编的桌椅尽可以沿着街巷铺张开去。茶具多是粗瓷制品，迎来送往中，杯沿上难免就碰撞出了缺口，有了缺口也无人挑剔的。沏茶的过程更加简练，那些民间的茶师，额头上似乎始终浸着热腾腾的雾气，在茶客中穿梭着，顷刻间将一杯茶冲满，身边氤氲的便是淡淡的茶香和触之可及的暖意。

对这些茶摊我总能产生一种与生俱来的亲切感，每次从这种茶摊的街巷间穿行,都愿意放慢脚步,听那些根本就听不懂的嘈嘈喳喳的声音,看那些似曾相识的又让你始终无法记清的面孔。我觉得,这时的茶才真正深入了平民生活。在这样的平民生活里,也许没有人去刻意观察茶的舒展和浓淡的过程,只要一杯茶能给人一直神清气爽和心脾畅朗,就足矣。饮茶者大多也像这些粗瓷的茶具,在日常的喧嚣和不经意的碰撞中渐渐消磨着某种细腻和脆弱,不知不觉中也任自己的身心积淀着茶垢,并且对这些心灵的茶垢是无暇清理的,反而通过这些日积月累的体验,用一种更淳朴、更率真的心态去品读人情的冷暖和世态的炎凉。

这样的文化氛围又影响了四川人的性格,不火爆、不阴冷,少刚烈、少固执,热情有度、酷烈有度,多少还有些随和,总的说来是温良、恭俭、谦让,极少倨傲,他们明白成都的位置和分量,他们安于坚守一方美丽富饶的故土,充满一种自信和通达。从汉朝的司马相如、杨雄到唐朝的李白与杜甫,从宋朝的苏洵、苏轼、苏辙到近代的郭沫若、巴金、艾青等,表现的都是深厚的文化气息,绝少张扬与张狂。但使蜀文化家喻户晓、传之千古的是诸葛亮,虽然他不是四川人,却同四川永远联系在一起。诸葛亮是智慧的化身,颇能代表四川人的聪明智慧,这个智慧便是思维的机智、敏捷和策略。

成都的茶馆形象地诠释了粗茶淡饭的平民生活,但粗茶淡饭绝对不是粗放,也不是粗俗。粗茶淡饭体现着的恰恰是一种真正的精细,一种真正的对生活的热爱,是寻常百姓居家过日子的悉心料理。只是这种精细时时被浮躁和虚荣的世态掩盖着,不易被人们觉察到。不过,假如有一天你遇到了挫折、失意,甚至于绝望的时候,你感到的最贴切的关怀是什么?那肯定是郁闷中有人用这种粗瓷的茶碗,捧给你或浓或淡且温热相宜的一杯茶。

成都的茶馆无时无刻不透着一种闲适和温和，人们的生活不紧不慢，松弛而有乐趣。如果你来成都，一定不要忘了到茶馆里去喝喝茶、聊聊天。

延安·黄土

在我的印象中，延安是举世闻名的革命圣地。可是一次偶然的陕北之行，却使我对延安、对黄土地有了别样的认识，让我不禁为之动容起来。

车子过了渭河平原，一切都不同了，莽莽苍苍，视野之内全是土，高高低低、错错落落的土，令人发呆发愣的土，橙黄、掺和了太阳颜色的土，在明晃晃的光线下，闪耀着铜质的光泽。它们在我的脚下一层一层地向远方翻腾着、延仲着、铺展着，一如壶口的黄河水一瞬间的定格。在横无际涯、沟壑纵横的视野里不见人影，除了一层一层盘旋而上的梯田整整齐齐地保持着年前秋收后耕作的迹象，就只有空旷的风从上面扫荡而过，在每一个垛口都吹响成唢呐的悲鸣，高亢而苍凉。

厚厚的黄土，如陕北汉子一般粗壮朴厚的土塬，足以将历史记忆里的种种细节，深深地掩埋。万千黄土塬各异的姿态，仿佛完全是成就于多少岁月以前某一次的偶然。当我们一行抵达目的地时，已经是下午了。只见塬畔沟边、山坡川道上，分布着一个又一个的被誉为"东方一绝"的窑洞，并且各具特色，美不胜收。窑洞是真正的窑洞，窗户很大，是整个窑洞中最美观的部分，拱形的门窗由木格拼成各种图案，明快得体。

站在原塬上，只见上面分布着一处处民居，有些地方一缕缕炊烟袅袅升起，充满了生活的气息。视力范围内没有障碍物，人的心情一下格外舒畅，有一种俯瞰千古、指点江山的激情。太阳西移，拉长了道道沟槽的影子，高低错落、伸展到天边的土塬被剪影成锯齿状的地平线，那极具木刻般参差光影的无边的土地令我的心底发热。在我发呆的时候，有悲壮的秦腔声从远处传了过来。那声音粗犷无比，在沟坎间如海浪一样荡向远方。

沿着声音，我看见一位汉子正在田地里劳作，身如拉弓般聚积起力量，一边挥动工具一边吼着秦腔。那是一种发自肺腑、来自土地深处的声音，似乎还夹带着黄土的腥甜味道，每一个音符里都荡漾着对土地的深厚情意；那是生活在这块土地上的人们大苦中的大乐，是空旷的天地与人之间的一种回旋激荡的对话；那是人民咀嚼着尘世的苦涩向苍茫大地吐诉的忧郁。听得我心里潮潮的润润的，泛涌起一种说不清、道不明的惆怅与苍凉、豪迈与悲壮。于是，我也情不自禁、不由自主地随着他吼了起来，同他的歌声一起弥漫在无边无际的带着高低声调的山风里。

晚上，我们就住在了他的窑洞里，长线辣子以及整碗的杂粮面，是他款待宾客的筵席。为了让我们吃到正宗的臊子面，他的婆姨下足了功夫。光是臊子就做了两种，一种是用豆腐、土豆等制作的素臊子，一种是用猪肉等制作的肉臊子。等面端上来的时候，我们再也控制不住了，拿起筷子就往嘴里扒拉，连吃了两大碗。那味道是辣而不烈、油而不腻、酸而不浓，不仅吃香了我们的嘴，更温暖了我们的胃！看着我们意犹未尽的样子，那汉子还一个劲地说，"太仓促了，还缺些料，要不然还能再地道些。"

白昼里的高原很静，像是一个被遗忘的忍受了千年孤独的英雄，在回味着被厚厚的黄土深深掩埋的历史记忆里的种种细节。等太阳下去了，高原的风就开始肆虐起来，抽打着窗棂上破碎的窗纸，这声音在寂静的夜里格外清晰入耳。在这样的夜晚，我无论怎么努力也无法入睡，便鬼使神差地走出窑洞，走到冷冷的夜里。在千万座黄土塬的默视中，俯身爬在黄土地上，倾听着土地的心跳，感受着土地的体温。在无边的时空里，我幽幽地怀想往事，品味人生的辛酸与甘苦、牵挂与羁绊。

第二天，我和友人起了个大早，顺着一道山谷前进。那天的天气格外好，蔚蓝的天空中漂浮着几朵白云，将这天空装扮的分外惹眼，心中油然生出一种飘逸之感。举目眺望，群山起伏，梯田层层，广袤的黄土高原，沟沟峁峁地缓缓展开，悠远、苍茫，犹如一首粗犷而深沉的老歌，在黄土坡上远远近近地响彻千年。面对此情此景，我们的心情都好极了，于是放声高歌，悠扬的曲调随着清风回荡在这原野，那种物我两忘的感觉美妙极了。

黄土高原是一块厚重神奇的土地，任何一个对土地怀有深切情义的人都会被它的风采、它的力量所折服。

威武·诗词

武威又名凉州，是古代丝绸之路上的重镇，也是一座历史悠久、文化灿烂、风情别具的古城，曾经历了数不清的风云变幻和历史纷争。一曲"凉州词"使它早已名扬天下，无论是山水景色、历史遗存，还是风味饮食、乡风市声，无不显示着它厚重博大的特征与深邃古朴的风骨。

于我来说，凉州是一个久远的梦，无论是稽考庶拾或稗乘野史，都可以演化出许多美丽的故事。在我最初的印象中，凉州充满了诗意，那些广为传唱的诗歌让它声名远扬，让许许多多地人对它充满了向往。当我走进凉州时，像是去赴一个缔结多年的约定，总觉得有一个声音在深沉地呼唤。走在大街小巷上，会有一种浓厚的历史感迎面扑来，于是我仔细地去寻找历史老人留下的一脉相承，仔细体味穿透时空之海的味道。虽然历史的尘土早已被清扫得干干净净，但在闭上眼睛的刹那，似乎仍能感觉到翻滚飞扬的黄土，并有无数的脸夹杂其中，以一种极其模糊的神情行走，步履缓慢但会一直沿着自己的方向，像极了这个韵味十足的城市。

日月更迭，星换斗移，凉州的代谢兴衰，因革故事，真是史不胜书。因为地理位置的不可替代，它成为中国文化史上的一个抹不去的存在。在很长一个历史时期，它是东西方文明的交汇之所，载承了中国文化、西亚文化、波斯文化及多民族的文化。在唐代，凉州是中国西部的军事重镇和战略要地，也是西北地区仅次于长安的通都大邑，达官显贵、外交使节、商贾游客、文人学士过往较多，使凉州诗歌、乐舞等文学艺术和民间文艺得到了空前发展，其人才之多，作品之众，成就之高，达到了历史上任何一个时代都无法超越的水平，为我国文学艺术增添了光彩。

凉州诗歌特别是边塞诗是诗苑中的奇葩，曾留下了王维、岑参、高适、王翰等人的足迹和他们千古传唱的诗篇，比如王之涣的"黄河远上白云间，一片孤城万仞山。羌笛何须怨杨柳，春风不度玉门关。"王翰的"葡萄美酒夜光杯，欲饮琵琶马上催。醉卧沙场君莫笑，古来征战几人回"，以及杜甫、王维、孟浩然、高适、岑参、李益、张籍、元稹、白居易、杜牧等人留下的关于它脍炙人口的诗篇。元稹的《西凉伎》一诗，对凉州的繁华景象更是流露出深深的羡慕和未到过凉州的遗憾："吾闻昔日西凉州，人烟扑地桑柘稠。葡萄酒熟恣行乐，红艳青旗朱粉楼……"这种繁华的生活，使五百年以后的宋代大诗人陆游都为之赞叹神往："凉州女儿满高楼，梳头已学京都样。"

凉州并不是一个适合观望的地方，这座城市的灵魂早已在它沉重的身体下深埋，能够唤醒发掘者的便只有时光。时间是加深了解、消除距离的通道，解读它的最好方式就是真真实实的生活。在西夏博物馆、在天梯山石窟、在雷台汉墓……我发现好多人排着长队观望历史遗留下来的古迹。虽然那远古的狩猎声、那兵戈撞击的金属声、那斗酒成诗的欢笑声、那纸醉灯迷的歌舞声，早已在辽远的历史时空里化为不可捕捉的微量元素，可是那些斑驳的陶器、生锈的青铜等精美的文物却安静淡然地躺在清冷的玻璃窗中或黄土坑下，任人观赏。我们也好像穿越了千年的沧海桑田，走进了平和澹远的历史时空。

夜幕升起，一钩新月斜悬空中。朦胧的月光下，南面祁连山黝黑的山影，在深蓝的天幕衬托下分外沉寂凝重。面对此景，我油然忆起了唐岑参的诗："弯弯月出挂城头，城头月出照凉州；凉州七里十万家，胡人半解弹琵琶。"于是，便不禁流连于中心广场人声鼎沸的夜市，弥漫于空气中的恬淡，使人心静气爽，翘首仰视广场巍巍的奔马雕像，马踏飞燕的造型栩栩如生，呼之欲出，现实和历史就这样撞击着我的心灵。

"远游武威郡，遥望姑臧城。车马相交错，歌吹日纵横。"解读凉州就是解读历史的沉淀，就是解读时光所给予的积累，它让我明白了自己的生命是从怎样的一条抵抗着风雪与粗砾并荡漾出绚丽浪花的河流里延伸而来。从凉州归来，便似合上了岁月的卷帙，但发现并没有走出历史的尘封，对凉州的相思依旧，这是因为它的背影太长、故事太多、情感太深……

门源·油菜花

如果用一种颜色、一个词来形容门源的夏天，那就是"大地飞金"。仿佛是一夜之间，漫山遍野突然金浪涌动，变成了一层层、一浪浪的黄色海洋，润物无声的明黄与青山碧水相映成趣，一阵浓过一阵的香气，褪去泥土的褐色，熏亮天空的云层。油菜花凭着无数的花瓣，给门源大地插上无数的羽翼，一切因此而轻盈、透亮、欣欣然，那种气势、那种壮观、那种蓬勃，让所有的人心有震撼。

油菜花是一种普通的花，大江南北哪里都有，可是门源的油菜花却有其独特之处。在蓝天白云和祁连雪山的衬托下，门源的油菜花更加的气势壮观。从门源县城出发，路两旁簇拥着的全是开得旺盛的油菜花，远处也是一片接一片的黄花，让人不知什么时候才能走到尽头。灿烂的花海与蓝天白云、高山草场交相辉映，变幻出一道迷人的景致，令无数人沉醉其中。那地洼人家的屋脊如小舢板，起伏在花海中，那一些旧迹斑斑的老屋如搁浅的木船，经花潮的推拥，一变沧桑而灵动、滋润而飘逸。

特别是当你来到浩门河时，映入眼帘的是油菜花的海洋。看着那明艳艳的油菜花，立时会有一种触动：色香。那是颜料调不出来的色彩，是语言无法表述的芳香。单枝的油菜花构不成艳丽，它们追赶队伍似的在河两岸、在地埂上奔跑，后面的推着前面的，前面忽而又推着后面的，闹闹嚷嚷、拥拥挤挤，一股青春的气息也就浓烈地散发出来，仿如大朵夸张的野花，灿烂在蓝天下，感到花的力量、色彩的力量。放眼望去，那一大块一大块的黄，整齐细腻、明朗热烈、恣肆无忌，黄得耀眼，不避不让，让你看个真，看个够。

单朵的油菜花，只有一种色调，小小四个花瓣，简直难称其为花。所以，它难登大雅之堂，以至于少见历代文人骚客留下赞咏它的诗篇，唐诗宋词元曲这些千古典籍中也鲜有描绘它的词句。油菜花是带着泥土香味的花，是一种庄稼花，也是一种独属于乡村的花儿。它也从不矫揉造作，真实地生长在大自然的怀抱中，安安静静地在属于它的花期盛开。油菜花落，就长油菜籽，没想也没惦记化作泥土碾作尘的事情。当你在某一个清晨醒来，你会发现满地金黄的花忽然少了许多，换之的是一根根细长的油菜荚，向四面八方骄傲地竖立着，密密麻麻又旺盛地生长着。

油菜花开得灿烂，落得干脆，落下花瓣，让一粒粒油菜籽充盈枝杆，农人们待菜籽荚鼓胀、饱满、干爽、开裂时，就砍下油菜杆收油，油菜花也结束了一年一度的辉煌。油菜花让门源住进了花色里，是那样的鲜亮热烈，那样的悦人耳目。油菜花一年一年地开，一年一年地逝，年年蓬勃着辽阔和生机，从秦砖汉瓦到唐风宋雨，一直开到新时代的田埂上。看着那些惊艳的油菜花，让人想起一些老家村子里的女子，默默地美丽，默默地嫁人，再默默地生出美丽的孩子，就这样，无声无息地哺育滋养了一代又一代的门源人。

看着眼前金灿灿的油菜花，我不禁想起了故乡。家乡的油菜花也寄托着我的童年乐趣，我的家乡在故黄河畔，到处都是广阔的田野。每到春天，一簇簇、一片片的油菜花随风起伏，把阵阵浓郁的芬芳洒向十里八乡。清澈见底的河里，成片成片油菜花的倒影清晰可见。碧波映黄花，花在水中开，水在花中流，烟雨蒙蒙，影影绰绰，使家乡的灵秀又多了几分神奇和魅力。后来我离开了家乡，开始走南闯北，但对家园的记忆依然是那么的鲜艳、明丽。

孩童们放学以后，喜欢在油菜花丛中的田埂上玩耍。蜜蜂围着油菜花嗡嗡哼叫，时而翩翩起舞，时而辛勤采撷，小伙伴有的放风筝，有的扑蝴蝶，有的捉迷藏，嬉笑打闹，金色的花海中不时传出童真的笑声。此情此景，正如南宋杨万里所描绘的"篱落疏疏一径深，树头花落未成荫。儿童急走追黄蝶，飞入菜花无处寻。"有时候，我会揣着少年维特的烦恼在金黄的花堆里奔跑，累了，便坐在布满青草的田埂上，淹没在美丽的花潮中，那些花儿一朵连着一朵，一簇堆着一簇，组成了一道屏障，好像将我心底的烦恼忧伤全部阻隔开来。

油菜花开满目春，生活在门源是一件幸福的事情，与那些黄灿灿的花儿相守到老更是一件无比浪漫的事。每年的七月，会有无数的人从四面八方云集门源，来领略那斑斓无比的风景，来体会门源人那种幸福的生活滋味和爱花如命的心情。此时的门源，不仅是花的海洋，也是歌与舞的海洋，人们一边喝着醇烈的青稞美酒，一边尽情欣赏着大自然所带来的奇观，尽情地感受着一株株油菜花的万千风情。

从门源回来，那抹铺天盖地的金黄一直印在脑海之中，无法忘记。无论在哪里，只要看到油菜花，我都会萌生一种兴奋，会怦然心动，那灿烂着大地、温暖着人间的金黄色，让我倍感亲切，会在瞬间把我的思绪带回梦牵魂绕的故乡，带回清新宁静的田园。

称多·歌舞

　　青藏高原的称多风情浓郁、文化悠久,不仅有着几千年"通天河文化"的积淀,更有着"歌舞之乡"的美誉。在这里不仅可以一睹牧区淳朴独特的游牧风情,而且可以一饱称多歌舞的眼福。称多的歌舞是盛开于这片隐秘、古老却又充满了诗性土地上的最美的花朵,它以豪放的风格、传神的造型、含蓄的内涵、生动的舞姿让每一个到过称多的人心驰神往、难以忘怀。

　　我来到称多正是秋天,这个坐落在青藏高原东部的县城,沐浴着充沛的阳光,显得安详而坦然。在这片多山、多水的土地,我几乎随时随地都能欣赏到精妙绝伦的歌舞,动作时缓时急、潇洒粗犷、温柔大方。慢舞时仿佛祥云弥漫天宇、牦牛跋涉雪野、江河涣涣入海,沉稳缓和,令人肃然起敬。节奏变快时,似骏马驰骋草原、瀑布飞流直下,恰有刚柔相济、静动相谐的绝妙之处。我所听见的一曲一调,所看见的一招一式,都带着生命自由伸展的气息,散发着灵魂郁郁葱葱的芬芳。

　　在称多,原生状态的歌舞,从来就不是一种点缀、一种奢侈、一种茶余饭后、可有可无的消遣,而是生活的一部分,它与大山长河、土地森林、晴空白云、温馨的风和无拘束的牛羊为伍,生长得粗壮、朴拙而又健康,并成为流淌在称多人血液里的因子。在这里,歌舞常常会在全无准备时从天而降,往往在最不可思议的地方、最不可思议的时候,一场完全没有经过事先筹划的歌舞，会突然出现在你眼前，你会突然陷身于一片执着的、朴拙的歌舞的海洋之中而兴奋莫名，同时又头晕目眩。它会深深地打动你，先是让你目瞪口呆，继而让你自惭形秽。

记得一天晚上，我漫步于灯火烂漫、到处浮动着古老文化幽香的街道上，看到了一群又一群载歌载舞、边跳边唱的人儿。他们席天幕地、无拘无束，旋转的肢体像狂风摇撼的树林，像大海卷起的涛谷浪峰，像群山逶迤的态势，展现着自然之美、生命之美，没有任何的修饰打扮，一切朴素得像泥土，周围也没有多少的观众，即使有也多是外地人。远处只有高山，只有天上的星星和月亮，他们就这样向天空和大地倾泻自己的欢乐、爱以及情感。

惊叹之余，我很奇怪为何在这片枯涩的地方会喷涌出这么丰沛的感情，会滋生出这样绚丽的精神之花？于是，我试着透过那些妙曼的歌舞和那些丝竹管弦，去了解歌舞后隐藏着的文化心态。通过了解，我似乎走进了生命的真实和真实的生命，走进了称多的历史。原来，歌舞是称多人一种古老的习俗，是一种生命意识和生存意识的展现，是一代代遗传下来的生命密码，是一种原始生命力的张扬和喷涌。

千百年来，称多人就是这样一代代欢欢乐乐地将生命延续下来，也许正是因为有了歌舞，这片贫瘠而枯涩的土地才有了不死的灵魂和不熄的生命火焰。那迷人的歌声、动人的旋律，给钢铁般冷峻的群山万壑带来一种情人般的温馨，它使沉郁的脉管有了激情的奔涌，使枯涩的心灵有了甘泉的滋润。那歌舞又如一杯酽酽的香醇美酿，浓烈得令人陶醉，点燃了人们生活的希望、奋搏的勇气和前进的力量。

日月如川，湍湍而去，激起的漩涡和浪花浪漪重叠，生了又灭，灭了又生，但称多歌舞这朵鲜葩却永远开放在青海大地上。岁月的冰霜和历史的风雨，并没有使它凋零、枯萎，它依然清丽柔美、刚健俊倩、风采绚丽、风姿卓约，它是灵魂的淬火、生命的洗礼、精神的涅槃，它使寂寞的高原大地有了不死的灵魂，使孤独的三江之源有了知音。

我真心地祝愿吸收了日月之精、江河之气、万物之灵的称多歌舞永远魅力无穷、举世无双，永远散发光芒。

东莞·袁崇焕纪念园

东莞是广东历史文化名城，也是中国近代史的开篇地和中国改革开放的先行地，有中外闻名的林则徐销烟池、沙角炮台、威远炮台等抗英古战场遗址。对于我来说，东莞最有吸引力的是袁崇焕纪念园。纪念园集仿明建筑、雕像、浮雕、对联、诗歌、书法等于一体。十九幅袁崇焕传记浮雕手工精凿，记载了袁崇焕的丰功伟绩；三界庙、袁督师祠雄伟庄严，古色古香，殿宇肃穆。纪念园可以说是东莞的城市名片，为东莞增添了不少的光彩。

袁崇焕是明末著名军事家、文学家、民族英雄，《明史》载："袁崇焕，字元素，东莞人。万历四十七年（1619年）进士，授邵武知县。为人慷慨，负胆略，好谈兵。"正是这位认真倔强、颇具胆识的书生，在明朝末年，投身戎营，书写了一段令人感叹的传奇。梁启超在《袁督师传》中写道："若夫以一身之言动、进退、生死，关系国家之安危、民族之隆替者，于古未始有之。有之，则袁督师其人也。"

明万历四十七年（1619年），袁崇焕中三甲第四十名，赐同进士出身，授福建邵武知县。初到邵武，袁崇焕提笔写下了一首《初至邵武》"为政原非易，亲民慎厥初。山川今若此，风俗更何如。讼少容调鹤，身闲即读书，催科与抚字，二者我安居。"一个卓然为民、全心理政的形象和心态跃然纸上。诚如他所说的，在邵武任上，他救民于火、平反冤狱。与此同时，他关心辽事，当时明朝北关形势非常严峻，沈阳、辽阳等先后失陷，所以在公务之暇，他偃文习武，志图报国。

明天启二年（1622年），遵照朝廷的规定，袁崇焕到北京朝觐，接受朝廷的政绩考核。他利用在京的时机，多次自告奋勇，单骑深入辽东敌后，视察边塞，了解形势，为辽事进行准备。他自请戍卫辽东，从兵部主事做起，以军功晋至兵部尚书兼右副都御史，督师辽东，成为明廷关宁前线的总指挥官，奋力支撑起了辽东困局，多次击败后金，先后取得了宁远之战、宁锦之战、广渠门之战等胜利。特别是在宁远战役中，袁崇焕以万余人力挫后金军十三余万人。努尔哈赤自称"自二十五起兵移来，战无不捷，攻无不克，惟宁远一城不下。"宁远大捷也因此被载入了中国战争史。

为了实现投笔从戎、图复辽疆的报复，袁崇焕不给自己留有后路。上前线时，他不仅豪迈地写下"策仗只因图雪耻，横戈原不为封侯"的诗句，抒发了自己气贯长虹的胸怀，更是把妻子和八十岁的老母亲都带上前线，一起镇守边城，表达了其义无反顾的决心和对国家、民族的耿耿忠心。可惜英雄气短，由于崇祯皇帝轻信谗言，在明崇祯三年（1630年）八月，以莫须有的投敌罪将袁崇焕处死于京城西市，千古泣叹。行刑前，袁崇焕毫无惧色，念出了自己的遗言："一生事业总成空，半世功名在梦中。死后不愁无勇将，忠魂依旧守辽东。"

袁崇焕是明末清初的铁血舞台上，集忠臣良将于一身的人物。他被处死后，抄家的报告是"家无余资"——真正的两袖清风。数百年来，袁崇焕一直被人们记在心中，除去东莞的纪念园，北京有他的墓、祠堂和庙宇。在他浴血奋战过的辽东，也有纪念他的遗迹。金庸非常推崇袁崇焕，不仅把他写入了武侠小说《碧血剑》，还专门另写了一篇《袁崇焕评传》，"袁崇焕真像是一个古希腊的悲剧英雄，他有巨大的勇气，和敌人作战的勇气，道德上的勇气。他冲天的干劲，执拗的蛮劲，刚烈的狠劲，在当时猥琐萎靡的明末朝廷中，加倍的显得突出。"

"自古长城慨今古，永留毅魄壮山河"——这是康有为当年撰写并题书在袁崇焕庙前的对联。今天，读之依然铿锵慨然、铮铮有声。

宜兴·紫砂壶

宜兴是风情别具的历史古城，五千年的制陶史使它成为名副其实的"陶都"，正是因为那一抔土，造就了神形俱美、令人称奇的紫砂壶，也吸引了无数人的目光，尤其是文人雅士的目光。四处外放奔波的苏轼曾有在宜兴终老的意愿，他曾深情地写道："吾来阳羡，船入荆溪，意思豁然，如惬平生之欲，逝将归老，殆是前缘……"

古往今来，宜兴的紫砂壶深受人们的喜爱，一方面是因为它形制的优美、设计的精巧及颜色的古雅，是真正的艺术品；另一方面是因为用它沏出来的茶，不涣散香气，况且紫砂壶使用愈久，器身色泽越光润，不需茶叶，冲水即有茶香茶味。更重要的是，玲珑雅致且融诗文、绘画、书法于一炉的紫砂壶，能带给我们一份优雅闲适的心情。

对于宜兴的紫砂壶，我也是由衷的喜爱，可以说是一见钟情。记得小时候，爷爷有一把老旧的鱼化龙壶。那把壶有着婴儿般肌肤的细腻手感以及着色圆润、典雅古朴的视觉感受，更引人注意的是壶身两侧各有一条浮现于云朵间的龙，形象十分逼真。我常见爷爷定定地凝视、醉醉地把玩。印象最深的是在炎热的溽暑时节，爷爷躺坐在葡萄架下打盹，并不时地拿起身旁的茶壶呷上一口，很是惬意。后来，爷爷在弥留之际，将那把紫砂壶留给了我。每每端起那把壶，我的眼前就会浮现出爷爷飘着雪白胡须的慈爱笑容。

从此以后，我便彻底爱上了紫砂壶。每年，都会抽时间去宜兴转一转。每次，都会淘上几把心仪的壶。每一次去宜兴，我对紫砂壶都会有更深的认识。宜兴制作紫砂壶的历史非常悠久，其实真正繁荣起来是在明代，是随着文人盛行饮茶而流行起来的。这是因为文人名士都有将自己的诗词歌赋镌刻于壶体的爱好，他们深知，自我把玩可以养心，馈赠亲友可以明志，留给后人则可顺带着传承几句遗训。从明代开始，在宜兴六百多年的紫砂历史中，涌现了许多优秀的艺术大师，他们给我们留下了精湛艺术的同时，也记录着紫砂艺术的沧桑历史。

提起紫砂壶，就不得不说起供春壶。相传，明代正德年间，供春作为书童到宜兴的金山寺伴读。闲暇时，看到寺内的师傅在参禅之余，常用当地特有的紫泥捏壶、烧壶、养壶。出于好奇，供春就取了沉淀在缸底的洗手泥，参照寺院内大银杏树的树瘿，制成了一把造型新颖的壶。寺里的老和尚见了，双目一亮，当即取名"供春壶"。从此之后，"栗色暗暗，如古今铁，敦庞周正"的供春壶，开创了紫砂壶的历史，实现了实用性和艺术性的完美结合，令人回味无穷。

在宜兴，我不仅有幸看到了许多名家所制的壶，而且聆听了大师的一番赏壶、养壶的真经。比如赏壶，讲究的是形、神、气、态四字，形即外形美；神即神韵，只能意会；气即内涵，壶艺所蕴含的内在美；态为各种姿态，高低肥瘦、刚柔方圆。养壶除了要选质地上乘的紫砂壶外，还要用好茶去养，以精心挑选的不同香味的茶叶，配合不同温度的水，去养壶之色泽、养壶之香气……听完之后，我茅塞顿开，刹那间才懂得养壶其实也是养心情、养气质，自己尽可以藉养壶的心情，来蕴养自己。

从此之后，生活中再也离不开紫砂壶了。对我来说，紫砂壶是一抔有生命的土、有灵魂的土、有情感的土。微阖双目间，我常想制作紫砂壶的情形，那些色泽沉着、神态各异的紫色生灵，蕴藉着制壶人的体温，融注着他们的情感，在他们手中慢慢成形，然后在炉火中涅槃重生，响起清脆悦耳的金属之声。我觉得每一把紫砂壶的制作过程，都犹如新生命的降临般庄严。

宜兴的紫砂壶可谓是千姿百态，无论是紫泥、还是朱泥，抑或是绿泥，都精彩纷呈。"人间珠玉安足取，阳羡溪头一丸土"。在我看来，较之于精美的瓷器，紫砂更加敦厚；较之于温润的玉器，紫砂更加淳朴；较之于贵重的青铜器，紫砂更具文气；较之于华丽的金银器，紫砂更显内敛。拥着一把心仪的紫砂壶，便是一种难得的生活享受。遗憾的是名家所制的壶，如时鹏、时大彬、陈仲美、惠孟臣、陈鸣远、陈曼生等等，大抵价格昂贵，不仅搜求太难，而且很难买得起。

宜兴的紫砂壶因为配料的不同，因为温度的不同，可以说，每一把壶都是世上独一的存在。每一把壶，都是一个故事，都令人称奇。如今，经过多年的努力，我陆陆续续地收藏到了几把钟爱的紫砂壶。每天晚上，持一把温热的紫砂壶,那暖香便从指尖抵达心底,思绪和灵魂都因之而变得柔软、变得温情。

【梦里天堂】

云南·丽江

大千世界总是虚虚实实的，一处好的所在就跟一件好的艺术品一样，常常都是一个有虚有实、虚实相间的世界，云南的丽江古城正是这样的一个世界。古城虽不大，却处处透露出这个高原古城的万般威仪。它隔绝了都市的红尘与喧嚣，屏弃了世俗的偏见与鄙琐，总是给人以虚幻之感、遥远之思。

依山而建的纳西民居重重叠叠、连绵不绝，一条小巷，一户人家，一不小心，就走进数百年的历史。古城保留了大片明清年代的民居建筑，均为土木结构，多数为三坊一照壁，也有不少融会了纳西、白、汉等民族建筑艺术精华的四合院。民居布局灵活，注重装饰，精雕细刻，门窗多雕饰花鸟图案，色调浓烈。在这里，每一块青石，每一条水道，都流淌着时间，流淌着过去；每一座小桥，每一座庭院，都诉说着足迹，诉说着历史；每一座门坊，每一条小巷，都浓缩着千般恩怨，万种风情。

走在古城，重门叠户，讳莫如深，时时有一种找不到来处和出处的迷茫。在天气晴好的日子，太阳悬在头顶，阳光金晃晃的，从巷两边欲合拢的屋檐的缝隙间穿过来，层层叠叠地洒在石板路上，像天神在用霜黄透明的宣纸，裱衬着一件上古流传下来的史籍字画。明晃晃的街面与屋檐下那种拉成了菱形的荫翳相映衬，黑黑白白，各自更为分明，像极了二十世纪三四十年代的木刻版画。

白天的丽江是优雅古朴的，往来的游人或拖着行李找一个落脚的小院，或寻一张木椅懒懒地晒着阳光，倾听潺潺的水声；或流连于挨家挨户的手工艺店，觅一件满意的手工艺品；或坐于纳西四合小院，品上一壶玉龙雪茶。在四方街曾见过一个年轻的纳西女子，一身农家打扮，却收拾得干净清爽，当街站着，双手将一只体态丰满、羽毛光亮的母鸡搂在胸前，看样子是要卖的。她那双微微棕黄的、梦幻般的眼睛，仿佛还没从某个美丽的梦中醒来。她还不时地朝那只鸡努努嘴，嘀咕着什么，像是在跟鸡说话，甚至会腾出一只手来，爱怜地为它梳理羽毛。

在屋檐下的石阶旁，常常有相围而座、悠闲地烤着太阳、打着瞌睡的老人。阳光在他们的额头上层层铺展，似乎连他们脸上的皱纹里，都积满了历史金黄的飞屑，一眨眼就会舞动飞散。他们的身后是木质的门窗，门窗上精细的雕花，繁复、匀称而又美妙的图案。铜锈斑斑的门环，以及早已磨得凹下去的石门槛，构成了一种即清晰又遥远的背景，似乎都在诉说着曾经发生的生生死死的故事。他们给了我一种细部的真实的美，以及那种真实所带来的微妙而又深邃的情感。

古城还经常飘飞着那种"随风潜入夜，润物细无声"的细雨，丝丝缕缕、飘飘洒洒、欲断不断。走着走着，轻风依旧，斜雨依旧，可阳光却从雨云的缝隙中悄悄探出头来，泼洒得我一头一身。抬头，见阳光如缕，穿透丝绸般的雨雾，像支支蘸满了彩墨的画笔，红一块紫一片的，在那些老屋上恣肆地挥洒、涂抹。屋脊顿时亮了，但檐角却更暗了，雕花窗棂如同浓眉下传情的眸子忽闪忽闪，斑驳的老墙则将湿漉漉的背脊裸出，展示它无尽的沧桑。古巷在变得斑斓绚丽的同时，却更为低回凄迷。它全部的古典和隽永、苍老与深邃，便在那一刻淋漓尽致地显现出来，让人慨叹，让人深思。

丽江古城的夜景非常迷人，多彩的夜生活也让人流连忘返，最具特色的是古城的酒吧文化，许许多多的酒吧以各异的形态装点着丽江古城。每当夜幕降临，灯红酒绿，柳条依依，歌声此起彼伏。来此游玩的旅客坐在河边，依树傍水，品尝着小吃。在喝酒赏景的同时，还可以欣赏到原生态的歌舞表演。不论你是什么人，不论来自何方，来自什么国度，只要来到这里，就可以一起唱歌、舞蹈，一起喝酒、交谈，甚至拥抱，让自己的心情渐渐放松，回到最初那安宁的心灵的家。

丽江有着举世闻名、灿烂非凡的东巴文化，它是纳西族祖先一千多年前所创造的文化财富，也是全世界至今仍活着的纳西象形文字。他们将大自然的草木花石、高山湖泊、日月星辰、浮云流水，都融入了东巴文化中，如"展翅高飞"的纳西文字就画了一只展翅高飞的小鸟，"永相伴"的纳西文字就画了牵手的两个人在烈日下、在风雨中相伴不分离。每一个字，都可以随想象派生出许多更形象的"字态"，甚至扯一片绿叶就可以表达爱情；剪一缕清风就可以风花雪月；掬一捧溪水就可以洗荡灵魂……

丽江的美，古朴中透着华丽，淡雅中露着庄严。它的山是清明的，水是多情的，酒吧里的歌声是飞扬的，人的生活是浪漫的。丽江有一种说不清、道不明的魅力，让人无法忘怀，让人抛却都市喧嚣与浮躁，诗意地栖居。没去过丽江会向往，而去过了会爱上它，会留恋它自然的清新与和畅，人性的天真与纯朴，生活的原始与现代。

北京·什刹海

在历史气息浓郁的北京，波光碧影、古味悠扬的什刹海是古都唯一一处集自然风光、人文历史、市井文化、民俗民风于一身的迷人所在，也是一处没有围墙的公园。什刹海，小而言之，就是一水相连的前海、后海、西海；大而言之，则是包含了诸如钟鼓楼、地安门、新街口等地区的历史文化区域，而环湖的一周则是什刹海最直观的表面。

什刹海包含了太多的风云变幻，也包含了太多的浮华与清雅。自古以来，它忠实地记录着北京的兴衰沉浮，将湖光山色的美和悠久浓厚的历史结合在一起，演绎出别样的风情、生动与浪漫。北京作为皇城已经度过了八百多年的时光，什刹海这个曾经的王家花园也伴随着世事沧桑走过了一代又一代，历史的无数次映像永远记录在这个地标的深处。金代时，什刹海是当时除了宫殿外最奢华的皇家场所。及至元代，什刹海成了南北大运河的终点，周围也聚集了诸多店铺商家，一时间茶楼酒肆云集，城市异常繁荣，它的风韵也被意大利人马克·波罗写在了那部著名的长篇巨著中。

到了明清时期，由于大运河水道的堵塞，什刹海地区逐渐失去了经济和商业的意义，许多王公贵族纷纷在这里修建王府、寺庙、园林、别墅，而附近的老百姓也不甘寂寞，竞相在这里修建自己的住宅。慢慢地，随着光阴的流逝，什刹海便凝聚了人文和淳朴的幽雅之风，历史的碎片还有里面的往事便沉积在了这片地层的下面，以一种独特的存在述说着昔日的光影年华。

什刹海就像是喧嚣尘埃中的一片净土，当你来到那片绿荫下，来到那潭清水边，来到那丛花草间，吸一下那里的新鲜空气，听一阵婉转悦耳的鸟鸣，你一定会觉得自己的整个身心，都在拥抱那生命应该享受的美好时光。在北京求学期间，什刹海是我最喜爱去的地方，在此消磨个半日或一日，是我最快意的享受。每回去，我都像前去赴约的女子，心里揣着一份巨大的不为人知的快乐。每当我游走其中，那丝丝舒坦的感觉，不经召唤，便会自己打心底悠悠地浮上来，一切都是内心最自然的流露，是那样的生动、融洽、真实。所以，每当外地的朋友来北京时，什刹海是必去的地方。当我们吸吐着清冽的空气，安心地在徜徉那凸凹不平、古意盎然的青石板路时，好像于浮躁的生活中偷得了一个短暂的假期，获得了一种无上甜美的幸福与快乐。

什刹海也是北京这座历史古城根深蒂固的平民文化的所在，它因为融合了百姓的生活而平易近人。虽然时光过去了数百年，但那古朴的风味却一直没有变，从街市两旁古老的建筑上能分辨出曾经消逝的旧影。而错落于海子两岸的酒吧、茶馆、咖啡店，与经年沧桑的市井老屋为邻，形成了什刹海最为独到的气质。尤其是前海北沿和后海南沿，临街的房子基本都被改建成了各式各样的酒吧等店铺。坐在沿街的酒馆，喝上一杯小酒或是热气弥漫的茶或咖啡，望着窗外的海子，不禁思绪万种，给人一种特别温暖的味道，内心也充满了流连。

在什刹海，可以充分感受到生活的闲适与温存，不时地有苍老的身影走过，散淡的闲情印在他们的脸上，即便是蹒跚的步伐，也充满了生活颜色的内涵；年轻的情侣旁若无人地依偎在一起，抓紧时间体味着浪漫的温情；玩耍的少年从身边进过，追逐嬉戏的笑声回荡在上空，让人不禁回想起远去的快乐童年……那些身影和银锭桥边悠扬的叫卖声、三轮车夫的铃铛声，还有夹杂在风声之间的鸟鸣声，便构成了古色北京独有的朴美、平和、静幽。

除却那些独具韵味的店铺，最能和什刹海的气质融在一起的是那些朴素的胡同与民居。它们宛若精细的血脉和生活弯曲的腰肢，以独特的存在丰富着什刹海的真实内容，填塞并演绎着古城千年的时空。可以说，每一条胡同、每一座院子都有着自己的故事，诸如集聚了旧时王府宅门的大翔凤胡同、茅盾故居所在地的后恩寺胡同、田汉故居所在地的细管胡同等等，这就需要我们耐下心来，慢慢在行走中体味。在行走的途中，不时地遇到从四面八方而来的游客，他们或三三两两结伴而行，或跟随着导游的团队，专注地欣赏着路边的风景，手中的相机和DV也记录下了脚步的延伸。

如今的什刹海不单是古老和历史的代名词，更多的是时代所赋予的活力和青春，可以说它汇聚了无数时代的元素，并且把它们勾勒在同一幅风情画里。虽然昔年的沧桑过去了，历史也流逝在无限的遐想之中，但继承和延续是不变的主题，现在的什刹海仍然吸引着人们的目光与情感。其实生活就是历史的行程，岁月也终究要向前迈进，在那无声地传递中，什刹海的历史也还在继续着，它会一如既往地永远向前。

南京·寺庙

千百年来，奔腾不息的长江哺育着南京，让它拥有了俯视一切的姿态和随时萌生的美感。除去六朝文化、明代文化、民国文化，南京的佛教文化也独具魅力，让人沉醉不知归路。

南京是古代中国最早出现佛教活动的城市之一，从东汉末年佛教东渐江南，到清朝末年杨仁山建立金陵刻经处，南京在中国佛教文化中扮演了非常重要的角色，其丰厚的佛教文化底蕴和众多的佛教文化遗存，使得南京成为一座名副其实的"佛教之都"。"南朝四百八十寺，多少楼台烟雨中"，既是人们对当年佛教兴盛的追忆，也是南京以弘扬佛教文化隆盛于中国的佐证。时光已逝，可是在繁华印记的背后却氤氲着一道挥之不去的禅韵，虽然若有若无，却无比动人，引人去追寻。

鸡鸣寺位于鸡笼山东麓，是南京最古老的梵刹之一，有"南朝第一寺"的美誉。鸡鸣寺依山而建、鳞次栉比，集山、水、林、寺于一体，胭脂井、观音殿等都是有名的历史遗迹。明朝诗人黎民表在其《登鸡鸣寺》诗中云："宝地空香散，金绳觉路赊。楼高碍白石，轩密秘青霞。绿泫台城草，红悲辱井花。江山今几劫，非独有恒沙。"每天早春樱花绽放时，鸡鸣寺也迎来了最美的时光。满树的繁花堆云叠雪，映衬着黄色的庙墙、斗翘的飞檐、巍然的高塔，给人一种极度震撼的美。花香与梵音相得益彰，格外有韵味。

灵谷寺位于钟山东南麓,其前身是梁武帝为名僧宝志所建的开善寺。经过一千五百多年来的尘世烟雨和离乱战火,灵谷寺苍松翠柏林立,环境清雅,遂成为寻幽探胜的佳境。无梁殿是一座奇异的殿堂,没有一根梁柱,全部用巨砖垒砌成券洞穹隆顶,让人叹为观止。宝公塔前的古碑,集吴道子的画、李白的诗、颜真卿的字于一体,故有"三绝"之称。灵骨塔、松风阁、阵亡将士牌坊和公墓,则吸引着络绎不绝的拜谒者。灵谷寺是最容易引发思古之幽情的所在,正如明代杜士全所说的:"上方台殿锁深松,幽径能潜野鹿踪;石罅自流功德水,僧鸣始识景阳钟。空阶弦调弹仙乐,古木枯鳞半老龙;往事悠悠残照里,江皋千古见群峰。"

清凉寺也称清凉禅院,是佛教禅宗法眼宗的发源地,尽人皆知的成语典故"解铃还须系铃人"即出自于此。从唐代到清朝,清凉寺一直是江南地区重要的佛教道场,"清凉问佛"曾是流传久远的"金陵四十八景"。作为南唐首刹,清凉寺吸引着历代许多文人墨客来此驻足。透过历史的帷幕,可以看见温庭筠、王安石、林和靖、苏轼、高岑、吴敬梓等人在山上踯躅前行的身影。往事越千年,清凉寺历经沧桑,迭有兴废,现仅存大殿一座、厢房五间,以及扫叶楼、还阳井、崇正书院、驻马坡等古迹。行走在清凉寺,游人不多,好像沉浸于无边的静谧里。夏天的时候,似乎有一股"清凉"味,充盈在心间,整个人顿时就清爽了起来、轻盈了起来。

栖霞寺位于栖霞山,发端于南齐隐士明僧绍的"舍宅为寺",是中国四大名刹之一,素有"一座栖霞寺,半部金陵史"的盛名。行走在栖霞寺,历史遗存随处可见,散发出淡淡的古韵气息。舍利塔为南唐遗物,是长江以南最古老的石塔,塔身上的佛经故事虽经风雨的剥蚀,仍然鲜活灵动,成为金陵佛气长存的千年佐证。佛岩是中国唯一的南朝石窟,一个个的石窟佛像仿佛都有生命，都有着自己的呼吸和脉搏。去栖霞寺，最好是在深秋时节，层林尽染的枫叶将古寺装点的如霞似火，亭台楼阁、红墙小窗、飞檐黑瓦，掩映其中，美不胜收。徜徉古寺内外，一边看着色彩斑斓的枫叶，一边听着古寺的梵音，一边吃着爽口的素面，心中不禁多了一份悠远古朴的宁静，妙不可言。

一花一世界，一树一菩提。南京城内外还有诸多的珈蓝禅院，其一丘一壑、一草一木都有禅韵。毗卢寺隐于市区繁华之地，是"民国"时期全国佛教的传播中心，也是中国佛教从传统走向现代的标志性道场。大仙寺是南京市唯一的一座前殿供佛、后殿奉仙的寺庙，显示了南京佛教与其他宗教的融合。高座寺是南京唯一现存的梵刹遗址，也是雨花台上的一座袖珍丛林，无论照壁、殿、堂、馆、院、苑、室都小巧精致，内含丰富，别具一格，引人入胜。

宏觉寺是佛教牛头宗的发祥地，也是古时候南京及周边达官显贵和善男信女烧香礼佛、登临怀古的绝佳去处。定山寺被誉为"达摩第一道场"，至今留有达摩岩、宴坐石、达摩画像碑等诸多遗迹。惠济寺有三棵南京地区现存最早的古银杏树，相传为南朝梁昭明太子萧统在此读书时手植，千百年来，一直傲岸于钟磬声与琅琅书声之中。此外，还有玄奘寺、天界寺、龙泉寺、七佛寺、明因寺等等，都是南京作为"佛教之都"的见证。

南京的寺庙是闹市中的一方净土，禅香在鼻，禅韵于心，那份缭绕的烟火气息吸引着越来越多人的目光和流连忘返的脚步。

闽南·土楼

历史悠久、规模宏大、结构精巧的土楼是世界上独一无二的神话般的山村民居建筑，被称之为"世界建筑之瑰宝"。虽然早已在报纸、杂志上多次看过土楼的介绍，但当我们翻山越岭走进土楼村落，当庞大无比的土楼突如其来地跃入眼帘的时候，一行十几人几乎同时发出了无法遏止的惊叹，不禁为其用泥土构筑起的庞大规模而感到吃惊。

福建土楼密集分布在闽西南的山区，除了常见的方形、圆形之外，还有椭圆形、五凤形、马蹄形、牛角形等。它们犹如一座座庄严宏大的城堡，给山清水秀的乡野平添了一道壮丽的景色。在二十世纪八十年代，福建的土楼曾被西方国家误认为是我国的核反应堆。土楼是适应当地自然环境的一种最佳的建筑形式，除具有防卫防御的奇特作用外，还具有防震、防水、防盗以及通风采光好、冬暖夏凉等特点。

土楼的整体朴实无华，其外墙通常只是夯土墙及石块或石条砌成的墙基，大多没有施以装饰，可以看到夯击的痕迹，泥土气息十足，只有少数土楼的外墙上抹一层白灰，另有一番风味。但是在土楼的一些细部却精雕细琢，以楼内的柱基为例，不仅形式多样，而且雕刻精美。形式上有的是简单的、毫无雕饰的圆筒形或长方形，有的是雕有花纹的方形、八角形、圆鼓形或灯笼形，所雕刻的花纹多为蔓枝莲花、富贵牡丹等植物图案，也有狮子、麒麟、凤凰、鹿等动物图案，有的甚至雕刻戏文人物。

所以说，土楼外拙内秀，在粗犷中含有精致，在朴实中透出奢华，在雄伟中绽出秀气，在壮观中露出诗情画意。

土楼是一种非常高明的建筑，每一座土楼都是一个独立自主的小天地。一楼多是厨房与饭堂；二楼多为仓库，储藏稻谷、麦子等粮食；三楼为卧室和客厅；天井中多开有水井，养有鸡、鸭、狗之类的家禽，还安装有石磨、石舂等加工稻谷、麦子的工具，可以说人们日常生活必需的设施和物资应有尽有。如果关起大门，楼内的人至少也能在里面舒舒服服地生活几个月或半年以上。这也体现了客家人世代相传的团结友爱的传统，试想几百人住在同一幢大屋内朝夕相处，和睦共居当然是非常重要的，客家人淳朴敦厚的秉性由此也可见一斑，一进入土楼，你立即就能感觉到那种温和的气氛。

在诸多的土楼中，著名者有裕昌楼、振成楼、承启楼、田螺坑土楼群等。建于元代末年的裕昌楼，是一座既古老又高大的圆形楼，又被称为"东歪西斜楼"，楼内回廊木柱歪歪斜斜，最大倾斜度为十五度，看起来摇摇欲坠，但由于设计合理，该楼经得起了七百多年的风雨洗礼和无数次地震的考验，至今依然如故，有惊无险，堪称土楼中的奇葩。田螺坑土楼群，一方四圆的造型既像美丽的梅花，更像是洲际导弹发射井。从公路上居高临下望去，四座圆楼簇拥着一座方楼，像一朵怒放的梅花绽开在万绿山中，美妙绝伦。走到坡底在回首望，这一座座错落有致、层叠排列建在坡上的土楼群浑然一体，巍峨耸立、气势磅礴，宛若拉萨的布达拉宫，在阳光的照耀下，更加金碧辉煌。

振成楼号称"土楼王子"，占地五千平方米，创建人是做过北洋政府参议员的林逊之。楼分内外两圈，形成楼中有楼、楼外有楼的格局。外楼是按《易经》的"八卦图"建造，卦与卦之间砌青砖隔墙，把圆楼分成整齐的八个单元。与朴拙的外楼相比，内楼则富丽堂皇，高大的石柱、镂空的屏门、螺旋形的铁栏杆、精致的窗雕门雕、典雅的牌匾对联，着实美轮美奂。大厅及门楣上有民国初年黎元洪大总统的"里堂观型""义声载道"等题字，楼内还有永久性楹联及题词二十余幅，最为脍炙人口的是楼主林逊之的自撰联："振作哪有闲时，少时、壮时、老年时，时时需努力；成名原非易事，家事、国事、天下事，事事要关心。"读着它，一股豪气自胸中涌起，那个振作精神、希图报国建功的书生形象，便在脑中久久萦绕。

一位诗人曾说："圆土楼是个句号，却引来了无数的感叹号和问号！"感叹号和问号都源于震撼，我想每一个初晤土楼的人都会经历这样的震撼，并在心头重重垒叠起一连串的感慨与惊奇。"繁华事散逐香尘，流水无情草自春"，每当想起那些土楼，总觉得有一个老人在向我飒飒地讲述一悠远悠长的旧梦，让我有一种惊心动魄、难以忘怀的感动，萌生了一种长存心底的渴念。

苏州·巷陌

苏州是有名的"人间天堂"，马可·波罗称赞其为"东方的威尼斯"。作为吴越文化的发源地，苏州形成了"小桥流水、粉墙黛瓦、古迹名园"的独特风貌。古城还有许多幽深不知出路的巷陌，走进去，像倏然闯进一个迷离而久远的梦。时光好像一下子倒流了百年，眼前的长街曲巷、黛瓦粉墙，古朴中透着似曾相识的亲切。

走在巷子里，重门叠户，讳莫如深，时时有一种找不到来处和出处的迷茫。绵密细致、凸凹不平的青石板一个个紧紧地挨着，从巷口铺向巷尾，写满了故事与传奇。岁月加之雨水的冲刷和千百年来足底的打磨，在石板上留下了一条条细密的沟纹，使人顿生无限的沧桑之感。你不时地看见几个老外背着照相机在街上寻找镜头，但你却听不到城市固有的嘈杂和喧哗，生活在这里有条不紊地进行着，它的步履从容的符合一切自然的历史的规律。

最让我心动的是那些有欢乐有忧伤的小巷人家。大门的铁门环在几辈人时光的打磨下，使得"亮"成为形容它的唯一词汇。你把五个手指搭在门环里，能感觉到时光的沧桑与重量。屋脊瓦摆上，那些生长了多年的不知名的草棵、斑驳脱落的矮墙，都沉浸在一片迷蒙而又温暖的睡意之中。花窗、门廊、隔扇、砖雕、短墙，不时地会有一棵葱茏的绿树或是几支嫣红的花朵从墙里伸出来，洒你一头绿荫和花香。

当我沿着古巷的短墙独自穿行时，偶尔会碰到一扇虚掩着的木门。我会吱呀一声，贸然地推开木门，闯进那黛墙青瓦的院落。在意识深处，我闯进的不只是木门后的那座院子，而是被木门和短墙关着的某个梦境。通常，等我出现在正屋前面的台阶前时，主人才会迎出来。我和主人并不相识，但是他却毫不惊讶，他会很客气地搬出小凳子，请我在院子里坐坐，有时还会奉上一杯热茶让我品尝。在我和主人有一搭无一搭地闲聊时，我的眼睛却忍不住要东张西望，看那花鸟虫鱼，看那浓浓的绿荫，看那色彩凝重、古色古香的屋堂，寻找到了一种在城市里久违了的高洁和古雅。

苏州的巷子里，还藏着许许多多有手艺、有绝活的手艺人，他们以各种各样的形式在古巷里繁衍生息，就连空气中都游荡着他们的影子。他们有的以作坊或是店铺的形式存在，比如那天色未明就辚辚转动石磨，让豆浆像乳汁一般流淌的豆腐坊；那风箱扇得火苗直窜，你一锤我一锤锻打铁器的铁匠铺；还有那竹器店、馄饨摊和专门浇铸铜勺、铲刀、汤匙的小铜匠铺。

除此之外，还有诸多艺人我未能见识，但在小城的角落里却能目睹他们的痕迹。镂空雕花的木窗、悬挂厅堂的书画、泥做的茶壶、竹骨密匀的油纸伞、诱人的姜糖、蜡染的布匹、手绣的鞋垫和长衫，甚至是一双古朴的草鞋，它们都淡然地守候在小城安排好的位置，给人一种品不完的古韵风情。那些艺人大都是在巷子里长大、变老的，巷子的故事里隐藏着他们的一生。他们每天都不厌其烦地在巷子里穿梭，生命就在他们的脚步中悄无声息地延续、传递。

小巷的夜晚和平恬静、风情万种，并随着季节的变化而独具特色。古巷在冬季万籁俱寂的夜晚，静谧得如一张刻薄的宣纸。在其他的季节里，古巷则完完全全被各种声音所占据。除了春夏的蛙鸣和深秋时节穿透窗纱的唧唧昆虫声外，古巷还充盈着许多美妙的声音。最美妙的是悠扬的昆曲声，空远而寥廓，种种不同的音色，同时并陈，初听是浑然一片的合奏，仔细听去，却又非常清晰和谐，琴声歌声，一样的清妙婉转，袅袅不绝，让人不禁沉醉于一种梦似的境界里。

"回眸难忘锦绣园，浅笑又忆烟雨巷"。每当我回想起苏州的巷子，我恍若置身于飘浮着历史尘埃的岁月长廊，恍若置身于一个人性与自然紧密相连的梦境，虚幻而又真实。苏州的巷子让我深知生与死、衰与荣、古老与新生。

广西·桂林

桂林是一座风姿卓约的绝色之城，在漫长的岁月里，它的奇山秀水、民族风情、历史文化深深地吸引着无数的人纷至沓来、流连忘返。对桂林的向往，是从我小学的时候就开始的，记得那时候学的一篇课文叫《桂林山水甲天下》，描写的景色让我无限向往，象鼻山等至今仍记忆犹新。在一个初春时节，我终于踏上了这片令我神往的画中世界。

"百里江流千幅画，漓江山水甲天下。"漓江是桂林风光的精华和灵魂，刚到漓江的时候，我就被它的气质所感染了。城市的喧嚣、嘈杂、乌烟瘴气，都被它清洗的一干二净，让人神清气爽。它恍若流动的翠玉，蜿蜒于千山万峰之间，奇峰倒影、山水相映，使人不禁想起"江作青罗带，山如碧玉簪"的咏叹。可以说，漓江的每一处景致，都是一幅千姿百态的泼墨水彩画，使人真切地领略到了山水的神奇与秀美。

最先让我惊叹的是清澈明亮的漓江水，湖底的绿草碧透生青，在阳光下有一种鲜嫩的翠绿；没有阳光的江面，湖水是黛色的墨绿，深沉得从容，又泛着诱人光泽。乘竹筏顺江而下，微波粼粼，两岸山峰形态万千，嶂峦起伏有致。它们在竹筏的缓行中变幻着各色美姿，端的是美轮美奂，让人览不尽、看不够。神笔峰、童子拜观音、鲤鱼挂壁、五指山、骆驼过江、罗汉晒肚等等，讲述的是一个个古老美丽的传说。

最神奇的是九马画山了，众彩纷呈、斑驳有致，宛如一幅神骏图，据说只有周恩来总理能看出九匹马,我费尽心思也只看出来三匹。堤岸上的凤尾竹终年碧绿,似少女的裙裾,随风摇曳、婀娜多姿,还有几头水牛在摇头摆尾,或饮水自如,或眯眼养神。一路行、一路看,水的清澈与山的俊美相映成趣,构成了一副绝美的山水画卷。

游罢漓江,第二天便去了世外桃源。世外桃源是按照《桃花源记》描写的意境建造而成的,也是一处风光旖旎的人间仙境。正如陶渊明所描述的一样,我们乘坐小船进入了极狭小的一条漆黑的石洞,几分钟后驶出洞口,映入眼帘的是一片灿烂的桃花。来不及拍照,船儿就驶到一片葳蕤的竹林,青翠欲滴,看着看着,耳畔又传来歌声。循声望去,原来是一群当地土人在跳庆丰收的舞蹈,他们边跳边唱,鼓声、歌声和身上的铃铛声合奏出美妙的乐符,鼓荡在我们的耳际,久久挥之不去。

船继续前行,水面开阔起来,在河边搭起的简陋台子上,土著人用自己民族特有的方式,欢迎远来的客人。船靠岸了,开始游览水乡侗寨。古色古香的建筑,古老的民族,传统的工艺,传统的产品,使人们仿佛回到原始状态。看到他们这种自给自足、怡然清静、悠然自得的生活,让人情不自禁地想远离繁华尘世,留在此地。从侗寨出来进入了渊明山庄,虽说是新建的景点,但是我宁可相信陶潜先生在此居住过,可以在这里追寻古人的足迹,体会古人的意境。

刘三姐是桂林的一个文化标记,几乎随时随地都可以听到关于她的传说与故事。张艺谋导演的《印象刘三姐》,利用了现代化的声、光、电,借助刘三姐的美丽传说,在漓江美丽的山水之间,创造出了一幅美轮美奂的景象。冲击性的色彩搭配,原生态的歌舞表演,穿梭于阳朔隽美的山水实景为背景的舞台当中,给人一种难用语言描述的震撼。一开始是男人打鱼女人唱歌,然后是刘三姐参拜月亮女神,月亮女神身着薄纱,在月亮上跳舞，很美。特别是当几百名群众演员穿着纯银制造的光电服装排队走来，那种视觉效果让人永远难忘。

刘三姐大观园是桂林众多奇山秀水中一处独特的人文景点，徜徉在其中，可以近距离了解那个用自己的美妙歌声和无穷智慧为穷人排忧解难的刘三姐。印象最难忘的是几位瑶族的阿婆，展示她们的长发。原来瑶族姑娘们只在成年的时候剪一次头发，然后就终生都不再剪了，她们的发式也是代表了不同的人生阶段，少女的头发是包在黑布里盘在头上，结婚的女人头发就是盘圆环形在上面，但有了孩子之后就又要在额头前方突出一个发髻。

桂林的山、桂林的水，美得非我语言能表达。城在山中，山在城中；水在山中游，山在水中立，如诗如画，难怪千百年来有那么多人为之陶醉。"群峰倒影山浮水，无水无山不入神"；"漓江千载清如许，只洗青山不洗人"；千百年来，无数的千古名句赞美过桂林山水，它的美只有亲眼见了才能体会，你也赶紧来吧！

青岛·老房子

青岛是一座闻名中外的旅游观光城市，除去蔚蓝的大海、青翠的山峦、湿润宜人的环境，还有许多风格迥异的老房子。那些独具特色的老房子犹如青岛的枝与叶，鲜活地反映着城市历史文化的脉络，印记着青岛所走过的坎坷而艰辛的脚步，它们的存在也使得青岛这座风情别具的城市充满了更加迷人的文化神韵。

青岛的历史文化可谓源远流长，早在五六千年以前，先民就在此创造了灿烂的岳石文化。近代的青岛因优越的自然地理环境和天然的良港而成为帝国主义争夺的殖民地，德国、日本等都曾侵占过它，英、美、法等国纷纷在此设立领事馆。于是，青岛便拥有了多个国家风格的房子，无意中成了一个建筑博物馆。青岛保存的这些建筑被称为"世界建筑的标本"，因此青岛也有着"万国楼"的称誉。

漫步其中，仿佛到了异国他乡。这些老建筑的身上仿佛都深刻着一、两个世纪以前的欧洲文化影子，一些剥落的墙面似乎承载着岁月的记忆，守护着昨天的故事，细看之下总感觉它们更像是一座座童话故事里的城堡，在秘密的庭院里有着很多动人的故事和传说。踱步在青岛的街头巷尾，令人驻足的老建筑比比皆是。在青岛小住的几天里，看房子成了我的第一兴趣。早晨起来后，我怀着愉悦的心情穿行在大街小巷，端详这些千姿百态、带着异国风情的老房子。

浙江路上的天主教堂是青岛最大的哥特式建筑，也是中国唯一的祝圣教堂，其主体长八十米，顶端竖有高约五米的巨形十字架，十分雄伟，堂内大厅可容千余人，后方设有两个大祭台，配以上方穹顶的圣像壁画，很是庄严美观。江苏路的基督教堂，则与天主教堂的建筑风格截然不同，坚固厚重的墙壁、半圆拱形花岗岩窗框、陡斜的红色屋顶以及绿色尖顶的钟楼，使整个教堂的轮廓显得清晰简洁，给人一种独特的美感，钟楼上的巨型钟表给原本肃穆的教堂又增添了几分神秘和庄重。

青岛的名人寓所也是不得不去的地方，在二十世纪初的相当长一段时期内，青岛是国内外军政要员、商家名流、文人墨客来往穿梭的舞台，蒋介石、陈毅、闻一多、沈从文、老舍、梁实秋、萧红等都曾在青岛工作、生活和创作过，这里也因此留下了他们当年的寓所。

蒋介石曾住过的别墅为花石楼，是用花岗岩和鹅卵石建成的，它的建筑风格是典型的欧洲古堡式，又融入了希腊式和罗马式的风格，也有哥特式的建筑特色，主体共分五层，顶层为观海台，一侧有铁尖顶，由圆形和多角形组合而成的建筑物正面造型，别致有序。康有为的天游园寓所是文人寓所中最为著名的，寓所濒临大海，是一座小二层楼的建筑，暗红色的木构房屋、间以雪白的墙壁，在天空清澈的映照下显得庄严而清洁，坐在二楼阔大的阳台上的书桌前远眺，大海目力可及，仿佛遥遥可以听见海浪的翻滚声。

青岛的老房子在建筑式样以及风格上都各具特点，并且没有雷同，很少有四方盒子或是火车厢式的整齐划一的规格，轮廓少直线而多弧线，屋顶无一平顶，或成哥特式的尖突，或成四棱四面的盔形。屋顶的颜色是一色的红瓦，有时走得远一些，坐在海边的礁石上回望全城，但见裙楼鳞次栉比，衬着如云的绿树，像一簇簇跳动的火苗，在蓝天碧海间又似一抹烧红的晚霞。最可看的是德国人建的提督楼，据说是仿照德国皇宫的样子缩小而建成的，是一座典型的德国古堡式建筑。楼高三十余米，全都是一色花岗石砌成，底层和顶层都用糙石穿靴戴帽，窗户都用粗石镶边，窄而高的玻璃窗如两只深陷进去的眼，窗框上鼓起的石头活像德国人的高鼻梁，足见设计者的独特匠心。

游览青岛的老房子，就像在翻阅一部欧洲建筑的史书。虽然历史的背影已渐渐远去，可历史所赋予青岛的文化性格与底蕴却一直向前延伸，让人可以看到里面尘封的掌故。从青岛回来后，我依然被那些老房子的独特美长久地感动着。我也希望青岛这座融历史与现代为一体的迷人城市，永远充满生机与活力，永远以无边的美丽伫立于蔚蓝的海岸边。

皖南·古村落

皖南是一个独特的地理存在，它所保存下来的徽派建筑是人类建筑史上的绝唱，凝结了徽州古老而优秀的历史文化。走进皖南那一个个风情别具的村落，如宏村、南屏、西递等，就如同走进一部厚重的历史书，正如一位建筑学家所说的："要想了解中国古代百姓们的生活，就到徽州去。"的确，皖南的古村落给我们展示了太多的古代人生活的印记，集中了太多的有关明清时期乃至宋元时代历史的实物证据，是我们全面了解古代社会与文化的所在。

皖南的古村落大多位于层峦叠嶂的山区，村落四周有青山环抱、绿水萦回，体现了人与自然的高度和谐。汽车行驶在山道上，你随便向窗外一瞥，总可以看见那些分布在绿坡上或散落在溪流边的层层叠叠的屋舍，青山为背景，绿水为依托，构成了一幅幅美不胜收的画卷。皖南的古村落之所以能够大量地完整地保存下来，是因为其历史上少自然灾害和兵火匪患，再加上道路艰险、河流湍急、交通不便，因而这里历史上一直处于一个相对隔绝的状态中，也正是因为此，才能够历经千百年的物换星移、世事变迁，保留下来大量古代人生活的遗迹。

皖南的建筑流露出一种独特的神韵，青山绿水与白云缭绕之间，掩映着粉墙黛瓦的屋舍、飞檐翘角的祠宇、高耸矗立的马头墙，甚至于这里的石桥与巷道、牌坊与亭台，无不透露着清新自然的质朴美。

那些建筑让人流连忘返的同时，更能让人获得一种纯朴清新的美的熏陶。深入到村子里，感觉像一下子穿越了千年光阴，跌落进一个古老的传说。沿着幽深的巷子漫无目的地往前走，斑驳苍老的古墙，千年月光照过的砖瓦，都像一个古老的梦境。窄窄长长的巷子里，随手随地都是商铺，展示着徽州人全民皆商的遗风，手工艺品、风味小吃、楹联书籍……无不散发着古朴的幽香，还有那些神工鬼斧雕琢出来的阙地、门饰、窗棂……都被岁月赋予了沧桑，向人们诉说着这里曾经有过的繁华与荣耀。

马头墙是徽派建筑中最显著的标志，其主要功能是防火，因为皖南地区人多地少，在建筑用地上必然表现出惜土如金的观念。再加上建筑物之间道路狭窄、布局紧凑，如果没有马头墙，一旦发生火灾，就有可能会波及范围很广。事实也证明了，马头墙对火灾的漫延能起到很好的阻隔作用。此外，马头墙还可以起到防盗的作用。徽派建筑往往屋宇连片，在房与房之间建成马头墙，就可以将每一单元的建筑建成一座堡垒，不仅让外面的人无法进入院内，甚至也无法窥视到院内人的行动，这也符合男子普遍外出经商的徽州地区的实际需要。马头墙在视觉上也让民居产生了一种非常突出的效果，远远望去，一片片白墙托起一层层黛瓦，在蓝天下的群山衬托下，错落参差，仿佛一组组凝固的音符，使整个建筑更具有一种令人痴迷的韵味。

皖南民居的大门都带有门楼，门楼的样式有多种，但一般都有似横空出世的飞檐，飞檐的下方多是砖雕做成的门额，门额的雕刻是徽派建筑向人们展示艺术造诣的地方。天井是徽派建筑中另一必不可少的结构，因为朝外的墙壁要造得又高又厚，而且出于安全的需要，还不能留有窗户，这样，徽派建筑中采光的需要就要从另一个角度来考虑解决。天井在徽派建筑中就应运而生了，几乎所有的天井在设计上都遵循"四水归堂"的原则，所谓"四水归堂"是指屋四檐的雨水全部流向屋中间的天井里，再由天井中间的下水道排向户外，这种设计理念基于聚水如聚财的认识，也是商人社会中特有的大众心理在建筑上的反映。

在皖南，旖旎的自然风光和令人叹为观止的人文景观得到了完美的结合，徜徉在粉墙黛瓦式的村落中，走在磨得光滑的青石板路上，流连于数百年来陆续留下的深宅大院，欣赏着美轮美奂的木与石的雕刻，忆想着这里曾经有过的繁华与荣耀，让人感觉时光仿佛在皖南的村落中失去了原有的威力，也让我们可以坦然地收拾心灵片羽的光辉，任思绪在沧桑变幻中变得宁静而又从容，轻易地获得一份无上的甜美与幸福。

山城·重庆

千百年来，无论是作为巴人的古国，还是作为民国的陪都，山城重庆就像一幅典雅冲淡的水墨画，永远都是灰蒙蒙的。可能是因为重庆有太多的沉淀，灰色成了它的主色调，无论你走到哪里，都无法摆脱。第一次到磁器口，我惊讶的不是它的古老，而是它的灰色，从长长的石板凳，到破落的墙、残缺的瓦，甚至于茶楼中静静坐着的茶客，以及那好吃的不得了的磁器口豆花也都暗灰暗灰的。

重庆多山，"山是一座城，城是一座山；山在城里面，城在山中间"。市区三面临江，一面靠山，倚山筑城，建筑层叠耸起，道路盘旋而上，城市风貌十分独特，也由此形成奇丽的夜景。夜景是重庆的骄傲，以繁华区灯饰群为中心，干道和桥梁华灯为纽带，万家灯火次递亮起，流光溢彩洒遍每一个角落，构成一片高低井然、错落有致、曲直相映、远近互衬的灯的海洋。清朝诗人姜会照在《宇水宵灯》诗中描绘道："万家灯射一江涟，巴字流光不夜天。谁种榆河星历历，金波银树共澄鲜。"

从山上望去，渝中半岛就像一只巨大的江轮，在漆黑的夜幕中逆江承风而上，将滚滚东逝的长江劈成两半，一半成了嘉陵江，另一半成了金沙江。滨江路像两条彩带飘在江上，将滔滔江水染的五彩缤纷、斑驳陆离。山间的星星点点约约，在清凉的晚风中如同天堂，朦胧中透着诗意，沉醉中还意识到几分自然的清醒，车辆舟船流光，不停穿梭于茫茫灯海之中，且依稀飞起喇叭、汽笛、欢笑、笙歌之声，给夜山城平添无限动感与生机。

到了重庆，人民广场也是必须要去看看的，不去你就不能真正了解重庆。每天都一样，早上和晚上，准时准点，广场上的十几个高音喇叭同时响起，成千上万的人从四面八方涌来，伴着同一支曲子，跳着各式各样的舞。偌大一个广场，男男女女、老老少少，相识的不相识的，会跳的不会跳的，有伴的没伴的，挤得满满的，互不妨碍，自得其乐。我喜欢清早起来坐在宾馆前楼的阳台上，在叽叽喳喳的鸟鸣声中，嗅着楼前玉兰树淡淡的花香，泡一杯清茶，慢慢地欣赏这千姿百态的跳舞人群，欣赏这略带嘈杂的音乐。我也说不清有什么好看的，有什么好听的，但是我就喜欢这么百无聊赖地欣赏着，因为我觉得这才是重庆最真实的生活。

重庆产美食，更产美女。市中心的解放碑是美女的海洋，每到傍晚整条街涌动着群群美女，让人眼花缭乱。其实重庆女人之所以美，除了饮食，更多还在于重庆人文环境变化和地理环境影响。重庆人文环境最重要的改变是在二十世纪三十年代。当时重庆因抗战成为陪都，全国优秀人才汇聚于此，人文素质得到了极大的改变，除了人文原因，地理环境对润育出亮丽的重庆女人也很重要。重庆多雾，湿润空气使人皮肤长期处于保湿状中。再加上两江三岸的梯坎锻炼出重庆女人挺拔向上的身材。可以说，重庆女人是这座城市最迷人的灵魂。

重庆的火锅是久负盛名的，不仅是重庆饮食文化的代表，也是重庆的城市名片。重庆的火锅以"辣、麻、咸、鲜、香"为主要特色，有周渝府、巴到烫、谭鱼头、秦妈等数十种。吃火锅的地点，可以去装修豪华典雅、具有浓厚巴渝文化气氛的火锅大酒楼，也可以到便宜一点的"三拖一"店。最有情调的当属江边火锅，灯火辉煌，照得江面恍如白昼。两岸灯红酒绿，啤酒的香味、渝菜的香味与河面的淡淡水雾一起在空中萦绕，原本汹涌的江水开始婉约，流泻出万紫千红的光晕。在江边搭张桌子，摆上火锅，几个朋友围成一圈，把酒临江风，笑钓一江月，其情其景，不亦乐乎？

重庆就是这样一座城市，一座山美、水美、人更美的城市，一座优雅闲适、让人流连忘返的城市！对于山城重庆来说，我仅仅是一个来去匆匆的过客，但是它却印在了我的心灵深处。每当想起山城重庆，我都恍然置若于一幅苍古幽邃的水墨画中，它的唯美的景致总在我的心灵深处浮现，总在我记忆的橱窗中经久回荡。

浙北·西塘

西塘是一处积淀了上千年美丽的迷人所在，不仅是古镇居民祖祖辈辈恋恋不舍的生活家园，也是现代都市人涤去心头浮尘，感受淡泊宁静的好去处。

西塘位于浙江的北部，始建于唐朝，屋瓦连绵的明清建筑群、纵横交错的河道与姿态各异的石桥沉淀着千年的漫长时光。由于时间久了，人们往往忘记了它们的来历出处，这些遍布小镇的街巷、石桥、宅邸，有些能说出个子丑寅卯，有些可就没人能说出道道来了。西塘人静静地守着祖上传下的这一方水土，自得其乐地生活在小桥边、流水上，在小镇里慢慢地喝茶、悠悠地聊天、美美地品酒、闲闲地溜达。

西塘和别的江南水乡不同，它没有贵甲一方、富可敌国的大商巨贾，如周庄的沈万山；它也没有精雕细琢、美轮美奂的南方园林，如同里的退思园。西塘的格局是普通的，但是在普通中却透露出一份悠然自得。水乡的生活是闲适的，一位在大都市忙忙碌碌的人来到西塘，会产生一种沉醉不知归路的奇特感受。所以，西塘的外国人很多，一个个直起高高的鼻子，睁大了眼睛、伸出馋嘴的舌头，脸上尽是赖着不走的表情。

千年古镇自然会有种种不同寻常之处，西塘最有特点的是那沿街的廊棚。西塘的廊棚是民间的自发行为，每户枕河人家都主动挑出自家的屋檐，家家屋檐连成一片，而且风格惊人地统一，没有一根廊柱比别家突出，自然就成了廊棚。俗话说"与人方便，自己方便"，再没有比西塘的廊棚体现得更充分了。廊棚的由来有一则仙话，说的是一位好心的店老板为一个装成乞丐的仙人搭棚避雨的故事，正应了中国那句"好心有好报"的古语，那位原先日子过得艰难的小老板就此飞黄腾达了。

廊棚还有一个颇有意境的名字叫"烟雨长廊"，长廊中不时有供人们休息的亭廊或台廊，老人们喜欢在此围坐一圈，啜茶聊天，休闲享乐。在廊棚沿河一侧，还设置了一排排靠背长椅，有人给它起了一个脂粉气十足的名称——美人靠，过往行人可在此歇息或凭栏观景。古镇有了这么一条界于店铺和过道之间的庇护长廊，不要说过往行人无日晒雨淋之忧，连商贾贸易也变得从容不迫。当你在游龙走蛇的长廊里漫步，一色的灰砖地面，一式的圆柱木架，显得那样古拙淳朴。隔岸相望，低处是排列有序的河埠头，高处是翘首蓝天的马头墙，中间是一户户水上人家的鲜活画面，欸乃桨声，水波倒影，无一不尽现古越文化的风姿。

除去廊棚，西塘还有一道原汁原味、饱受游人青睐的景观，那就是遍布全镇的一条条四通八达、纵横交错的巷弄。它们既是交通要道，又是住宅建筑的附属物。由于镇处于水网之中，河流是它的马路，陆地被水域所包围，显得十分局促，当人们进行建筑规划时，必须精打细算，稀土如金。无论是大户人家或平民百姓，不管是盖店铺还是建作坊，或建造馆舍民居，其占地面积都要精心测算，于是一条条长短不一宽窄不等的宅弄应运而生了。如今，镇上许多明清年间的老宅院里，依然住着人家，男女老少，晨出暮归，在巷弄里穿行进出，赋予了巷弄鲜活的生命和无穷的魅力。

西塘内有九条小河流过，水气充沛，一年中大多数的清晨都是云遮雾罩的,烟气迷蒙中,左看右看,映入眼帘的都是中国传统水墨画的景色。想更深入地看看西塘,租条小船是个不错的主意,橹声欸乃,水波青漾,低处是排列有序的河埠头,高处是翘首蓝天的马头墙,中间是一户户水上人家的鲜活画面,无一不尽现古越文化的风姿。这是你和水乡关系最为密切的时辰,你走进了古镇的深处,西塘也就沉入你的心底,那份神仙的滋味,多少年都不会忘记。

西塘的傍晚和夜晚也是极具情调的,此时,太阳退到城外去了,古镇失去了阳光的余晖,暮色渐渐沉重,转了一圈的游客早已走去大半,西塘又重归宁静。在外忙碌了一整天的家人,都先后归来了,各个大家小户,都在享受他们各自的天伦之乐,其实这当儿才是西塘最好的光景,最能见出西塘的种种美色,尤其是廊棚上一盏盏红灯笼亮了起来,把一条河道弄成微醺薄醉的样子,也为西塘增添了一份暖暖的色调与情怀,美丽得让人感动。

在西塘,你很容易明白,什么叫活得自在,活得滋润,活得有滋有味、有板有眼。在西塘行走,不需带有明确的目的,在西塘的廊棚下,在老人平和的微笑里,在西塘女子清丽的背影中,都能感受到一份平时苦求不得的轻松惬意。这样不论看西塘人遛鸟,看西塘人晒拖把、看西塘人做生意,还是看西塘人做茴香豆,都成了美妙的享受。

西塘,一座水乡古镇的名字,一个故乡般亲切的地方。

北海·涠洲岛

涠洲岛是一个风情别具的小岛,也是中国最大、最年轻的火山岛,曾被评选为中国最美的海岛。对涠洲岛我是向往已久的,曾想过用无数的形容词去描述它的容貌。等我真正到达之后,我才发现涠洲岛的美,无法用笔墨形容。在这个恒温的小岛上,到处充满着欢乐,其温暖如春的气候、旖旎醉人的风光,让所有的来者不惜赋予它"人间天堂"的美誉。一路走,一路惊奇,大自然打造的神奇景观,语言和想象力都显得苍白,只有用眼睛去看,去心去赞叹。

火山口公园在岛的西南边,是涠洲最富特色的游览区。一层一层的岩石,像火山喷发的科普书一样,在讲述着涠洲岛久远的故事。火山喷发的熔浆,含有铁,呈朱红色,黑红相间的礁石配上湛蓝澄碧的海水,格外的好看。

海边的礁石上有大大小小的洞口,是岩浆弹击出的火山坑。沿着海边的栈道往前走,你会震撼于到海水的力量,不在于它瞬间迸发的强度,而在于它夜以继日不停地执着冲刷。那些经得起一千多度高温的礁岩被侵蚀出很多暗洞,有的洞口圆圆的像一口井,有的就是一个浅滩,依着形状安了好听的名字,叫藏龟洞、龙宫探奇等等,海水涌进来,拍打着,发出轰鸣,大自然最简单的曲调,却给耳朵一个洗礼。最让人惊叹是在月亮湾,海滩、暗洞都堆满了珊瑚,就像遍地的珠宝,赏心悦目。情人桥前有一处礁石滩,由贝类珊瑚残骸层层叠叠构成的礁石,像是一部海洋史诗,记录着那些沧海桑田的往事。

白天的石螺口海滩很温柔,走在漂亮又很松软的沙滩上,海水轻轻地涌过来,慢慢地没过脚面,又轻轻地退去,你可以看得到海水的每一道涟漪。在离海岸不远处的海面,系着一排排古朴的渔船,像是排队等待海的检阅。远远地看见戴着斗笠的渔民抬着出海的收获往岸上走,蓝的海水与白的浪花,细白的沙滩与五彩的太阳伞,很自然地构成了一幅无可言说的风景,美得让人心醉。

赤足行走在沙滩上,脚底的感觉是柔柔的,眼前是一望无际的水面,朵朵浪花接踵而来。慢慢走向蓝色的大海,那是一片辽阔的、无边无际的、令人心醉的碧蓝。远处海天相接,无际的天空、无尽的大海,似乎融为一体,是那样的美丽、宽广、博大。在海滩上,有很多小小的洞,不时地会滚出沙球来,仔细一看,原来是小螃蟹。我们兴奋地叫起来,蹑手蹑脚地去抓小螃蟹,不曾料到那些小螃蟹个个机敏得很,都迅速地钻回了家。呵呵,以沙滩上热闹的人群,它们若是反应慢的话,早就绝种了吧。

游览涠洲岛,与其说是欣赏,更不如说是享受。如果你恰好又是远行而至,先别急着观赏那因火山喷发而形成的高峻险奇的容颜、海蚀,找个农家住下吧,好客热情的岛民会给你带来意想不到的收获。他们保持着的那份勤劳善良、憨厚淳朴,会让人感受到一股浓浓的人情味。你路过了,他们会对你微微笑,会招呼你进来坐坐,会邀请你摘吃种在家门口那棵大大的阳桃,还可以不用客气的吃渔家自己种的作物,可以看他们打牌、补渔网、和他们闲聊……俨然就像认识了多年的朋友,就像住在隔壁多年的邻居,一切都显得很自然,世故不在,只留人情。

最令人赏心乐事的就是傍晚没事干,穿着拖鞋踢嗒踢嗒地走到码头边上,看着那些"做海"回来的渔民们忙着交易的场景。此时,大海与夕阳的变化交织成了一幅精美绝伦的图画,黄昏的夕阳妩媚多姿,云霞也被她浸染得绯红,渔船在海面形成一道道的剪影,让人从心里涌上一份恬静的感觉。

涠洲岛,这颗北部湾海面上的明珠,徜徉其间,犹如身处深海中的世外桃源,无论到哪一处海滩,都像赴美的盛宴。所以,对于涠洲岛,我总是带有一种特殊的情怀,对那祥和的宁静和清晰的淳朴怀着一种深深的眷恋。快点带上你的行囊、带上你的喜悦,来这里度个长假吧,涠洲岛的纯净气息会让你忘了都市的喧嚣与纷扰。

嘉兴·乌镇

河港纵横、漾池遍布的乌镇是一座让人充满期待和向往的传奇古镇,两千多年的历史成就了它的繁华。我是在烟雨江南的一个下午光临这座我心向往之的小镇的。整个古镇,没有高楼大厦,只有木与石的建筑,处处都显露着古意,幽深的巷陌、粉墙黛瓦的屋舍、跨街的骑楼、斑驳的河岸、苍老的石埠头、布满青苔的石桥……都让人情不自禁地发出一种"抬脚走进历史,转眼似成古人"的感慨。

乌镇水网纵横,沿街河流并行,水陆相济。民居面街背水,家家枕河而居。漫步街头,处处是小桥、流水、人家,俨然一幅古风悠然的水乡图画。从街面上看,这些梁枋、门窗上饰以木雕砖雕的民宅与其他水乡古镇没有什么不同，但从屋后的河上望去会发现，这些民居的后进房屋大都伸出水面，底部用木柱支撑，支柱的下端打入河底，上端架以横梁或木板，再在木板上搭建房屋，这种悬空搭在水面的建筑，就是乌镇独有的"水阁"。乌镇的水阁主要集中在东西两条市河上，一眼望去，间间水阁，相接相连，蔚为壮观。

在水阁的下面，家家都砌有石阶踏埠直通水面，既方便住家洗濯、乘船，又能遮风遮阳，还可用来拴舟停船，煞是美观又经济适用。水阁虽然结构简单，但住在里面却颇惬意，它三面临窗，视线开阔，平日坐在水阁里，一边品茗小酌，一边欣赏市河风光，心情也会变得开朗舒畅。

入夜躺在水阁里，枕河而眠，梦萦水声潺潺，别有一番诗意。在市河上，你还会看到这样一种情景，当装载菱藕鱼虾的小船向水阁缓缓驶来，只要听到船上悠扬的叫卖声，阁上人家便推开后窗，手搭凉棚，伸头探望。如果购买船上的鱼虾，就从窗口放下一只吊篮，垂到船上，篮里放上钞票，待卖主把鱼虾放入篮中，再慢慢吊上去，这种在水阁小舟之间成交买卖的做法，构成了水乡独有的一道风景。

乌镇是一座古趣盎然的小镇，除去"小桥、流水、人家"的迷人景色外，最能体现千年古镇风情的是那些保存下来的传统老作坊，其中分布着江南木雕馆、蓝印花布作坊以及糕点、竹刻和皮影戏等众多的场馆。这些从过去传承下来的文化遗产，充分展示了乌镇特有的民俗风情和历史风貌。在中心街道，店面一间紧挨着一间，各式各样的招牌随心所欲地挂在门前，叫卖声、嬉笑声不绝于耳，有卖蓝印花布的、卖箩筐竹匾的、卖文房四宝的……风味小吃更是名目繁多，诸如麦芽糖、姑嫂饼、姜糖等等，真是美不胜收，深入其境，仿佛重新回到祖辈生活的年代。

乌镇旧时家家都会酿造米酒，它们习惯把米酒称作"三白酒"，所谓"三白"是指酿造米酒的三种原料：白米、白面、白水，其中白面就是酒粬，因酒粬色发白如饼状，故称白面。酿酒时，三白酒质厚、味醇、香气诱人，特别是刚从酒糟中榨出来的米酒，浓郁的醇香令人心醉。如今，"三白酒"仍然吸引着人们的目光，每个来此的人都会喝上两口，品上一番。

宏源泰蓝印花布作坊是一家前店后坊式传统加工场，门面是清一色的蓝印花布工艺铺，专门销售服饰、手提袋、工艺伞、茶垫等清丽素雅的蓝印花布制品，店铺后面的作坊，用来展示蓝印花布的整套制作工序，从文样设计、刻花稿、涂花板到拷花、染色、晾晒，每一道工序都会激起游人参与的兴趣，令人流连忘返。乌镇生产出来的蓝印花布还有一个与众不同的特点，它所印制出来的花纹不会越洗越旧，而是越洗越清晰，用手触摸，带有蛛网般的冰纹，蓝底蓝得清纯，白花白得朴实。一块图案精美、色彩明快的蓝印花布，不仅给人带来赏心悦目的素雅美，还会使忙忙碌碌的现代人从中获得田园般的画意和返璞归真的满足。

悠久古老的历史、独特的地理位置，铸就了乌镇独特的文化背景和丰厚的文化底蕴，培养出了许多著名的文人，并留下了大量的传世名作，特别是文学巨匠茅盾为这座千年古镇增添了新的光彩。茅盾故居位于乌镇观前街17号，坐北朝南，是一幢四开间两进的深木结构楼房。故居的厅堂、门楼、天井、厢房虽然被岁月的烟尘熏黑，但昔日的华贵却依旧在每一条缝隙里渗透，每一处都甚至不难想象当年的情景。

在故居中，我放慢了自己的脚步，怀揣着朝圣般的心情去瞻仰我所喜爱、所尊敬的这位杰出作家灵魂的安息地。无论是先生诞生的房间还是幼年读书的家塾，抑或是那富有江南风格的厨房设施，以及那微有吱嘎的木质楼梯，都使我感到很大的兴趣，尤其是他后院书房外的芭蕉，阔叶飒飒，仿佛传递着先生多年以前的吟诵声。

徜徉在乌镇，每一座宅院、每一个里巷、每一个拱石桥、每一弯河道……都叠叠层层地沉积着古老的灿烂文明、演绎着数不清的令人动容的故事。它们在文字传承和现实记忆中彼此衔接起来，成为一页页绿叶婆娑、生动鲜活的历史，让我能清晰地捉摸到岁月的遗存。

西北·胡杨林

在满眼黄沙、了无寸草的荒漠戈壁上行走，景色多是荒凉和苍茫，内心感受到的不仅仅是一般性的生理焦渴，更是一种灵魂极度困乏的疼痛。可是胡杨的存在却构成了一片奇异的景致，把我的感觉撞了个趔趄，让我的内心感受到了生命存在的喜悦与感动。

胡杨是西部边疆生长的一种古老珍奇的树种，它美丽得让人心旷神怡。维吾尔族称其为"托克拉克"，意为最美丽的树。它具有惊人的抗干旱、御风沙、耐盐碱能力，被誉为"沙漠英雄树"。在空旷的大戈壁上，在一片浑黄起伏的沙丘之中，突兀出现一片胡杨林，显得伟大而孤独，很容易引起人的敬畏。它是戈壁大漠最美的风景，在荒漠漫漫的舞台上，前世一千年的等待，今生一千年的伫立，倒下后一千年的寂寞来生，它将自己用三千年的时间站立成一道独特的风景。

春天的胡杨林，翠绿婆娑，树荫如盖，给荒漠平添勃勃生机。到了秋天，金黄的树叶在蔚蓝天空的浸洗下，连绵不绝，那是精美绝伦的金色，那是世间无与伦比的金色。胡杨树几乎是将储备了一年的激情在秋天突然迸发出来，每一片叶脉都盛开暖意，每一个枝桠都挂满太阳，极力张扬着自己的生命色彩，那是一种让人震撼的野性美！于是，我带着难以明说的喜悦奔向了胡杨林。我的意识在明媚的林梢发散着，这是少有的心灵极为自由、极为快乐的时光。在林中空地久久地看着一片静谧的胡杨，我用心思同它们亲切交谈。它们就好像一把钥匙打开了尘封已久的心园，让我在烦琐的生活中怡然自乐。

在林中，我立刻陡生了一种肃穆。我细细地观察着每一棵胡杨，体会着它们带给我的温馨与感动。它们那老迈的、奇形怪状的形态，仿佛被赋予了灵性，给我提供了宽阔无际的想象空间。它们相互簇拥地生长着，高的有五六米，矮的只有二三米，但是棵棵都长得铁干虬枝、粗壮有力，就连每一个细小的枝杈都显得刚劲而凛然。在胡杨林漫步的喜悦是连绵不断的，在那片有水草的水洼，黄绿斑驳的树影投映在水洼里，依然静如少女的沉默。忽然，一只鸟儿突然从枝叶间飞出，像是云雀，紧接着另一只追出，并且如小提琴清脆的叫上几声，让我凝望很久，无限神往。

胡杨林中，有些成员显然已经衰老了，树皮的褶皱高高地翘起，时光的足迹在它们身上显而易见；有的树干中心已成空洞，但伸展向四方的树枝依然绿意蓬勃，在阳光的照射下，显示着荒原上独有的明艳与旺盛；有的已经死去倒下了，但仍然保持着刚劲的躯体；还有的已被埋进了沙丘，但坚韧的枝枝杈杈仍然倔强地在地面上伸展着，顽强地固守着周围的一片沙土。

在胡林深处，我不禁想起了和胡杨有关的一段话："在那样的风沙干渴中，可以整整地活一千年；死了又可以挺挺地站立一千年；最后倒下了，又还可以不腐烂、不散架，把自己的形态保持一千年！"其实，不仅仅如此，那些或粗或细的枯枝举着自己或兀立或半掩埋在沙土中的姿态，实在是形神兼备。它们有的婀娜多姿，似正在进行着爱情的缠绵；有的遒劲不阿，似在不辱着一份千古神圣的使命。

曾经有一刻，我把伸出去想捡一截枯枝的手又缩了回来。我担心只要触到那枯枝，它们就会发出尖叫或呻吟。面对那些干枯的胡杨，我的心像被利器尖锐地划过。就像苍鹰之于蓝天，鲸鱼之于海洋，只有胡杨才是沙漠的语言。无论是生还是死，都是那样的威武、刚劲，都以独特的气势坚守着信仰，都在无悔地诉说着亿万年的沙粒变幻、生命迁移以及壮阔深邃的历史。

我曾经固执地认为沙漠是没有生命存在的，但亲临沙漠之后，我则坚定地认为沙漠是有生命的，而且它的生命还是相对永恒的。特别是胡杨这茫茫大漠造就、这浩浩风沙雕琢的生命，更让我体会到了生命存在的意义。虽然我们的生命不能像胡杨一样经历这么悠久的岁月，但是我们仍可以如一株株的胡杨般坚韧，活着的时候不避艰险、不怕孤寂、不择土壤，即使倒下了，生命更多的部分仍然要在大地的深层拓展、延续。

内蒙古·乌兰布统草原

乌兰布统是一处美丽神奇的地方，也是一个如天堂般的梦幻草原。蓝天、白云、青山、碧水、白桦树，勾勒出一幅幅绚丽多姿的油画。那是一种极致的美，美得让人猝不及防，让人来不及品味过程，让人只有惊叹的份儿。

去乌兰布统草原的时候正是夏季，也是整个草地最美丽的时候。当我在车上看到那莽莽苍苍、横亘于天地之间的山岭时，我知道草原近了。此时，似乎有青草夹杂着马粪的气息断断续续飘落过来。所望之处，天空是纯净的蓝色，高渺而旷远，有朵朵白云悠然地飘过。远处，起伏的山地与草地结合的天然无缝，成群的牛羊如珍珠般洒落在草原上。草、树和远山层层叠叠全横在眼前，层次和色彩都是极致，让人陶醉在别样的立体中。此情此景，真个是"天似穹庐，笼盖四野。天苍苍，野茫茫，风吹草低见牛羊"了。

真正到了草原时，眼前豁然开朗，蓝天白云，微微起伏的草地，远处不算太高的山丘打破着视觉的纯粹和单一。各种各样的草缠绕纠结、拥拥挤挤，雾霭一般向四面八方无拘无束地绵延、散漫。夹杂在其中的是星星点点的野花，红的、黄的、紫的、白的，有名的、没名的，千姿百态。那些花草虽然高不盈尺，香气也不醉人，但却柔韧旺盛、烂漫清香。风一吹过，只见万千的草梢一齐俯身摇头，如水里的波浪一样荡向远方。

身处如此大气静美的画卷中，一切溢美之词都无需说。面对此情此景，每个人都想自己成为一棵草，一朵花，静静地感受它，与它融为一体。我情不自禁地坐在了软软的茂密的草丛中，望着蓝天上飘浮着的朵朵白云，看着不远处悠闲的牛羊和散散落落的蒙古包，嗅着青青绿草散发出的阵阵清香，耳边偶尔传过昆虫的叫声，那种宁静、满足、惬意叫人难忘留恋，似乎五脏六腑的浊气都被荡涤了去。在那一刻，我有了一份沉甸甸的满足，那种感动的心跳只有自己听得到，就像海子的诗所说的"我的琴声呜咽，泪水全无"。

我用身体怀抱这片草地时，如喝醉了酒一样的幸福痴迷，我感受到了生命的旺盛和强大，听到了青草的对话和它粗重的呼吸。草地是灵性的，它与人合为一体，演奏出一首传递福音的人间大歌。在草原上，你不知道什么是繁荣，也不知道什么是萧条。它的每一种情调都通向自然，生命的本性无处不在，所以每行一步，都会激动起莫名的兴奋。时间、空间在悄然流转，而你却感觉不到，更不可能构成某种拘束。那远远近近的绿色与蓝色彻底充斥着眼目，绵延起伏的绿意不断向天空延伸动听的诉说，轻易就把人带入了一种宁静平和的境界。

在我的心里，总觉得草似人，它也是有生命的活物，并与人生死相依。它可以喂养动物，间接地为延续人的生命服务；它的部分还可以直接变成人的食物或药物；它还可以让人晒干了裹在身上取暖或烧火做饭；甚至连它被焚烧后的灰，还可以让人拿去肥田。草作为一种生命的形态，给人的启示也很多，比如它即使头顶一块石，也要想办法从缝隙里探出头来的顽强；比如它即使头被割去了，身子也能坚强的挺立在那儿的坚韧；比如它在暴风骤雨冰雹袭来，能毫无怯意地去面对的勇敢；比如它长在再偏僻的地方，也毫无怨言的甘于平凡。

除去绿草、繁花、白桦林，在乌兰布统的草原上还散布着大大小小的沼泽湖泊，在蒙古语中是"泡子"，如将军泡、野鸭湖、公主湖等等。将军泡子因康熙的舅舅战死于此而得名，湖水清澈见底，微风吹过，波光粼粼。放眼望去，蓝天之下，草浪翻滚，湖水映辉，一派天高云淡、宁静祥和的景象，让人情不自禁地想起腾格尔的那首歌词优美韵味悠长的《天堂》——"蓝蓝的天空，清清的湖水，绿绿的草原，这是我的家，我的天堂……"将军泡子也是著名的影视基地，每拍一部就在草原上立一个石头碑，如今已拍摄了《康熙王朝》《汉武大帝》等百余部，也成了草原上的一道风景。

夜晚的草原同样的迷人,最吸引人的是蒙古族歌舞表演。悠扬的马头琴声表达了蒙古族人对草原的热爱,也向你倾诉着一个游牧民族的历史,也让我真正感受到了敖包相会的独特魅力。那点燃了的篝火,映红了半个天空,载歌载舞的年轻人围着篝火跳起了欢快的舞蹈。在热情的蒙古姑娘、小伙的带领下,大家一起手拉手,围着熊熊的篝火,肆意宣泄着自己的兴奋和开怀。此时,认识的、不认识的手都紧紧地握在了一起,大家随着音乐节奏,不时变换着队形,边歌边舞,热情洋溢,把欢快和歌声留在了草原上。

草原、敖包、泡子、烤全羊、蒙古包……乌兰布统的独特魅力让我流连忘返。在这片土地上散漫地游走,尽情感受草原的辽阔与宁静,享受大自然最本真的抚爱。我似乎走进了一个清凉宽广的世界,一切尘世的喧嚣,一切心中的烦恼,都在清爽中自然荡去。乌兰布统,这个天堂般的梦幻草原也让我明白了,有的旅行哪怕只有一次亲密接触,就会刻骨铭心、终生难忘。

常熟·沙家浜

常熟的沙家浜位于秀丽明媚的阳澄湖畔,因京剧《沙家浜》而家喻户晓。抗日战争时期,新四军战士和沙家浜人民共同谱写了一首壮丽的战斗诗篇。沙家浜的美是无所不在的,但我最喜欢那些丰茂的芦苇。两千多亩的芦苇荡把沙家浜装点的千种风情、万般秀姿，使它更加生机盎然、清秀绮丽。

初识沙家浜是在碧草如茵的盛夏，尽收眼底的是细细碎碎、浓得化不开的芦苇，如水墨画般清雅的景色也一下子吸引了我，让我如沐春风，如闻仙乐般陶醉着。那些细细的苇叶编织成了翠绿的空间，让人的呼吸都带着青青的草色。丛丛的芦苇在湖中迤逦铺排，柔美的湖水滋养了它们，它们则用绿色把湖水浸染的诗意荡漾。放眼望去，无边无际的芦苇如毛毡般铺在宽阔的河滩上，在灰蓝的流水之间隔离出一道美丽的风景。连河流中本该属于河水的地方，只要露出一点空地，芦苇就会在那里生根、发芽、吐绿、扬花……在河水中增添出一片亮色，更多的是一片接着一片的芦苇，密密麻麻地挤满几乎不留一点空白的水面，它们夹着风的轻柔和水的灵动，给人一种朴实但却超脱的美。

当我乘船进入其中，只觉得陷入一个迷阵中，四周静谧寂寥，密密挤挤得芦苇发出沙沙的声响，似乎在倾诉着什么。当小船顺着河道穿行，两边的芦苇分开又合拢，像一片辽阔的草原，被一只鹰飞翔的翅膀划开又迅速地合拢。不时有水鸟从苇光荷影中振翅高飞，或从波光粼粼的水面轻轻掠过，神秘而又浪漫。苇荡里偶尔也有一小片芦苇稀疏的地方，这儿长满了丰茂的野草，有水稗子草、芨芨草、野荞麦和许许多多不知名的野草以及红的、黄的、蓝的、白的姹紫嫣红的小花，很是俊美，让我萌生了一种动人的想象。

就这样，苇荡把我淹没了，那一片片的芦苇高过我的头顶，也高过头顶的天空，人在其中，能充分感受到一种"菰蒲逸云，云烟苍茫"之美。错综复杂的芦苇荡，十分幽深，诱惑着我向着未知的方向前行。时间、流水、人生都会在这里相互碰撞、偶合，于是芦苇的气息一次次向我浸漫来，一次又一次抵达我的灵魂深处，让我的思维迟钝，让我迷失于那无边的苇荡中了。在这泛着水汽的苇荡里，我的内心张皇而喜悦，我感觉自己就像一张浸漫汁液的苇叶，开始葱郁、舒展地生长了。

在《诗经》里，芦苇是高贵的植物，一直以来紧紧地与爱情相濡以沫，象征着坚贞不渝的爱情。其实，芦苇是极其平淡朴素的植物，只要河滩上有点水就能蓬勃生长。它生长得繁密而不压抑，柔韧而挺拔地立起，如同清灵幽澈的丝带摇曳风中。它们看似脆弱，实则柔韧，在水边漫无目的地生长，所透出的是压抑不住的勃勃生机。单根芦苇的是脆弱的，也成不了景致，它的生存形态是群体的，比肩而立、相互呼应，大片的芦苇一旦联结成神秘的屏障，变成了荡，其力量则无穷无尽。

记得第二次去沙家浜是在初冬时节，天空是那种古典得令人心醉的蓝，扬花的芦苇，在阳光下闪着一种别样的光泽，使得沙家浜俨然是线装的清华隽朗的唐诗。风一吹，每一枝芦苇都在沙沙作响，千千万万芦苇在一起，声响就相当浩大，低沉而细密地充斥了天地间，有时会响起一种金属撞击般的声响，铿锵有力、咔嚓作响，像古战场上千军万马在厮杀，金戈铁马，扣人心弦，拥有一种凛凛的威仪和众志成城的气势。

在阳光融融的日子里，去沙家浜走走，你便会发现无论是那荡涤着最嘹亮歌声的日子，还是铺满了艰辛和汗水的磕磕绊绊的日子，都会轻易走过，并获得一种"结庐在人境，而无车马喧"的心态，直抵"千江有水千江月，万里无云万里空"的澄清境界，穷达皆忘，宠辱不惊，在平静中看红尘飞舞，在安详中品世事沉浮。

无论季节如何变迁，时光怎样流转，沙家浜的繁盛与美丽都会凝成我忘不掉的秋月春花，都会是我魂牵梦绕的圣地。我的心会像那些挺拔的芦苇一样，长着年轻的翅膀永远飞翔。

安徽·黄山

"五岳归来不看山,黄山归来不看岳。"对于黄山我是心怀向往的,它就像是一个明丽迷人而又遥不可及的梦,在吸引着我,魅惑着我。后来,在一个落雪的冬日,我来到了黄山,感受了一份奇绝的神韵和别样的魅力。

冬季的黄山,是一年四季中最唯美浪漫的时刻,美得让人无比心动,无比怜爱,尤其下雪的时候,更给黄山增添了别样的风情。"一夜寒风起,万树银花开。"黄山在一夜之间变成了银装素裹的世界,雪凇如画,山峰缥缈,红日映雪,一切都是那么的晶莹透亮,奇秀俊美。乘坐缆车,向外俯瞰时,我被深深地吸引了。雪拥抱着山,山拥抱着雪,悬崖绝壁上的苍松,峰峦深谷中的树木,全都披上皎洁晶莹的白雪,映衬着那一抹翠绿或是黛黑,仿佛置身于童话般的世界,也难怪明人潘旦为之赋诗称赞道:"玉柱撑天,琼花满树,恍入冰壶,不知人世复在何处。"

缆车抵达终点后,我迫不及待地走出了车厢,空气异常清新,深呼一口气,是那样的沁人心脾。我拾阶而上,又缓步而下,一边观赏着美景,一边走入了黄山的深处。视野所到之处,树木均已变成了玉树琼枝,一枝枝、一团团、一簇簇,高低起伏,层次分明。阳光洒落下来,在树林间和雪地上形成了连绵不断的剪影。抬头望去,结满雪花的白色树枝在蓝天映衬下简直美得让人窒息!在行走的途中,我逐渐目睹了黄山的真颜,就像前人所说的一样"黄山无峰不石,无石不松,无松不奇。"

经过长年累月的岁月之河的浸洗,那些栩栩如生的石头、苍劲挺拔的古松被人们赋予了生命。它们都有一个靓丽动听的名字,并演绎了一份动人心魄的传奇。黄山的石头可谓是千奇百怪,或遍布在峰壑巅坡,或兀立封顶,让人不得不惊叹大自然的鬼斧神工。那一块块的石头经历了岁月的沧桑巨变,不仅有着美丽动人的传说,也给人以无穷尽的想象,最著名的当属"梦笔生花"和"飞来石"。"梦笔生花"下圆上尖,像一杆书法家的毛笔,在峰尖的石缝中,神奇地长着一株盘旋曲折的古松,天然成趣。"飞来石"则上尖下圆,孤耸在峰头,好像刚从天外飞来,脚跟尚未落稳,又像要匆匆飞走。

除去那些惟妙惟肖的石头,黄山的松树自古以来就吸引着人们的目光。随着脚步的深入,我遇到了一株又一株的松树,虽然形态各异,但无一不精神抖擞,无一不挺拔坚韧。它们顽强地扎根于巨岩裂隙之间,遍布在千峰万壑之中。虽饱经风霜,却枝干遒劲、郁郁苍苍。它们或独立巅峰,或悬挂绝壁,或依岩挺拔,把整个山峦装点得美不胜收、妙不可言。面对着它们,你会从心底油然而生一份敬意,仿佛会有穿越时光的松涛声在耳边激荡、回旋。玉屏楼是最妙的观松处,迎客松姿态优美,陪客松亭亭玉立,送客松作揖送客,无不令人浮想联翩。

黄山的云海被称为"黄山第一奇观",黄山因此自古就有"黄海"之称。每年的冬天是观赏云海的理想季节,尤其是大雪过后,更加的气势磅礴、雄奇壮美。由于水气的原因,更易形成波澜壮阔、一望无边的云海。此时,黄山的大小山峰、千沟万壑全都淹没在云涛雪浪之中,给人一种浩瀚缥缈的意境。最让我难以忘记的是,早晨站在玉屏楼的巨石上眺望四周,红日东升,晨光照射在云海之上,色彩斑斓,华光绚丽,涌金流银,是如此的奇绝壮观。随着朝阳的缓缓升起，只见山峰林立，云雾似帷幔、如轻纱般地环绕在群峰之巅，美得如梦似幻。

自古以来，黄山就是"天下第一奇山"，游遍了大江南北的徐霞客曾不吝啬对它的评价，"观黄山，天下无山，观止矣！"诚如他所言，黄山景色奇绝，放眼望去，是数不尽的崇山峻岭，悬崖峭壁，让人望而生畏。在黄山的绵延不绝中，大大小小的山峰，或崔嵬雄浑或俊俏秀丽，布局错落有致、巧然天成，构成了一方奇妙的天地。可以说，黄山的每一座山峰都有它的独特景致和魅力。最为出名的是莲花峰、光明顶、天都峰三大主峰，它们的海拔高度都在一千八百米以上，并且以它们为中心向四周铺展，形成了黄山独特的峰林地貌。

每一座山都有不可不说的故事，黄山也不例外。相传，轩辕黄帝曾在此修身炼丹。从此之后，后世的君王、雅士纷纷效仿，李白、赵匡胤、范成大、王世贞、徐霞客、钱谦益等，都曾登临黄山，留下了自己的足迹和大量的诗文、碑碣。诗人李白更是三次登临黄山，成为了他"一生好入名山游"的佐证。王羲之游览黄山后，更是发出了"我卒当以乐死"的慨叹。黄山的俊美景致也让丹青高手青睐不已，如张大千、黄宾虹、刘海粟等，纷纷来此写生。刘海粟对黄山尤为钟情，在他看来"世界上的名山都比不上黄山"，他有一枚印章，上刻："昔日黄山是我师，今日我是黄山友。"以此来表达对黄山的喜爱。

冬日的黄山是美的，它的松，它的石，它的云雾，无不让我迷醉其中。我曾在一本旅游杂志上，读到一段关于黄山的记述，"没到过黄山，黄山永远只是一个概念，登一次黄山，你就什么都清楚了。"是的，从黄山归来后，我明白了为什么会有人如此评价它了。每当夜深人静的时候，我总爱打开记忆的闸门，让那些唯美的景致一一在脑海中浮现、回味。

【追踪前贤】

大禹·大禹陵

大禹是中国历史从蒙昧到文明、从史前到史后、从氏族社会到阶级社会转换时期的一位领袖人物,也是坚忍不拔的华夏民族精神的化身。大禹治水有着青史永留的成功,其成功的背后闪耀着千秋不灭的一种精神的光辉。在古越这块土地上,至今仍保存着有关大禹的遗迹,以及人神互见的种种传说。

大禹陵在绍兴东南的会稽山麓,远远可见青石的牌坊,入内为甬道,尽处便是大禹的墓碑。除了禹陵,还有建于一千多年前的禹庙,其布局古朴整齐,大殿正中平台上,塑有大禹立像。他高达六米,身着黑底朱雀双龙华衮,双手捧圭,冕旒之下,面部充满忧患意识,大殿两侧的楹联为:"江淮河汉思明德,精一危微见道心"以及"乃圣乃神疏九河,人免为鱼,万世永赖。不矜不伐拜嘉言,贤无遗野,四海攸同。"充分表达了后人对大禹的敬重。

最早知道大禹治水的故事,是通过《中国神话故事选》,后来读《史记 夏本纪》,才真正认识了大禹,知道他与洪水斗了一辈子,他几乎走遍了天下的河流,黄河、淮河不用说,就连一些不知名的现在或许地图上都找不到的小河都布满了他的足迹。大禹在我的心中,是一个拿着木锸到处救急的人,哪里有水难,哪里就能看见他的身影,他忙碌的不知道还有别的生活,唯一的生活内容就是治水。翻开《史记》,"劳身焦思,居外十三年"、"开九州,通九道,陂九泽,度九山"这样的句子迎面而来,大禹以"陆行乘车,水行乘船,泥行乘橇,山行乘檋"的行动跑遍了九州。这对于一个今人而言尚属不易,何况那时只借助于简单到极点的交通工具,最后他终于告功于天下,天下也因这个人的忙碌操劳而"太平治"。

大禹治水之前,还有一个人因治水建功,也因治水被杀,他就是禹的父亲鲧。由于鲧治水无功被诛,所以禹对一个"堵"字的认识是深刻的,先父的不幸就在于未能将"堵"与"导"结合起来,尤其是将疏导给忽略了。因此禹在受命治水之初,就率领人左持准绳、右执规矩,一步一步去勘察高山大河,沿途记下山峦岩岭的形势走向以及江河川流的来龙去脉,然后制定了"疏川导滞,钟水奉物"的治水方案,这一方案不但使四处泛滥横溢的水患在经过疏通河道、开辟阻碍之后入川归海,同时还利用湖泽、洼泊囤积水量,在需要的时候供给万物使用,最后禹成功地将水患变为了水利。

大禹专心致志忙于治水,陋衣粗食,耳不闻美乐、目不视美色。当时有一个叫仪狄的,偶然用米和水酿造出酒,觉得异常香醇甘美,便灌了一壶敬给禹。禹也觉得这东西十分可口,不知不觉一饮而尽。仪狄很高兴,以为禹一定会表扬他的,不料大禹醒后,第一句话就说:"今后不要再制造这东西了,喝了一定误事的。"禹从此就疏远了擅长造酒的仪狄,也再不沾一滴酒。就是凭着这种人格的力量,禹率领各氏族先民,"东造绝迹,西延积石,南逾赤岸,北过寒谷",历时十三年,治理名川三百、支川三千、小者无数,最后降服了泛滥的洪水,华夏四野一片祥和,大禹也因此受到万民拥戴,成为氏族联盟首领。由于他长年跋涉于沼泽地带,结果使得大腿无肉、小腿无毛,干瘦的腰也佝偻了,后来人们将弯腰驼背的行走样子，称为禹步。

大禹整天奔波忙碌，三过家门而不入，婚后四天就离家了，妻子涂山氏抱着儿子经常站在门外的山坡上盼望大禹回家，传说南方最早的歌谣《候人歌》就是涂山氏思念大禹所作的。禹在位二十七年，周行天下，修养万民，后驾崩于会稽山。大禹临死前曾留下遗嘱："吾百世之后，葬我会稽之山，衣衾三领，桐棺三寸，穿圹七尺，下无及泉，坟高三尺，薄土阶三等葬之，勿伤田亩。"由于大禹体恤民力，丧事从简，所以如今的禹陵并无封土耸丘，四周只有古槐蟠郁、松竹交翠。

大禹作为治水的英雄和有德的君王，数千年一致受到历朝历代的尊重和敬仰。纵横天下的秦始皇，东巡到会稽，也在禹庙低下他高昂的头颅；清康熙二十八年（1689年），康熙皇帝亲率百官到禹陵致祭，并手书"地平天成"四字，诏谕地方官员对禹庙要勤加修葺；清乾隆十六年（1751年），乾隆皇帝南巡到杭州，也移驾绍兴，亲到禹庙祭祀，并授守庙人八品官，世袭祭祀大禹陵庙。

大禹无论是神话传说还是实有其人，他都已经作为一种精神的存在，被人们一代又一代地接受、传颂。虽然大禹静静地长眠在会稽山下，但他作为一种行为的楷模，他的长远眼光和全身心投入的精神，却永远值得后人学习和借鉴，也给人类征服自然、改造自然提供了取之不尽、用之不竭的力量源泉，并且后人在改造自然、变水患为水利的争斗中将大禹的人格力量进行了充分的发挥。

历史会永远记住那些曾经给历史做出过贡献的人，四千年来，会稽山的山道上寻访者的脚步络绎不绝，人们从大禹的身上吸取了丰富的营养，并将创造出一个又一个新的神话。

孔子·观道亭

在徐州城东南的吕梁山之巅，有一处与孔子有关的所在，那就是观道亭旧址。因为时光的流逝，曾经的亭台楼阁已不复存在，仅残存两层夯土高台、残痕依稀可辨的南北石道以及《疏凿吕梁洪记碑》和《岳飞诗碑》两方古碑，看着那些历经沧桑的旧物，许多故事也纷至沓来。

遥想当年，泗水流经徐州时，受两侧山地所限，形成秦梁洪、百步洪和吕梁洪三处急流。《水经注》记载："泗水之上有石梁，故曰吕梁。悬涛澎湃，实为洄涡。"《庄子.孔子观于吕梁》也记载："悬水三十仞，流沫四十里，鼋鼍鱼鳖之所不能游也。"然而，正是在这鱼鳖不能游的险洪之上，孔子不禁发出了"逝者如斯夫，不舍昼夜"的慨叹。这句话虽然含蓄，但其中却包含着无限的沧桑之感。

孔子是在说水的时光，但又何尝不是说一种人生哲理？其实，在这天地幽幽、物序流转中，人的一生不过是从光阴中借来的一段时光，在岁月的流淌中，生命转眼即逝。他在看着流水兴叹的同时，也对自己和他的学生，以及千年万代的后人描述了这样的一种人生轨迹："吾十有五而志于学，三十而立，四十而不惑，五十知天命，六十而耳顺，七十而从心所欲，不踰矩。"（《论语.为政》）。

在一个风有些冷的冬季，我来到了吕梁山顶的观道亭旧址。偌大的山上没有别人，十分的空旷，偶尔有鸟的叫声衬着，让人心安宁，又不免凄惶。旧址上面长满了萋萋荒草，环顾四周满目荒凉，只有冬日的阳光照在那些荒草上，泛出些许温暖的光泽。我站在那烈风涌怀的旧址上眺望，看一点点下沉的夕阳染红了遍山的蒿草，苍茫的暮色渐渐合拢，在喉的是那种与时地均不相宜的刺鲠，并且有种热潮慢慢涌上，萌生出一种说不出来的感动和不易觉察的心惊。

从此，我的脑海中经常浮现起这样的画面，在汤汤洋洋的阔水面的川上，站着一个身着长衫的人，他的一句话遥遥穿透了时间，并且以最贴近人心的方式将最朴素的真理传递到每一个人心中。我的心目中也就有了一个熟悉不过的形象，那个老人已经有两千多岁了，却仍是那样矍铄俊彦、清朗澄洁。他站在那里，脸上永远带着世人无法表述而又是对世事全然了于心的参悟的微笑，那是一种兼有正直坦荡之质与凛然威严之气的神貌。

春秋时代是一个让人渴望穿越时光亲自抵达的时代，而我们只能在它的文字中泅渡。我常常惊异于那个时代的人大多都透露着一种洒脱、一种来去由已的自由，但是孔子总是给我一种沉重感和社会责任感。明知实现理想难于上青天，却仍身体力行，在背负着万千嘲讽与不屑的同时，也挥洒出九尺男儿的气概与风度。特别是在屡遭挫败、饱尝困苦之后，依然冒着"知其不可而为之"并为世人篾笑的境遇，带领弟子奔走于众生苍莽之间，以一种坦然的心情执着地面对乱世。

对于我来说，孔子是陌生的，距现在很远很远；但站在孑然兀立的旧址上，我感觉到他离我们很近很近，也明白了孔老夫子那份对时间流逝的焦灼和伤痛了。我似乎依然能听见他鲜活的心跳声，他当初的声嘶力竭，以及他那永不褪色的笔墨划过夜空的声音，也正是他那种决不趋利忘义的反功利态度和这种贯穿自己生命始终的节操，才使得他在无义战的年代里以一己之躯保存着他认定的标准，也使得春秋时代那么多的以见用为目的的谋士都变得黯然失色。

时间可以创造一切，也可以冲淡一切。在无数个片断的起承转合之后，吕梁洪早已淤为平地，但孔子在吕梁那句"逝者如斯夫，不舍昼夜"的慨叹，已被恒久地镌刻在历史的天空。它不仅在历史的回音壁里久久萦绕，而且透过千古沧桑带到今天，让我们依然感觉到温暖。这是因为他用最简洁、最有力的话语点出了人生大道，指引我们能够洗去铅华，让我们在如今这个物质纷繁而又复杂的社会中，用心地生活。

荆轲·易水河

荆轲刺秦王是一个流传很广的故事，最早见诸文字的有司马迁的《史记》、无名氏的《燕丹子》，之后有冯梦龙的《东周列国志》等。于是荆轲那惊天动地的壮举、慷慨悲歌的侠风令无数后人为之击节赞叹，他的一言一行、举手投足，无不洋溢着至情至性的阳刚之美。那条清冽微黑、前不见经传的易水也因荆轲而得名，并且在萧条的北中国刚硬成一道美丽的风景。

在一个寒风凛冽的冬天，我不远千里地来到易水河畔，那印象也如匕首一般冰寒彻骨、销肠断魂。当天我在易水河边睡了一夜，却怎么也睡不着，冥冥之中有股神秘的力量隐隐地在召唤我。于是天还没亮，便早早地爬了起来，急着去印证一个早已留存于我心间的象征。易水在远处静静地流着，在蓝天的映衬下，像一条素白的绸带。当年的荆轲就是在这里作别友人，并涉过这条河去刺杀秦王的。我走到岸边，极目眺望远处黛青的山影，第一次感到和历史相距这么近，甚至可以听到先辈的呼吸和心跳。我感到了一种生生不息的力量，正于瞬间传遍我的每根神经。

沿着易水，我来到了荆轲山上后人为祭悼荆轲而建的衣冠冢。墓地很是荒芜，在墓的周围散布着几块石碑，其中一块已颓废在荒草之中，石碑上镌刻的字迹大都被岁月磨蚀，已无从辨认了。然而，我的手抚摸着碑石，抚摸着那些模糊了的凹字，心中却升起了一种难以表达的冲动。荆轲是从一个悲剧时代走过的，然而正因为有了悲剧，才有了悲壮，才有了崇高。我想荆轲冢即便倒塌了变成废墟，齑粉中也会凝有岁月坚硬的断柱和残片。

唐人李德裕在《豪侠论》称："夫侠者，盖非常人也，虽然以诺许人，必以节义为本。"荆轲以血躯肉体、剑刺秦王、断袖中柱、慨然而亡，落在后人的眼里，成了义薄云天的侠士。曾经在《南阳汉画砖》画册中看到"荆轲刺秦"的画面，粗犷简略的手法正与荆轲本人的骨壮体格相对称。于是我又不禁想起《战国策》《史记·刺客列传》里详细而传神的记载。

"太子及宾客知其事者，皆白衣冠以送之。至易水之上，既祖取道，高渐离击筑，荆轲和而歌，为变徵之声。士皆垂泪涕泣，又前而歌曰：'风萧萧兮易水寒，壮士一去兮不复还。'复为羽声慷慨，士皆瞋目，发尽上指冠。于是荆轲遂就车儿去，终已不顾。""轲跪取图奏之，秦王发图，图穷匕首见。因左手把秦王之袖，而右手持匕首揕之……荆轲逐秦王，秦王环柱而走。群臣皆愕，卒起不意，尽失其度……秦王方环柱走，卒惶急，不知所为，左右乃曰：'王负剑！'负剑，遂拔以击荆轲，断其左股。荆轲废，乃引其匕首以掷秦王，不中，中铜柱。秦王复击轲，轲被八创。轲自知事不就，倚柱而笑，箕踞以骂曰：'事所以不成者，以欲生劫之，必得约契以报太子也。'"

这是公元前227年至公元前211年的事，面对历史发展的大方向与趋势，或许荆轲早已看破、看透，他之所以桀骜不驯、英勇不屈，其实是为了自己诺言的收回，只是这收回的形式是以生命为抵押、为代价的。所以，当他的助手秦舞阳被秦宫的森严气氛震慑而失态时，他却能从容地应付过去，这是因为他赴死的决意已定，而无所畏惧、无所牵挂。由此，他超过了那个举事的叫丹的太子，也胜了那个后来称帝的始皇嬴政，且在历史幕布上把有关人格力量下的侠义行动定格为永恒。从此之后，荆轲刺秦的故事不断为各个时代所传颂，如左思的"荆轲饮燕市，酒酣气益震。"如陶渊明的"雄发指危冠，猛气冲长缨。饮饯易水上，四座列群英……其人虽已没，千载有余情。"如王昌龄的"一举无两全，荆轲遂为血。"如塞尔赫的"壮怀生死外，易水古今流"。

就这样，荆轲深深地打动了我，究其原因不是单纯的政治性的勇敢，或维护侠士尊严生死置之度外的高度，而是那种知其不可为而为之的坚韧与果敢。也因为有了荆轲，我才对一诺千金，以命承诺、舍生取义、义不容辞……这些格言，有了更深的理解与感悟。

虽然"时光容易把人抛"，但荆轲却如同淬火之后的铁、沉水之后的石一样，铸入了中国的精神，永远都散发着醉人的光芒，那萧萧悲歌也永远在我的耳边响彻、激荡。

屈原·汨罗江

在中国的河流中，汨罗江远算不上波高浪阔、源远流长，但却是一条名闻遐迩的圣水，再也没有哪条江河比汨罗江更令人感动了。它温柔的臂弯收留了中国诗歌史上一位走投无路的诗人。我不远千里地来到江畔，原因只是想见识一下这条曾经响彻千年、澎湃泛滥了整部历史的河流。

汨罗江纯粹是一条个人的江，如果说一片草堂可以属于杜甫，一座名楼可以属于范仲淹，甚至一个偌大的曲阜可以属于孔丘。那么，汨罗江应该是属于屈原的。上苍在高渐离击筑作别壮士荆轲时，送了这位刺秦王的英雄一段寒冷如匕的易水；在四面楚歌的关头，又送了战神项羽一条柔肠寸断的乌江；而在公元前278年，随着一位叫屈原的诗人纵身一跳，便将这条诗性的河流给了他，年年端午时节，竞渡的万千龙舟还在打捞他的魂魄。

走在江畔，耳边是地道的楚言楚语，我疑心是重返了那本叫《楚辞》的典籍。战国的风也是这样的风吧？战国的河也是这样的河吧？本以为两千多年后的汨罗江该是静若止水，该是舒缓铺陈如美女娴静的裙带。然而，蜿蜒而至的汨罗江仍是《史记》里的那一注奔腾宣泄的热流。走在江畔，我不禁想象那位与屈子交谈于风雨舟中的渔夫，曾怎样地在这条江边打鱼饮酒，一船楚歌一船潇洒；不禁想象那位行吟江畔仰天长问的夫子，又曾怎样地在这里上下求索、掩涕太息；不禁想象这条江是怎样地承载了一副厚重的体躯、一颗升腾的诗魂……汨罗江命里注定要让所有的河流都从这里出发，命里注定要成为世界上支流最多的河流。

在江畔的玉笥山上有一处幽静的屈子祠，有一座陈列着诗人灵牌的祭坛。我们这个民族有许许多多的宗庙祠堂，不是太热闹，就是太俗气。天子九庙、诸侯七庙是绝对权利的象征；诸葛祠、武穆祠是某种政治观念的物化；那些或大或小的家族祠堂、私家宗庙仅供奉着一宗一脉延续的香火。这些祠堂所代表的都是建立在小农经济基础上的宗法制度的神圣不可侵犯，而屈子祠作为一种文化精神衍息之所在，于它们又是一个多大的嘲弄和讽刺。

恍惚中，我好像听到了长铗陆离的屈子在对我说："长太息以掩涕兮，哀生民之多艰！""鸟飞返故乡兮，狐死必首丘。""岂余身之惮殃兮，恐皇舆之败绩？""路漫漫其修远兮，吾将上下而求索。"我有了惊心动魄的感动，感动于诗人对多灾多难的父老淋漓尽致的爱，感动于诗人对满目疮痍的故土生死不移的爱。恍惚中，我好像看见了诗人以必死之心怀抱起石块的千古一跳。正是那一跳，让后人明白了邪恶因正直而原形毕露，污浊因洁净而秽行毕现，昏庸因睿智而丑态尽出，背叛因忠贞而千夫所指。

两千多年过去了，诗人离我们已相当遥远，但却又十分切近。诗人用凝结着自己贞洁灵魂的诗篇扬起了一面宏伟灿烂的大旗，飘扬在历史的天空。诗人以生命为代价铸就了完美无瑕的人格丰碑，矗立在汨罗江畔，一代代后人从中汲取精神的营养。他们的血管里流淌着诗人鲜红的血液，他们的胸腔里跳动着诗人那颗正直无私的心脏，他们自尊自爱的人格里有诗人的因子，他们世代守望在祖先开辟耕耘的故土上，恪尽职守，匡扶正义，呵护善良，荡涤污浊，建树和谐。

汨罗江是一条中国源头文化的中心河流，它和屈原构成了中国文化史上一个独特的存在。虽然我不知道一部《楚辞》、一位诗人、一条江水成为多少文化人道德指向的归宿，但我在整整一部文化史中随时随地都能听到有一管江水在哗哗作响，响彻不息。

虞姬·虞姬墓

虞姬是我欣赏、钦佩的女子，我常常陷入那段千年前的爱情绝唱里，不能自拔！作为楚汉战争的配角，虞姬在史书里仅仅被一笔带过，但却留下了惊鸿一瞥，一直饱满地活在民间的记忆里。虞姬死后，给后人留下了两处虞姬墓，一处在安徽灵璧县，一处在安徽定远县，千百年来一直争论不休。

最不忍心读《史记》中那段"霸王别姬"的描述，每看一次，心就会疼一次，这是个怎样的女子，临危不乱的镇定，气定神闲的优雅，举手投足的美丽，在四面楚歌的军营中她和着霸王的悲歌轻歌曼舞，在最美的瞬间以弧线的自刎从容收场。这个乱世女子，美而奇，艳而雅，让后人为之心动。聪明的虞姬，留下了最美在她爱的男人心中，史书如是记载："项王泣数行下，左右皆泣，莫能仰视"。她给了霸王最后的美丽与伤痛，在大家心中她不只是美的化身，更是爱与坚贞的化身。在兵荒马乱中，她誓死跟随她深爱的霸王，这又是何等的胸襟与魄力。

在项羽最后穷途末路的那一刻，虞姬不离不弃地陪伴他、鼓励他，是她使项羽成为永远的西楚霸王，成了虽死犹生、虽败犹荣的英雄，并为项羽画完了他一生中最后的一抹浓彩。多少年来，我一直想象着虞姬自刎那瞬间的刚烈、娇柔与美丽。当虞姬唱完"汉兵已略地，四方楚歌声，大王意气尽，贱妾何聊生"之后，把手中的剑在颈前一横，倒在了血泊中，倒在了爱人的怀中，倒向了幸福，倒向了满足……

虞姬这个精致的女人，她的自刎演绎了一场英雄美人的千古绝唱！在虞姬这个柔弱的女人身上，人们看到了真英雄的气概，世人也明白了女性本质的坚强是没有人能够征服的。虞姬不愧是个超凡脱俗的奇女子，她心甘情愿跟着她所爱的英雄东征西战，一直到生命的终端，而且临死也不忘要成就自己倾心相爱的人一世的英名。如果虞姬没有自刎，英雄何在？美人又将何去何从？而千年之后的我们又要以怎样的一种方式去品读那段历史岁月呢？

灵璧县的虞姬墓位于城东十五华里一片终年常绿的树林中，墓基隆起，碑石林立，静穆凝重。虞姬墓历尽千年，时坏时修。园内的陈列室则陈列着垓下和虞姬墓中出土的文物，有关的史料和诗词歌赋。园内还有虞姬墓碑，正面写着"中国千秋西楚霸王虞姬墓"七个字，背面则写着《虞美人》词："楚歌声逐愁云起，夜帐明灯里。振衣献舞拭龙泉，拼取一腔热血洒君前。顾骓无语军情变，似雪刀光乱。桃花片片堕东风，化作原头芳草泪丝红。"联语则颇为伤感："虞兮奈何，自古红颜多薄命；姬耶安在，独留青冢向黄昏。"

虞姬为让项羽尽早逃生，拔剑自刎，其情，惊天地！其义，泣鬼神！在几千年的历史时光中，许许多多的人对大义凛然、忠于爱情的虞姬都不吝惜他们的称赞。苏轼的"帐下佳人拭泪痕，门前壮士气如云。仓皇不负君王意,只有虞姬与郑君。"和曹雪芹的"肠断乌骓夜啸风,虞兮幽恨对重瞳。黥彭甘受他年醢,饮剑何如楚帐中。"都高度称赞了虞姬誓死相随的忠贞不渝。这也使得令人肝肠寸断的"霸王别姬"成为历史上最动人且流传久远的故事,经典名剧《霸王别姬》更使得这个故事家喻户晓、广为人知。

虞姬使那场一决雌雄的血战沾染上了一丝衣香鬓影,只不过在倾斜的天平上,虞姬不幸地置身于失败者的一方,但仍然是一枚不可或缺的砝码。如果说还有什么,那就是在以后的历史岁月里,大家记起那段乱世,最爱的就是她。可以这么说,虞姬这一生,虽短暂,却绚烂无比。我曾经见过一幅虞姬的画像,画中运用动感很强的涡轮线、夸张的衣袖以及视觉冲击力很强的橘红色来表现虞姬刚烈的性格。这里的霸王用大家都很熟悉的京剧霸王脸谱,为了突出虞姬的形象,只把霸王隐在虞姬舞动的袍子中,霸王细密的胡须直线和虞姬身上的涡轮曲线形成静与动的对比,更衬托出虞姬舞剑时旋转的动感,让人陡生出许多的感慨与遐想。

"繁华事散逐香尘,只有香如故",那段悲壮的历史已经烟消云散了,英雄美人也已随大江东去,但是对于虞姬,人们还是念念不忘的。在项羽曾经立为都城的徐州,人民不仅研究了项羽鸿门筵,而且认真探索搜集有关史料,又挖掘整理出了虞姬筵,并且还有一座纪念项羽与虞姬的戏马台,那曲惨烈的"霸王别姬"悲歌仍然穿越历史的时空,经久回荡。

王昭君·青冢

　　昭君出塞是一个流传很广的故事，王昭君也是一个让人永远铭记的女子。虽然历史模糊了她的容、遮覆了她的风姿，可是当我来到那个充满勃勃生机的草原，来到呼和浩特的青冢，我感到我开始贴近她了。透过历史的迷雾，我看到了一个生动真实的女人，她在这片广袤的草原上从容地走过了辉煌、自由、凄怆而又完满的一生。

　　王昭君，西汉秭归人，元帝时被选入宫。由于画工的阴谋，一颗硕大的黑痣端卧在她画像的面颊上，于是昭君就被送上了命定之途，再无渴念。《西京杂记》《乐府古题要解》都有这样的记载："汉元帝后宫几多，不得常见，乃使画工图其形，按图召幸。宫人皆赂画工，多者十万，少者亦不减五万。昭君自恃容貌，独不肯与。画工乃丑图之，遂不得见。"所以，当匈奴呼韩邪单于向汉朝求婚时，王昭君便自己请求嫁与匈奴单于。临别时，汉元帝才知道王昭君容貌之美，但悔之晚矣，并一怒之下杀了那位让他错失美人的画工。

　　元曲大家马致远在他的《汉宫秋》一剧中，精心刻下两段汉元帝在灞桥送别时的唱词，描述了汉元帝的懊悔之情："【梅花酒】……他他他，伤心辞汉主；我我我，携手上河梁。踏步入穷荒，我銮舆返咸阳。返咸阳，过宫墙；过宫墙，绕回廊；绕回廊，近椒房；近椒房，月昏黄；月昏黄，夜生凉；夜生凉，泣寒；泣寒，绿纱窗；绿纱窗，不思量。【收江南】

呀！不思量，除是铁心肠；铁心肠，也愁泪千行。"仿佛是在写行动，不写感情，仿佛在写外物，不写心灵；但嘈嘈切切的是步点，跌跌宕宕的却是心情，离别之恨与相思之苦相衬托，真是字字苍凉、句句激楚，自有一种撕扯人心的力量。

没有人知道，汉宫深苑中有多少女人最终沉溺于时光的深渊处，无痕可觅，而王昭君之所以能浮上历史的册页，因为她找到了突围深宫的方式——那就是远嫁异域。公元前33年，王昭君抱着琵琶，随着绵延的马队离开了既充满憧憬又无限伤感的长安，离开了她魂牵梦绕的故土，出潼关，渡黄河，过雁门，一路向北，嫁给了匈奴的呼韩邪单于，也嫁给了风沙弥漫的大漠和辽阔孤寂的荒原。

在删繁就简的历史记载中，王昭君嫁两夫，生三子，历经三代单于，五十岁左右开始了孤独寂寞的寡居生活，但是在这数十年间，她成为汉族和匈奴两个民族抽象的和解符号。因为她，边地战事偃息，干戈之声不闻。可以说，王昭君用她的一生维持了汉匈六十多年的和平局面。也许六十年在历史的长河中只是短短的一瞬，可是历史却因为这一瞬而永远铭记了这个女人。正如《后汉书·南匈奴传》载："边城晏闭，牛马布野，三世无犬吠之警，黎庶无干戈之役。"

匈奴，一个惯于纵马奔腾的民族。当一个汉族女子敏感纤柔的神经与之触碰，便激发出风荡草原般壮阔的爱恋。王昭君这个南方水土浇灌的女子，孤孤单单地远嫁到荒漠苦寒的异民族后，并没有被草莽的族群、陌生的语言、粗粝的生活方式吓住，而是在撼动帐篷的呼呼风声中，擦干了思乡的泪水，开始在这块广袤的异域扎根、发芽、开花、结果……年复一年中，风沙憔悴了她的容颜，羊膻改变了她的气息，严寒冷却了她的体温，没有人知道她受了多少屈辱、辛酸，又享受过多少欢畅、荣宠，但是在纷繁朝代的更迭逝去中，王昭君的名字在史册上存留下来，在民间记忆中延续下来，在无数诗文中烙印下来。

时光是神奇的，曾经模糊的慢慢清晰，曾经清晰的渐渐模糊。两千多年后的今天，在呼和浩特南郊的黑河岸边还留有昭君墓。那是一座矮小的土山，又名青冢，墓碑上刻着后人的心语：一身归朔漠，数代靖兵戎；若以功名论，几与卫霍同。这座面南而立的小山一样的墓冢和悠悠的大青山遥遥相望，在夕阳西下的背景里有一种悲伤的美在浮动着。我站在青冢高高的封土上，四望一片苍茫，朦朦胧胧中似乎听到一阵阵和亲彩车叮叮当当的风铃声，中间夹着断断续续的琵琶声，以及后人们的感叹声、赞颂声、悲怜声……

或许许多岁月已经苍老，许多故事已经斑驳，而昭君出塞的故事却依旧不朽，因为它描摹的是万古如斯的心绪，它直指的是世人的心灵。于是，今天我们才能听到那些穿越了时光之河却板眼不乱的真实的心声。又是一个孤寂的夜晚，窗外风雨正紧，还是听一曲《昭君出塞》吧，让一份古老的情感，如春天里上涨的水溪，漫过心灵的河床，也让我们对生命产生一种刻骨铭心的热爱。

李白·采石矶

李白，唐代伟大的浪漫主义大诗人，他以"惊天地，泣鬼神"的诗篇震撼了诗国的天空，又以他狂放不羁，热情奔放的性格赢得了一代又一代人的喜爱与推崇！他好游，好酒，喜欢四海为家，想走就走。从二十五岁"辞亲远游"，到六十二岁病死当涂，巴山蜀水，秦汉燕赵，无不留下他诗酒相伴的快意步履。

"一生好入名山游"的李白十分属意安徽的山水，泾县的桃花潭、宣城的敬亭山、石台的秋浦河、芜湖的天门山、马鞍山的采石矶……都留下了他的足迹，并写下了《望天门山》《横江词》《牛渚矶》《夜泊牛渚怀古》等脍炙人口的绝妙佳作。在采石矶，有许多关于李白的美丽传说。相传他晚年定居在采石矶，一次醉酒之后，看江中月影摇曳，跳入江中捉月，后骑鲸升天而去。自从李白与采石矶作最后的永别后，引得许多文人骚客和无数游人追寻其脚步，到采石矶访古览胜，如白居易、王安石、苏东坡、陆游、文天祥、萨都剌、方孝孺等。

来到采石矶，从太白楼到李白祠，从捉月台到醉月亭，从行吟桥到衣冠冢，每行百步都会沾染上诗人的名字和气息，让人想起那个孑然一身飘摇在山林间的身影。太白楼面临长江，浓荫簇拥，飞檐重阁，歇山屋面，整个建筑参照道观格式设计，传递了诗人李白的道教崇尚，而飞檐上酒盅酒坛的独特安排，则巧妙地表达了诗仙李白的喜酒嗜好。纪念堂里最吸引人的是两尊木雕，分为"一笑一愁"两种姿态，看后不免让人想起李白晚年的诗篇《笑歌行》和《悲歌行》中的诗句："笑矣乎，笑矣乎！君不见曲如钩，古人知尔封公侯。君不见直如弦，古人知尔死道边。""悲来乎，悲来乎！主人有酒且莫斟，听我一曲悲来吟。悲来不吟还不笑，天下无人知我心。"

捉月台又称联璧台或舍身崖，嵌在葱郁陡峭的绝壁上，伸向江中，险峻异常，是李白跳江捉月、骑鲸升天的所在。登上捉月台，会让人情不自禁地揣摩诗人那大鹏展翅、投江捉月的仙姿。行至半山腰，一座青石垒砌的墓冢映入眼帘，上面镌有书法家林散之题写的"唐诗人李白衣冠冢"。墓地四周砌有青石围栏，松柏环绕，环境清幽。游人到此，顿时缄口不语，仿佛是事先约好了似的，生怕惊动了这位大诗仙的好梦。

李白不受任何思想的束缚，他不戴儒冠，因为他不愿受礼教的束缚；他不参佛坐禅，因为他不甘禅房的孤寂；道家，尤其是庄子的思想与他接近，使他开心，但他又不甘受道家藩篱的囿限，所以他特别豪放，也特别洒脱。他看华山是"西岳峥嵘何壮哉，黄河如丝天际来"；他看长江是"登高壮观天地间，大江茫茫去不还"；他看庐山是"庐山秀出南斗傍，屏风九叠云锦张"；他看瀑布是"飞流直下三千尺，疑是银河落九天"；他写黄河，最得黄河之神："君不见黄河之水天上来，奔流到海不复回"、"黄河西来决昆仑，咆哮万里触龙门"、"黄河落天走东海，万里写入胸怀间"。

追寻李白的足迹，便生出许多羡慕。四海为家，荡舟五湖，去领略山光水色是每个人深藏心底的浪漫梦想。日日忙碌于滚滚红尘中，穿梭于车水马龙间，人流如潮中的你有没有想过到一个美丽的地方去体验一种前所未有的感受。在纷繁的事物中，和生活进行一个短暂的分别，给烦劳的精神告一个短假，在生活之外，让心灵得以憩息，让精神走得更远。我们能够欣赏这一片神妙的自然山水，我们也就一定会同意诗人这种高蹈的人生态度——"古来万事东流水"，"且放白鹿青崖间，须行即骑访名山。"我们也会同意他傲岸的呼声"安能摧眉折腰事权贵，使我不得开心颜。"

"手持绿玉杖，朝别黄鹤楼。五岳寻仙不辞远，一生好入名山游。"在漫游和漂泊的生命岁月里，李白这位飘逸洒脱的诗仙总是履痕相接，持杖驭风，诗意盎然地在大自然山水怀抱中游吟唱咏，自得意趣。他在行走中践行着"天人合一"的理念,在"从性而游,不逆万物;随心所动,不违自然"的飘逸与邈远中得到灵魂的超然。所以,我们也不妨相信李白最后是在长江边采石矶头醉后捉月而死的,因为再也没有一种死亡比这更符合李白的精神,他应该长眠在青山绿水之间,与日月同辉。

山水即知音,山水蕴灵性。我们不妨沿着李白的足迹,跟着他一起乘着风,沐着雨,一起坐看云起,感风吟月,观山听雨,获得一份自由自在的逍遥,了悟旅行之妙处。

薛涛·薛涛墓

成都是人文荟萃、底蕴深厚的城市,除去杜甫草堂、武侯祠、青羊宫等,锦江边上的望江楼公园也是不得不去的所在,因为那里长眠着一位名为薛涛的奇女子。园内翠竹夹道,波光楼影,亭阁相映,主要有薛涛井、薛涛墓、崇丽阁、濯锦楼、浣笺亭、流杯池和泉香榭等。漫步其中,让人思绪万千,情不自禁地去追溯薛涛的身世,去感受那段逝去的时光。

唐代是诗的顶峰,涌现了无数的大诗人,女诗人却是寥若晨星,幸好有一个薛涛,否则,就好像宋代没有李清照一样,让人难以想象。在盛唐的烟雨里,薛涛这位文采斐然的奇女子,独自翩跹起舞,不仅给唐朝增添了一抹亮丽的色彩,而且在中国文学史上百世流芳。她的婉约情怀、诗意追求以及人生际遇,让人在感叹的同时,也生出一份向往。薛涛本是陕西西安人,因父亲做官而来到蜀地。父亲死后她便居于成都,最后埋骨于成都，结束了她多彩多姿的人生。

薛涛从小就颇有诗名，七岁时就吟出了"枝迎南北鸟，叶送往来风"，似乎已经预感到日后自己的悲惨生活。等到及笄之年，薛涛已然是"仪容颇丽，才调尤佳"的绝色佳丽，《望江楼志》有一幅仿元人本的薛涛小像：眉目清秀，手持一笺，大见书卷气。后来惨遭家庭变故，伦理纲常的樊篱，封建道德的桎梏，古老礼教的禁锁，将薛涛至于幕府乐伎的位置上，从此她手握一支亦秀亦豪的诗笔，开始书写以诗娱客的人生。

透过千多年的历史册页，映现在我们眼前的，是一个不卑不亢、没有媚气和嗲声的才女形象。在华堂绮筵与灯红酒绿的周旋之中，她以聪颖敏慧、锦心绣口赢得了极高的声誉，女校书的称号更是向各地随风传扬。后来，西川节度使韦皋嫌她招摇，将她贬至边陲僻境。薛涛触景生情，往事一幕幕涌上心头，一气呵成吟就了《十离诗》，巧借十个意象抒写了失宠以后的落寞怅惘之情，诉说了心中的委屈。那份别离与失宠，犹如犬离主、笔离手、马离厩、鹦鹉离笼、燕离巢、珠离掌、鱼离池、鹰离鞲、竹离亭、镜离台，言之拳拳，归心急切。没过多久，她便获释回到了成都。

经此一劫，薛涛决心脱离乐籍。从幕府出来后，薛涛隐遁于成都的西郊，筑庐而居，红浪花海，独影孤身，徘徊沉吟，让浣花溪清新灵动绵延温婉的气韵洗尽那些是是非非，那些腐气铅华。写诗之余，薛涛利用芙蓉皮自制了色泽浅红可爱的"松花小笺"，结果不胫而走，风行于世，人称"薛涛笺"，令远近名士无不倾倒，也引得白居易、牛僧儒、令狐楚、张籍、杜牧、刘禹锡、张祜等诗坛名流，不远千里翻山涉水来到成都，与她诗文酬唱，收入《全唐诗》的八十九首诗作中，大半是为唱和之作。

后来，古代文人中流行着一种说法：南华经、相如赋、班固文、马迁史、薛涛笺、右军帖、少陵诗、达摩画、屈子离骚都是绝版艺术。大诗人李商隐更是留下了"浣花笺纸桃花色，好好题诗咏玉钩"的溢美之词，让人情不自禁地去想象薛涛的美色和纸笺的光泽。如今，斯人已逝，"松花小笺"已在岁月深处零落成泥，可是薛涛制笺的水井依然还在，可以让我们去倾听那些渐行渐远的跫音。

在薛涛的一生中，她和元稹的那场姐弟恋最是让人嗟叹不已。元稹是唯一让她动了男女之情的人，虽然两人相识时薛涛已年过不惑，然而风韵不减的她依旧为了元稹的诗激荡、着迷，也因为元稹对她的那一份懂得，也将元稹引为自己的知己，勇敢地为爱付出了余生的时光。二人相见恨晚，在度过了一年琴瑟相和的美妙时光后，元稹受命返京，强忍着离别的剧痛，薛涛注泪写下了"水国兼葭夜有霜，月寒山色共苍苍。谁言千里自今夕，离梦杳如关塞长。"

元稹离开后，刻骨铭心的思念日益浓烈，薛涛对分手时他的信誓旦旦，念念不忘，并精心保留着那半截断砚信物，等待与心上人的再度相聚、长相厮守，因为那个消失于远方的背影曾经使她销魂蚀骨、柔肠寸断。无情不知多情苦，谁料想她的苦苦多情换回的却是元稹的薄情。四年过去了，当她千里迢迢追寻到江陵，哪曾想元稹早已忘记了当年的山盟海誓，已经另结新欢。往事一幕幕，让人肝肠寸断，薛涛这个多情的痴女子只能让时间来舔舐痛及骨髓的心灵伤口。从此，悠悠的浣花溪水以默默的柔情，静静地抚慰和滋润着一颗受伤破碎的灵魂。

时光如东流水一去不返，在密云不雨的一个秋日，阅尽世间沧桑、尝遍炎凉的薛涛，留下五百多首丽词佳句和造纸绝技，还有深深地遗恨，悄然谢世了。但是她的名字，伴随着她留给后人的诗歌、书法、薛涛笺，成为历史长河沉淀的瑰宝。她瑰丽的才华、绝世的容貌、凄美的故事、执着的坚守以及优雅的品性，都如亘古之月光，历久弥新、挥之不去。千古以来，西蜀风云变化，多少文人骚客，多少壮士将军于如今都风云消散，而薛涛却依旧活在锦江湖畔。她怡然自得的栽一方绿竹，制一方小笺，写一首绝句，供一枕离愁。

秋风寂寂，林木深深，漫步在望江楼公园里，仿佛伊人犹在，轻扬婉兮，来往顾盼，掩映生姿，胜过所有光影中的红颜与故事。她的寂寞、她的苦涩、她的勇敢、她的执着、她的高洁人品，用一种曼妙姿态用一种凄凉的情绪永远随往事留在风中。

柳永·纪念馆

柳永是我所喜爱的词人，当我在武夷山无意中遇到后人为他建的纪念馆时，我感到非常的意外，同时又感到非常的幸福和满足。邂逅柳永纪念馆，那是一份意外的收获，让我在不经意间就走进了一代词人的世界。

纪念馆朴实而素雅，一如柳永的人生。大门前的草坪上矗立着他的铜像，旁边的巨石上刻有柳永墓冢的介绍。他单手持书，仪态潇洒安详，眉宇间才情俱显。带着一份说不清、道不明的思绪，我走进了纪念馆。馆内门厅的照壁上悬着毛泽东手书的《望海潮》，背面为《雨霖铃》石雕画。漫步在馆内，只见庭院精巧，错落有致。游人竟是极少，给我的感觉是寂静、安谧、肃穆,正适宜于孤身探幽。看着眼前深深的幽草,茵茵的柏树,潇潇的翠竹,我感到了一种触及灵魂的寂寞,那是柳永的寂寞。

最早知道柳永,是在"少年不识愁滋味"的年龄,那时候我就能熟背他广为传诵的《雨霖铃》、《八声甘州》、《望海潮》等。后来随着年龄的增长,便深究起他的性情人生,才发现柳永是中国封建社会知识分子中的一个特殊代表。他先以极大的热情投身政治、追求功名,碰了钉子后没有像大多数文人那样转向山水,而是转向市井深处,扎到市民堆里,把怀才不遇的意念寄托在舞榭歌台,并以此成就了他的文名,成就了他在中国文学史上的地位。

宋天禧元年(1017年),柳永到京城赶考,以自己的才华他有充分的信心金榜题名,而且幻想着有一番大作为。谁知第一次考试就没有考上,他不在乎,轻轻一笑,填词道:"富贵岂由人,时会高志须酬。"等了五年,第二次开科又没有考上,这回他忍不住要发牢骚了,便写了那首著名的《鹤冲天》:"黄金榜上,偶失龙头望。明代暂遗贤,如何向。未遂风云便,争不恣狂荡。何须论得丧。才子词人,自是白衣卿相。烟花巷陌,依约丹青屏障。幸有意中人,堪寻访。且恁偎红倚翠,风流事、平生畅。青春都一饷。忍把浮名,换了浅酌低唱。"

柳永这首牢骚不胫而走传到了宫里,宋仁宗一听大为恼火,并记在了心里。柳永又参加了下一次考试,好不容易通过了,但临到皇帝亲自圈点放榜时,仁宗说:"且去浅酌低唱,何要浮名。"又把他给勾掉了。这次打击实在太大了,对于胸怀远大抱负的柳永来说,是何等的痛苦与无奈,他心灰意冷、万念俱灭,彻底失去了对功名的追求信念,他就更深地扎到市井堆里去填词,并且不无解嘲地说:"我是奉旨填词。"

从此，市井这块沃土簇拥着他、托举着他，他也像田禾见了水肥一样拼命地疯长，淋漓酣畅地发挥着自己的才华。

官场上的不幸，反倒成全了柳永，使他的艺术天赋在词的创作领域得到了充分的发挥。柳永把词这种文学艺术发展到了一个新的高度，在形式上把过去只有几十字的短令发展到百多字的长调；在内容上把词从官词中解放出来，大胆引进了市民的生活情感、语言；在艺术上他发展铺叙手法，靠叙述的白描工夫创造出前所未有的意境，开创了词的新境界。就这样，柳永怀揣着一颗破碎的心，在人生的旅途上辗转、颠簸、四处飘游。他时而纵情于繁华闹门，时而滞留于古道荒原，时而混迹于风尘女子之中，时而同下层市民耳鬓厮磨，时而金樽檀板，尽情挥洒艺术创造之美。

柳永出身儒宦家庭，却拥有着一身与之不兼容的浪漫气息和音乐才华，究其一生都在奔波忙碌中，一部《乐章集》就是他的失志之悲与儿女柔情的结合。可以说柳永是人生、仕途的失意者、落魄者，他是怀着极不情愿的心情从考场落地后走向瓦肆勾栏的，但是他身上的文学才华与艺术天赋立即与这里喧闹的生活气息、优美的丝竹管弦和多情婀娜的女子发生共鸣。他用坦诚与真情赢得了歌伎们的信任和尊重，她们也乐意把自己的心声向他吐露，而他创作的灵感与冲动就是在这真诚的接触中喷涌而出的。因此，他那美丽的词句和优美的音律几乎征服了所有的人，覆盖了所有的官家和民间的宴会，形成了"凡有井水处，皆能咏柳词"的美妙风景。

柳永的一生历尽了坎坷，晚年更是穷困潦倒、境况凄凉，但他却得到了处在社会底层的歌伎们的发自心灵的热爱，歌伎届有首歌谣："不愿穿绫罗，愿依柳七哥；不愿君王召，愿得柳七叫；不愿千黄金，愿中柳七心；不愿神仙见，愿识柳七面。"根据史料记载，柳永死后无钱安葬，还是青楼的歌伎们同情他的遭遇，纷纷解囊相助，把他安葬在镇江的北固山上，她们在寒风中绕着柳永的新坟，低着头、洒着泪，一圈又一圈缓步而行，不忍离去……有诗为证："乐游原上妓如云，尽上风流柳七坟。可笑峰峰缙绅辈，怜才不及众红裙。"随后相沿成习，称之"吊柳七"或"吊柳会"。

柳永走出武夷山后，就再也没有回去过。不是他不爱故土，也不是他不念亲情，而是因为他一生坎坷，没有任何功名，无颜去见乡亲，但他始终没有忘记故乡。春天"听杜宇声声，劝人不如归去"；秋日"不忍登高临远，望故乡渺邈，归思难收"。思乡却不能回，这是一种多么无奈的痛苦。可是他的乡亲却没有忘记他，如今更是在天柱峰下建立了一座纪念馆，似乎在呼唤着他：魂兮归来！

朝昏晨暮，夏热冬寒，催得时光一年年老去，而手中的书页，也在不知不觉中一页页地脆了、黄了，一行行、一阕阕，漫洗了岁月，但无论怎样的老去，扎根于市井深处的柳永以及他的词作，都会在岁月之河的淘洗中散发着经久的魅力与神韵，令人回肠荡气、刻骨铭心。

陆游·沈园

在号称"山清水秀之乡，历史文物之邦，名人荟萃之地"的绍兴古城，萧疏的沈园是一个独特的存在。它记下了苍茫青史上一位诗人的惆怅，给后人不尽的沉思。走在沈园，但见楼阁参差、林亭掩映、小桥流水、花影重重，幽雅秀美。一进园门，你便不知不觉地沉浸在诗的气韵、词的意境里，不禁忆起发生在这里的一幕凄绝千古的爱情悲剧。

据史料记载，陆游二十岁时，娶舅舅的女儿唐婉为妻，夫妇琴瑟和谐、情深意笃，以白头偕老相期。可是陆游的母亲偏偏不喜欢这个儿媳，视作眼钉肉刺，最后硬逼着儿子休弃了妻子。一对倾心相与、真诚相爱的情侣，就这样生生地被拆散了。后来，陆游奉父母之命娶了王氏，忍辱含垢的唐婉也在叩告无门的苦境中，改嫁给同郡的赵士程。

光阴易逝，转眼十多年过去了。在一个柳暗花明的春天，陆游在沈园与唐婉及其后夫不期而遇。陆游蓦然见到十年前被迫离异的爱侣，千种思绪一起涌上心头，埋藏近十年的感情火种霎时迸发，顺手在粉墙上题下了一首凄绝千古、让人神思萦绕的《钗头凤》："红酥手，黄縢酒，满城春色宫墙柳。东风恶，欢情薄。一杯愁绪，几年离索。错！错！错！春如旧，人空瘦，泪痕红悒鲛绡透。桃花落，落池阁。山盟虽在，锦书难托。莫！莫！莫！"

相传唐婉后来重游沈园，看到了陆游的题壁词，不胜伤感，当即沿袭前韵和了一首："世情薄，人情恶，雨送黄昏花易落。晓风干，泪痕残，欲笺心事，独语斜阑。难！难！难！人成各，今非昨，病魂常似秋千索。角声寒，夜阑珊，怕人寻问，咽噎佯欢。瞒！瞒！瞒！"不久便悒郁而终。

在理学昌盛时期的封建时期，陆游没有足够的觉悟和勇气去抵抗以母亲为代表的封建宗法势力，但是在他的内心世界，却始终不停地翻腾着感情的潮水，而且一有机会就作直接率真的宣泄。沈园也一而再再而三地留下诗人的脚印，并在诗人心灵深处成长为一株永远长青的相思树，一块刻骨铭心的三生石，频繁地出现在他的梦里和诗词里。

公元1192年的深秋，已是六十八岁老人的陆游，重游沈园，看到蛛网尘封，当年的题词尚在，而伊人已杳，林园易主，流风消歇，不禁为之怅然，写下一首感怀旧人的七律："枫叶初丹槲叶黄，河阳愁鬓怯新霜。林亭感旧空回首，泉路凭谁说断肠？坏壁醉题尘漠漠，断云幽梦事茫茫。年来妄念消除尽，回向禅龛一炷香。"又过了十年，七十八岁的诗人又来到了沈园，怀着更加沉痛的悲情，写下了两首七绝："城上斜阳画角哀，沈园非复旧池台。伤心桥下春波绿，曾是惊鸿照影来。""梦断香消四十年，沈园柳老不飞绵。此身行作稽山土，犹吊遗踪一泫然。"那时候，沈园已经三易其主，但是镌刻在诗人心上的伤痕却没有平复。

在八十四岁高龄时，陆游最后去了一次沈园，写下一首《春游》来缅怀唐婉："沈家园里花如锦，半是当年识放翁。也信美人终作土，不堪幽梦太匆匆。"从当年壁上题《钗头凤》到这首《春游》，沈园记下了诗人五十年的生死恋情，也记下了诗人大半生的愁闷和愤慨。虽然此刻的诗翁已届风烛残年，死神随时都在向他叩门，但老怀难忘，他仍然耿耿钟情于无辜被弃、郁郁早逝的前妻，他那深沉、炽热、情忘专一的爱的火焰，伴随着生命之光仍在熠熠地燃烧着。一年之后，陆游也带着对生活的憾恨辞别了人世。

八百年的时光如逝水东流，可是犹如春蚕作茧、峪谷飞泉，陆游与唐婉的爱情故事永远活在了人们的心里。沈园也自有一种使人抵回不已的魅力，自有一股糅合了沉郁苍茫和清逸潇洒的气氛，像柳絮、像游丝，在花树亭台间飘动着、弥漫着、回荡着，树影中、回廊上，恍恍惚惚还能瞥见八百年前陆游的身影在闪动。

秦观·秦龙图墓

秦观是宋代风流倜傥的才子,可谓是多才多艺,他的优雅,他的浪漫,他的纯真,他的高贵,都让后人无限向往之。有一段时间,一直想去秦观的故乡高邮去看看,总觉得那是一个特别秀雅、有着独特韵味的地方。后来,高邮没去成,却在无锡意外地遇到了他的墓,也算是聊以慰藉。

秦观墓园位于惠山的二茅峰,墓园的入口处立有牌坊和省级文保碑,此文保碑与众不同,上面直接刻着墓主生平和墓的迁移经历。墓冢前的"秦龙图碑"为清嘉庆年间所立,碑上无落款,不知为何人所书。整个墓园坐落在茂密的山林中,周围荒草萋萋,显得格外的幽静。墓地周围筑着一圈山石矮墙,矮墙之外全是高大植物,于是在空中形成一个巨大的豁口。明媚的阳光从豁口射进来,仿佛是种永久的安慰,深深抚慰着秦观的墓碑。

秦观原葬于其故乡高邮,南宋绍兴初,其子秦湛任常州通判时,因无锡惠山是乃父生前跟苏东坡同游共赏之地,将秦观的棺柩自高邮迁葬于惠山之巅,并建有祠堂、碑亭等。自宋元以来,惠山秦观墓历经了沧桑,诗石和祠堂等古迹早已荡然无存,只有坟堆尚存。九百余年来,形影孑立的秦观朝夕与清风明月做伴,与杂树野草为邻,幽静地安息着,独享那看不尽的春色秋气。

时光在慢慢地老去，秦观墓却渐渐地走进了人们的视野，越来越多的人去缅怀他，去怀念他。如今的墓地与弥眼的山色美景，早融为一体，非常和谐。站在墓前眺望，可以隐约地见到太湖，波光云影，风景秀丽，就像宋人张理在《秦太虚墓》诗中所写的一样："九峰朝暮云，摇落少游坟。野蔓碑全没，晴庵磬亦闻。洞偏泉路细，松折鹤巢分。高视太湖近，云涛鸥起群。"

秦观，家世清寒，早年科举不顺，直至三十六岁才中进士。因同苏轼深交，在新旧党争中作了牺牲品，只作了几年京官就被贬到杭州，后辗转处州、郴州、横州、雷州等地，最后竟死在荒蛮之地，令人无限感慨。当时，苏轼曾叹之："少游已矣，虽万人何赎！"张文潜曾作《祭秦少游文》云："呜呼！官不过正字，年不登下寿。间关忧患，横得骂诟。窜身瘴海，卒仆荒陋。"道尽了秦观坎坷一生，句句痛彻心扉。一代文人，命运竟是如此的坎坷曲折。

即便是他在一个又一个地方地迁徙中，仍没有忘记留下自己的感情，政治上的失意换来了他文学上的巨大成就。秦观的诗词文都非常出色，但最让称道的是他的词，在宋代词坛上可谓承前启后，卓然名家，被公认为"婉约之宗"。李调元在《雨村词话》中说："秦少游《淮海集》，首首珠玑，为宋一代词人之冠。"张炎在《词源》中所说："秦少游词体制淡雅，气骨不衰，清丽中不断意脉，咀嚼无滓，久而知味。"可见，秦观在中国词史上享有极高的声誉。

我个人非常喜欢他的词，他的词清丽凄婉，渗透着伤心的泪水。他最善于表达词人心目中一种最为柔婉精微的感受，充满着深沉浓郁的愁根，显得缠绵悱恻、情意绵绵，令人回味咀嚼不休。秦观以词写心，以心写词，表露的不是词人的才华，而是词人的心，即来自于他内心深处的那一层莫可名状的幽微颤动，其名声、才华足与乃师苏东坡、同门黄庭坚比肩。陈廷焯《白雨斋词话》："少游词寄慨身世，闲情有情思。他人之词，词才也；少游，词心也。得之于内，不可以传。"

翻开他的《淮海集》，描写恋情相思、离愁别恨的占一半以上，但秦观笔下的恋情词与前辈词人乃至同时代的词人相比，很少带有浓重香艳的脂粉气。由于他多情而又钟情、敏锐而又柔弱，很少轻薄与洒脱，他满怀真诚的爱意和深切的同情与一些风尘女子结为知己，并且建立了真挚的爱情和友谊。在写到她们时，地位是平等的、态度是尊重的，充满了真诚的情爱意识。然而她们的身份、处境却注定只能是昙花一现，留给词人的是一次又一次忧愁的离别，情调凄婉感伤，表现出无尽的哀愁。

秦观的诗词如同一幅幅精工细描的山水画，需要细细的体味，才能深谙其中的真意。夜深人静的时候，品一杯香茗，徜徉于秦观的诗词之中，虽生忧愁，但也惬意。风华词人，多情公子，少游也！诗词内外，都是人生。就像他在那首光照千古的《鹊桥仙》里吟道的："纤云弄巧，飞星传恨，银汉迢迢暗度。金风玉露一相逢，便胜却人间无数。柔情似水，佳期如梦，忍顾鹊桥归路。两情若是久长时，又岂在朝朝暮暮！"

"东南淮海，国士无双"的秦观埋骨惠山，也算是实现了他"岩阿相与邻"的愿望，他的才名也足以让他在惠山占有一席之地。从秦观墓回来之后，每当我信手翻阅他的词作时，眼前仿佛有一个人影，白袷翻飞，清瘦寂寞。他手中的扇穗拂过，我的斗室便明亮起来，面前一盏孤零零的茶也盈盈欲流，似乎是宋代佳人的眼波。

李香君·媚香楼

晚明是一个风雨飘摇的朝代，在异族入侵、国破家亡的严酷现实面前，秦淮河畔的青楼女子们将个人的悲剧命运与国家民族的命运放到了历史的天平上，凌风傲雪的骨气和人格的自尊自重，在她们身上表现得淋漓尽致，她们也使得明末整整一段政治文化史都染上了艳丽的色彩。特别是用鲜血溅染桃花扇的李香君，她在那场政治大动荡中，变现了大义凛然的民族气节和崇高的人格美丽，她像是秦淮河畔的一颗璀璨的明珠，数百年来受到人们的称颂和崇敬。

也许她在我心里沉淀的太久了，以至于刚到南京，她就不甘寂寞地拨弄我的心弦，于是我便急着去秦淮河，去寻访李香君的故居——媚香楼。这是一座三进两院式的明清建筑，青瓦红檐、古色古香，门前宫灯高挂，与沿河一带错落有致的秦淮人家相映生辉。一楼为展厅，陈列着李香君所处的历史背景、生活经历，二楼是李香君的卧室和书房。从那一扇扇半开半闭的门窗望去，里面空荡荡的，充满了遗憾和神秘的气息。虽然李香君那一缕芳魂早已渐行渐远，但我却仿佛感到香君依然还在。

故居里最惹人注目的是李香君的雕像，她双眸开启，仪态秀丽端庄，像一朵冰清玉洁的莲花，像是在沉思着一个王朝的没落，又像是默想着远去的丈夫。楼内的一幅"扇面桃花婵娟未远，楼头歌板慷慨犹存"的楹联，不禁令我怦然心动，三百多年前的李香君在朦胧的双眼中飘然而至。据《李姬传》和《桃花扇》所述，李香君幼时因父母早逝而投身青楼，由于她天资聪颖，加上勤学苦练，不但精通琴棋书画，而且歌舞极佳，未及成年，便已誉满秦淮。由于她生活的时代正是阶级矛盾、民族矛盾日益尖锐的时期，所以民族气节很早便在她的心灵中打下了深深的烙印。

李香君虽为一届风尘，但对爱情却矢志不渝，更对国家忠贞不贰，她像是春风里的一株美丽的桃花，迎风而笑，那一抹粉红于历史的夕阳下，明艳不可方物，引来无数的风流才子。明崇祯十六年（1643年），才子侯方域在一个明媚的春日走进了她的生活，于是香君相信，那就是传说中的一见倾心。新婚之夜，侯赠给李一把精美的宫扇，作为终身的情物。后来当她得知妆资全是明末阉党阮大铖所赠送时，她痛斥了阮大铖等人的恶行，并拿出了自己的积蓄，让侯退还给阮大铖。她高贵的人格和操节，不但使侯方域深感愧悔，也赢得了复社名士的深深敬佩。

如果事情到此作罢，侯李的爱情也许还会美满下去。然而，阮大铖岂肯罢休。随着清兵的入侵和崇祯皇帝吊死煤山，阮大铖设计陷害侯方域，逼他避祸他乡，又逼迫李香君改嫁他人。面对山河破碎、奸党谋害的险恶风波，李香君矢志不移，上演了一场更为悲壮、更令人叹服的节烈之剧。她先是拒婚，誓死不嫁。当来人到媚香楼强抢逼婚时，她对着桌角撞去，殷殷的鲜血如朵朵桃花溅染了侯赠给他的定情之扇。后来又被强行入宫做苦役，直到清兵攻占南京城后，李逃难至栖霞山削发为尼。不久，侯也从狱中逃出，经多方辗转奔波，两人才得以相遇。之后，李随着侯回到了商丘，过着十分清贫的生活。

清顺治八年（1651年），侯被迫科考得中后，李闻讯愤而自杀。对李的死，侯十分悲痛，他专门写了一篇《李姬传》收在《壮悔堂文集》中。这位"明辨是非、钟情笃义、威武不屈、富贵不淫"的青楼奇女子，为那个时代的女性写下了壮美的一页。她的一身正气、她的高尚人格，不仅令侯方域那些变节投敌、依附权贵的人战栗，也让后人为之感慨唏嘘，难怪林语堂先生感慨地说："她的政治志节与勇毅愧煞须眉男子。"

人格的魅力常常是在一个人死后愈发显出它的光艳，在李香君死后不久，一个比他小二十多岁的青年才子深深地被她的人格魅力所打动，戏曲家孔尚任的一出《桃花扇》不仅使李香君、侯方域的爱情故事成为绝唱，更使得南明的一段兴亡事，至今还在人们的心头萦绕。

走出媚香楼，只见夫子庙前店铺重重，秦淮河也游人如织。我知道媚香楼会伴着这条流淌了千年的文化繁荣与民族苦难的河，一起百年、千年的流淌下去。

李渔·芥子园

芥子园位于兰溪市兰荫山山麓，是为了纪念李渔而修建的，也是全国唯一的李渔纪念地。置身园中，一砖一瓦，一椽一桷，一木一叶，无不让人心动。

芥子园原址在南京，曾在中国园林史上占有重要的地位。遗憾的是，这座精致的园子最终消失在历史的沧桑之中。兰溪的芥子园占地仅有十多亩，却沿袭了李渔造园的风格，保留了独矜清高的格调，再现了南京芥子园的建筑特色，小中见大，曲中见幽，古中见雅，别有天地。

李渔，是一个充满了传奇色彩的文化达人，也是一个把生命的乐趣琢磨到极致的休闲文化倡导者，他是中国画第一部画谱《芥子园画传》的出版人；他撰写的《闲情偶寄》被誉为古代生活艺术大全。清康熙元年（1662年），李渔举家从杭州迁往南京。在这里，他营建了自己的私宅———芥子园。他在《芥子园杂联小序》中说："此予金陵别业也，地只一丘，故名芥子，状其微也。往来诸公，见其稍具丘壑，谓取'芥子纳须弥'之义。"芥子园虽不大，但经过他精绘巧设的美化，成为幽泉灵石、月榭歌台一应俱全的园林式住宅。

芥子园的建成，为李渔的著作出版带来了很大方便，他在这里开设了刻印出版图书的作坊和书铺，挂起了经营图书出版业的招牌，并且书店的生意很是旺盛，出版了不少畅销书籍。著名的《芥子园画谱》在这里印行，他接连不断地创作了大量的传奇剧本，并于清康熙十年（1671年），将《比目鱼》《凰求凤》《慎鸾交》《巧团圆》四种曲，与在杭州时编写的六个剧本合刻印行，称之为"笠翁十种曲"。《笠翁十种曲》刊行后，遍行坊间，其盛名蜚声清初剧坛，所谓"十曲初出，纸贵一时"。

芥子园里的生活是李渔一生最惬意的日子，也是他一生中最辉煌的时期。在此期间，李渔组建了李氏家班，以芥子园为根据地，带领家班四出游历、演剧，"全国九州，历其六七"，不辞辛劳，赴全国各地巡回演出。由于有乔、王二姬的出色演员以及李渔这样的好编剧、好导演，再加上独树一帜的戏剧风格，李氏家班红遍了大江南北，影响波及大半个中国，导致了"北里南曲之中，无不知李十郎者"。

在芥子园，李渔也完成了他一生艺术、生活经验的结晶———《闲情偶寄》。全书分为词曲、演习、声容、居室、器玩、饮馔、种植、颐养八部,除了《词曲部》和《演习部》是论述编剧的美学原则和规律、技巧外,其他各部都是专门研究生活乐趣的,包括饮食起居各个方面,涉及眼、耳、鼻、舌、身、心、手等各种人体器官的放松和愉悦。从亭台楼阁、池沼门窗的布局,到花草虫鱼、鼎铛玉石的摆设;从妇女的妆阁、修容、首饰、脂粉点染,到穷人与富人的颐养之方;从烹调艺术到美食系列;无论富人、穷人寻求乐趣的方法,一年四季消愁解闷的途径,性生活的节制,疾病的防治等等,都洋洋洒洒,不一而足。

《闲情偶寄》堪称生活艺术大全、休闲百科全书,是中国第一部倡导休闲文化的专著。问世后,屡有重版,畅销不衰,流传国内外。在奢侈积习、享乐成风的清代上流社会,《闲情偶寄》的诸多内容成了人生享乐的指南而畅销一时,同时也为我们全景式地提供了十七世纪中国人们日常生活和世俗风情的图像。

李渔命中注定是赶上乱世之灾的,可是终其一生,都是尽情享受生活并细致地品味生活,官没做成,倒是把生命的乐趣琢磨到了极致。尽管晚年稍落魄,但大体仍算一贵人,而古人云"贵人多福",如此说来,李渔的一生是非常惬意的,他以自己的行为,不愧对花花世界的红尘一世。"善行乐者必先知足,知足不辱,知止不殆。"李渔早在四百年前,便以大智、以诙谐中透着庄重,给后人留下这么一句让人永远受益亦有所思的话。

李渔对生活的热爱是骨子里发出的爱,对生活的精致是心底里体会出来的精致。他知道人生百年,"有无数忧愁困苦、疾病颠连、名缰利锁、惊风骇浪,阻人燕游",于是,虽贫贱而不忘行乐,其《生日口号》诗云:"人皆愿百岁,岁多愁亦多。不如听修短,行乐戒蹉跎。"于是李渔充分地享受着生活。

　　一个能抵挡住岁月风沙侵蚀、被历史记住的人，他的精神一定是种独特的存在。李渔这位集文学史、艺术史和经济史三史留名的才华横溢之人走了，但他的文字还在、他的思想还在、他的艺术还在。如今，这位流传了四百年的艺术达人，穿越了时空，正在影响着我们、正在感染着我们。

　　漫步在芥子园里，眺望四百年前的那个众说纷纭的背影，他微笑着以一记潇洒的身姿踽踽前行，而他的那些脍炙人口的作品，却在光阴的故事里，越走越近，陪着我们一起提高生活品位，一起营造艺术的人生氛围，使我们日益枯燥的心情得到些微的滋润。

纳兰性德·纪念馆

　　北京西郊上庄镇有一处位置偏远、民风淳朴的村子，历史上曾是显赫一时的明珠花园。如今，三百年前的辉煌已经被岁月的风霜磨洗殆尽，只剩下井碑、庙堂、山墙等散落在风中，任凭日晒雨淋。村子里的人并没有忘记历史，他们修复了一座集展览、缅怀于一体的纳兰性德纪念馆，展示了纳兰性德的生平、文采、史评及纳兰世家、纳兰遗迹与上庄、纳兰文化等，向人们讲述着"一段纳兰事、半部大清史"的轶事。

　　纳兰性德是一位堪称"风华绝代"的人儿，他善骑射，好读书，以小令见长，堪称"文武双全"。纳兰性德也是我所喜欢的文人，其人、其情、其词都让后人为之仰望不已。无意中得知上庄修复纳兰性德纪念馆后，我在心底便产生了强烈的渴望，那就是去上庄寻觅纳兰性德的点点滴滴。我是一个人去上庄的，也费了一番周折。可是当我走进那个百十平方堪称简陋的纪念馆时，所有的不快、所有的疲惫全都一消而散。徜徉在馆中，看着曾经出土的文物和一些图片资料，我似乎更加懂得了那个多情的男人。

纳兰性德是满洲正黄旗人，武英殿大学士明珠的长子，康熙皇帝的殿前侍卫。可以说，他的一生注定是富贵荣华、繁花着锦的。可是造化弄人，纳兰性德偏偏是"虽履盛处丰，抑然不自多。于世无所芬华，若戚戚于富贵而以贫贱为可安者。身在高门广厦，常有山泽鱼鸟之思"。在别人眼里，他位高权重，终日陪伴在皇帝的身边，宝马香车、锦衣玉食，可谓占尽了风光与荣耀，是人人羡慕的年少英才、帝王器重的随身近臣、前途无量的达官显贵。可是，随王伴驾在"翡翠丛中，鹅黄队里"的纳兰性德，向往的却是人格独立、自由自在的平民生活，他厚厚的铠甲里面跳动的是一颗生来就忧郁深刻、向往自由的心灵。

因为此，出身显贵的纳兰性德，一生都淡泊名利。他视权势如敝屣，很想游离于官场与功名之外，他曾言："仆亦本狂士，富贵轻鸿毛。"但是，命运的缰绳却套牢了他，他犹如被投进一部旋转的、庞大而又残酷的机器，被挟裹着、搅拌着。在郁闷之余，他为忧伤找到了一个宣泄的出口，那就是词。他把所有的深情都付诸笔端，用词的凄美形式来整理生命中的忧伤，就像受伤的天鹅一边流泪，一边不忘梳理自己美丽的羽毛，而每一根羽毛都是一首绝妙的好词，而词中弥漫着的苍苍茫茫、无边无际的感伤，使人顿生出许多的赞叹和感慨。

在纳兰性德生活的时代，朝廷权利斗争激烈，满汉民族矛盾交织，官场黑暗，世风混浊，而他却尽可能地超然其上、独善其身，同时尽已所能地尽经国济世之责，行抑恶扬善之举，其君子之风、仁义之行让人称道。而纳兰性德对爱情的一往情深，对所心仪女性的爱护与尊重，也让人敬重不已。他曾娶妻卢氏，可是仅仅度过了三年琴瑟相和的美好时光，卢氏便因病去世了。这对于纳兰性德来说，无异于是人生的一场灾难。从此后他用手中的笔，写下了一首又一首悼亡妻子的词作，把缠绵凄婉作了最美的诠释。其实，纳兰性德身边并不缺少爱他的佳人，但他的心纯净如初，只能容下那一个人。

纳兰性德的词全以一个"真"字取胜，写情真挚浓烈，写景逼真传神，但细读却又感淡淡忧伤，可谓字字含情，真挚动人。他的词就像一朵朵梅花，于飞雪中散发着冷艳的馨香，在无奈的岁月中诉说着他的无奈。他的词虽静卧在历史的深处，却能经受住时光长河的淘洗。后世大学者王国维称之为"以自然之眼观物，以自然之舌言情……北宋以来，一人而已"，其小令被郑振铎赞之为"为当代冠"。就是在三百年后的今天，我们仍能从词中见出词人的精神，词人的性灵。历史只会淹没一切锁碎的、不足挂齿的污泥尘埃，而一切人性的光芒都不会被淹没。纳兰性德用他的词发出了对人性的呼唤和呐喊，他连同他的词，闪耀着夺目的人性之光，激荡在我们心头的除了感动，便只有心悦诚服和心向往之了。

纳兰性德落拓无羁的性格，以及天生超逸脱俗的禀赋，加之才华出众、功名轻取的潇洒，与他出身豪门、钟鸣鼎食、入值宫禁、金阶玉堂、平步宦海的前程，构成一种常人难以体察的矛盾感受和无形的心理压抑。加之爱妻早亡以及文学挚友的聚散，使他无法摆脱内心深处的困惑与悲观。清康熙二十四年（1685年）暮春，纳兰性德抱病与好友一聚，一醉，一咏三叹，然后便一病不起，溘然而逝，结束了他年仅三十一岁的生命。

"山一程，水一程。身向榆关那畔行，夜深千帐灯。风一更，雪一更。聒碎乡心梦不成，故园无此声。"我想，他一定是想趁着月夕花晨与爱妻团聚，弹琴赋诗，在另一个世界中相亲相爱。他把自己还给了自己，就像脱蛹而出的蝴蝶飞出了壁垒森严的宫殿，在青山绿水间自由飞翔。

1685年的春天，葬送了一个出色的词人，一个真正意义上的大写的人。三百多年过去了，依然有人记得他，依然还在捧读他的《纳兰词》，上庄纪念馆来往的人群就是最好的见证。打开《纳兰词》，你会发现一个感人至深的既往灵魂活生生展现在我们面前，那些飘逝的云烟重又轻拂我们的脸庞，《金缕曲》的清越旋律在耳边久久萦回……你会明白什么叫作对生命本质的热爱与追求，什么叫作至情至性。

秋瑾·轩亭口

在历史名城绍兴，许多景观都与一位女子有关，这位女子就是一生轰轰烈烈、如梅花般灿烂怒放的秋瑾。虽然历史淡去了许多记忆，但是在她慷慨就义的轩亭口以及和畅堂、大通学堂、风雨亭这些遗踪，都在演说或提示着当年，让人不禁萌发一份思古幽情。

秋瑾是一位超凡于世的奇女子，一个集富家千金、官太太、留学生、教官、女侠、诗人、革命家、光复军协统、英雄、烈士等众多的概念于一身的女子，她无可争议地铸造了一个女性的卓越和辉煌，也注定了一个名字的尊贵和不朽。自从我知道她在轩亭口就义后，就盼望有一天，到轩亭口、到和畅堂去凭吊致敬。终于在一个风有些冷的季节，我来到了绍兴。当我满怀肃敬地去拜谒秋瑾在绍兴的遗踪时，心中平添了几分豪气。我也知道了秋瑾在秋风秋雨中的"涅槃"，是她生命中更为耀眼的一次升华。

秋瑾生于官宦之家，后来遵父命嫁入豪门旺户。秋瑾本应过着尊贵优雅、锦衣玉食的生活，然而她却毅然冲破家庭的束缚，走出了家门，并以男人的语言、男人的行动来谋求自己的解放。如她的号"竞雄"，如她的别署"鉴湖女侠"，如她说的"不惜千金买宝刀，貂裘换酒也堪豪。一腔热血勤珍重，洒去犹能化碧涛。"那么坚硬，全是男人气。

在日本期间，秋瑾积极参加留日学生的革命活动，加入了同盟会，回国后一边宣传妇女解放，宣讲革命道理，一边联络会党，组织起义。秋瑾在别人的醉生梦死中独醒着、痛苦着、抗争着。当得知起义失败，自己深处险境之时，却从容一人孤守阵地，面对提审她的清朝政府官员，秋瑾只字不吐，提笔写下"秋风秋雨愁煞人"七个大字，铿锵在天地间。

1907年7月15日的清晨，绍兴轩亭口上，几个士兵推着身穿白汗衫的秋瑾，秋瑾从容地对行刑人说：且住！容我一望，有无亲友来别我？乃张目四顾，复闭目曰：可矣。遂慷慨就义。面对死亡，她没有恐惧，没有疑惑，没有退缩，唯有遗憾，遗憾的是自己壮志未酬，祖国仍然陷在混沌和黑暗之中！秋瑾用年仅三十一岁的生命践行了"危局如斯敢惜身？愿将生命作牺牲"的誓言，也成为第一位为革命被砍头的女烈士。

秋瑾生活的年代，是中国历史上最黑暗的岁月，也是一个好死不如赖活着、整个民族麻木不仁的时代。她的出现虽然短暂，却似闪电霹雳长空，在漆黑一团的夜空留下了永恒的绚丽。秋瑾在辛亥革命中主演的悲壮一幕，无论用怎样光辉的字句去赞誉她都不过分。孙中山先生在致祭秋瑾墓时曾撰挽联："江户矢丹忱，重君首赞同盟会；轩亭洒碧血，愧我今招侠女魂。"高度评价了她短暂而又辉煌的一生。

在秋瑾被砍去头颅的地方，后人立起了一块纪念碑和一尊伟岸的塑像。上面有蔡元培撰写的碑文，让每每路过的人，都肃然起敬，追思连连。伫立在雕像前，我用目光摩挲秋瑾，虽然隔着久远的历史年代，但我却依然能感受她曾经的温度，读懂她曾经的心跳。我对自己说，这就是轩亭口！在匆匆涌过身前的人群中，我想象着当年秋瑾临行前，张目四顾是什么景象，她闭目说：可矣！那番心绪又是如何？我的耳畔似乎回荡着女英雄那最后的一声长叹，这声长叹，曾引来多少雄性的荡气回肠！

纪念碑不远处便是秋瑾的故居，故居依山而筑，粉墙乌瓦，古雅清丽。徜徉在故居里，我在那幅常见的照片前停住了脚步：秋瑾身披翻毛黑白花纹外套、戴手套、握短刀，一副巾帼俊杰、英姿勃发的形象。照片上的秋瑾目光如炬，英气逼人，那目光仿佛不是来自于她的那双眼睛，倒像是来自眼窝深处一个不为人知的所在。这双眼目睹了八国联军入侵后祖国的狼藉衰败，目睹了清政府的腐败无能，为此，这双眼里充盈着愤怒和忧虑。看着看着，我头脑中便幻化出她穿男子体操洋服、骑马习武的场景，以及那马后扬起的飞尘和那飞尘后面士绅及同龄女子惊诧的目光。

百年倏然，今天的车水马龙已冲淡了昔日的空旷凄凉，今天的闹市已取代了昔日的屠场。当我们回望历史，烟尘散尽，那个骑马执刀的女子，也已经和我们渐行渐远，只留下愈来愈模糊的背影。"身不得，男儿列；心却比，男儿烈。"一个刚性女子的声音，穿越岁月时空，成为1907年秋天永恒的绝响。

萧红·故居

萧红是一位才华横溢的天才作家，也是极具影响力的女作家，在她短暂的人生岁月里，留下了《生死场》《呼兰河传》《小城三月》等一大批优秀作品，她也因此被誉为黑龙江地域文化的独特标识。虽然佳人已逝，可是在她的出生地——哈尔滨，却依然保留着她的故居。故居是典型的北方乡村建筑，保留着满族建筑的风格，青砖青瓦，古朴典雅。如今，萧红故居已成为文学爱好者旅游的文化圣地。

对于萧红，我有着一份难以明说的迷恋。她的名字以及她留下的文字，曾无数次地打动过我。特别是在我寂寞、无助的日子里，一本《萧红小说》、一本《萧红散文》一直放在我的床头，陪伴我度过了无数的不眠之夜。时间久了，我对她曾经生活过的地方也有着一份向往与憧憬。终于，在一个繁花烂漫的季节，我来到了哈尔滨，并且带着朝圣的心情去了她的故居，去感受她曾经在此度过的幼年、童年和少年时光，去探索她的成长环境和生活轨迹。

推开厚重的朱漆大门，我一眼便看见了萧红的栩栩如生的洁白塑像。她穿着旗袍，静静地端坐在院子中央，前额梳着长长的刘海，左手拿着一本书，伸垂在右膝上，右手衬着下颊，两眼深情地望着前方，端庄而秀美。看着她凝望远方的神情，我突然感到一种莫名的忧伤。我不知道她在眺望什么，沉思什么？是在回忆哈尔滨的童年往事？还是在怀念给了她无限关爱的导师鲁迅先生？抑或是在忆起在香港山穷水尽的最后时光？

故居里的人不多，并且都是静悄悄的，仿佛怕惊扰了栖息在故居里的灵魂。故居东西间陈列着萧红祖母用过的部分物品，西两间屋展出萧红生前照片、中外名人留景、题词、信函等。在陈列室里，让我目不暇接的是一连串的地名和很多惊世骇俗的男人的名字——呼兰、哈尔滨、青岛、武汉、延安、上海、香港，还有日本，以及鲁迅、萧军、端木蕻良……当我将这些地名、人名、作品名连缀起来的时候，我看到了一个坚韧、传奇和天才的萧红。我看到了一个二十多岁的弱女子在兵荒马乱的战争年代奔波的身影，伴随着的不是旅途的乐趣，而是衣食无着的生活、一再受伤的情感和日益病弱的身躯。最后在远离故乡遥远的香港，她结束了年仅三十一岁的生命。

在萧红短短的人生岁月里，她饱尝了一个女人所有的心酸、寂寞、哀伤。她经历了母亲的早逝，父亲的冷落，继母的虐待，包办的婚姻，决然的离家出走，无助的饥寒交迫，与萧军生死相依又劳燕分飞的爱情，与端木蕻良的"只是又一个问题开始"的异族婚事。于是一颗崇高而纯洁的心，由于离乱的时代和艰苦的环境被湮没了。庆幸的是，在情感、饥寒、战争、生死中挣扎的萧红，并没有沉陷于自己的悲伤之中，在同命运抗争的同时，她依然"向着温暖和爱的方面，怀着永久的憧憬和追求"来写作，用温柔的同情心和充满诗意的语言努力地为后人留下了同她命运一样振人心弦的文字。

萧红是那种以全身心投入写作的女性，文字便是她灵魂的自传，《生死场》《马伯乐》《呼兰河传》《牛车上》《小城三月》《回忆鲁迅先生》《商市街》等等都闻名于世。萧红笔下的人和事都是从生活中提炼出来的，她非常懂得人性中的贪婪和漠不关心，也懂得人间的爱与温暖。她不是以怜悯的态度去描写他们的，而是以"同是天涯沦落人"的身份去体察、去感受，所有日常小事、平凡人物在她的散文小说或随笔里都有着极为动人的描绘，从那些自然的乡土人生的寻常故事里可以窥见人性的本意。

对于萧红来说，故乡是她的根，是她的创作源泉，不管当初怎样决绝地离开，她的作品都已打上深深的烙印。就像沈从文笔下的湘西、陈忠实笔下的关中一样，萧红用她细致的笔触，勾勒出了一个独特的、具有浓郁乡土风情的呼兰。一篇篇自传式的行文，常常会让你不由自主地走到她的境地里去，与她共同饿着、等着、盼着、流浪着。这也使得她的创作超越了时代，穿透了漫长的人生，使得她的冷、她的寂寞、她的苦痛有了千万的分担者。所以说，才华横溢的萧红虽早已离尘世而去，然而她那些质朴而让人感动的文字，依然传达着真实的生活和灵魂。

天才的萧红赋予了文字别样的生命与血液，她用心灵和生命写就的作品也已经跨越了时间和空间的局限，成为一种永恒。天才的萧红也不该是孤独的，也不应该被遗忘。从故居出来后，我期待能有更多的人来此进行一次朝圣之旅，也期待更多的人能拿起萧红的书稿，去品读那些在字里行间洋溢着真情的文字，去关注人类普遍存在的问题、生殖与死亡、命运与抗争、愚昧与觉醒。

"人必须要围着一种理想而生活着，即使是日常生活上的很琐细的小事，也应该有理想。"萧红永远不老的文字会长久地提醒我不要忘记争取自己的幸福，不要忘记追求幸福的权利。

【跋山涉水】

舟山·普陀山

舟山群岛的普陀山是中国四大佛教名山，素有"海天佛国"之称，令无数香客游人为之倾倒，为之神往。在未去之前，对其"海中有仙山，山在虚无缥缈中"的传说早有耳闻。终于有一天，我得偿所愿，以一颗虔诚的心去朝拜我心中的圣地。

普陀山四面环海，山海风光旖旎独特，与其说是山，不如说是岛。整个岛重峦叠嶂，危岩陡壁。一踏上普陀岛，浓浓的佛教气息便扑面而来，山石、寺塔，背着黄色布挎包的香客，岛屿上空回荡着的禅乐，梵音、涛声交织着，古樟、寺塔辉映着，心中那份圣洁、崇敬、神秘便油然而生，真不愧是古往今来的"人间第一清净地"。

普陀山是观音显灵的道场，也是佛教禅宗的圣地。自唐代以来，就分布着众多的寺院庵堂。最盛时，大小佛寺多达三百余座，僧人多达四千余人，是名满海内外的"震旦第一佛国"。如今，经过历史风雨的洗礼，还有慧济、普济、法雨、卧佛等诸多名寺，遍布在山林沟壑之间，成为人们拜佛进香的圣地。

慧济寺隐于翠绿岩林，倚山势而建，是普陀山最高的寺庙。琉璃瓦盖顶，飞檐翘角，庄严而又气派。一进山门，眼前便豁然一亮，只见一座座的石峰巨岩拔地而起，似刀劈、似斧削，无比的雄奇险峻、嶙峋突兀。慧济寺是普陀山寺庙中主殿不供奉观音而供奉佛祖唯一的一座寺庙，寺内的观音殿镶嵌着百余尊线刻观音像，汇集了唐宋元明清五朝名家的杰作，为国内所罕见。

普济寺是最气宇轩昂、宏伟壮观的寺院，几乎占尽了整个山坳。寺庙三面被山环抱，正面是辽阔的大海，拍岸的涛声清晰可闻。庙前，海印池的清波倒映着金碧辉煌的御碑亭。步入寺中，古树重重，殿阁层层，梵音袅袅，香客如织。静坐在寺里的古树下，聆听着寺庙里的梵音，闻着淡淡香火味，让人心生一份敬意。

行走在普济寺，最吸引我的是寺内的观音三十二应身，有的像慈祥长者，有的像活泼少女，有的像威严将军，有的像狰狞鬼怪……最令人折服的是，三十二尊塑像虽然姿态神情各异，却都透出一种庄重妙严的气质。在普济寺，我无意中遇到了一个小沙尼。他披了一件黄色的袈裟，目光纯真和善，脸上是浅浅的微笑，身后是木雕的佛像。他一手拿着经书，一手捻动颈上的佛珠，诵经的声音如同歌唱。那天真的童声表达着的是欢快，而不是一般佛寺里的严肃。

从普济寺出来，就到了千步沙。宽阔坦荡的沙滩美极了，仿佛撒满了金屑玉粉，踏在上面就像走在地毯上。站在海边，直面大海，心胸开阔无比，心头杂念消失得无影无踪。从岸边开始，海水由黄到绿，由绿到蓝，成带状地渐次变换色彩，一直铺向遥远的天边，海与天融化在一片混沌的青蓝色中。极目东望，洛迦山似一尊大佛安祥地躺在莲花洋上，其头、颈、胸、腹、脚均清晰可辨。

南海观音像是普陀山的象征，沿着铺满莲花图案的石板路，我来到观音广场。抬眼看到观音面如满月，凤目微张，正慈祥地望着红尘中的世人。扑面而来的是浓浓的香火香味，执香虔诚拜佛的香客如潮，人人脸上的神情肃穆虔诚。这样的庄严肃穆的氛围里，心里有一股说不出来的超自然的神秘与宁静之美。

《注维摩诘经》上说:"世有危难,称名自归,菩萨观其音者即得解脱。"绵延千余年的佛事活动,使普陀山这方钟灵毓秀之净土,积淀了深厚的佛教文化底蕴。特别是每年观音菩萨的诞辰日、得道日、出家日,无数的善男信女如云般压来,他们为自己的世俗生活许下无数美丽的愿望。在人们的心目中,大慈大悲的观音菩萨象征的是一种精神,一种理念,代表的是一种品质。自古以来,中国人讲究做人要慈悲为怀,行善积德。在物欲横飞的年代里,这的确是一方净土。

离开南海观音像,到了紫竹林禅院。这里是天下闻名的不肯去禅院,也是普陀山最早供奉观世音菩萨的地方。据传唐代有一个日本僧人,运着一座观世音像去日本。可是到了普陀山这里就走不了了,海上出现朵朵莲花,船在海上围着山转了三天还是开不出去。于是这位僧人就祷告,如果菩萨不肯去日本,就指点一条路津吧!说完话海上出现一条海牛,咬掉许多莲花,出现一条通道,于是僧人沿着通道来到了普陀山。于是就有了现在的不肯去禅院,也给后人留下了无尽的遐想。

普陀山被誉为"第一人间清净地",除了山上有寺塔崖刻、梵音涛声之外,还在于山上树林丰茂,古樟遍野。无论是悬崖峭壁上,还是深谷幽壑里,都或多或少地点缀着片片树木,如帘如藤,簇簇野草,仿佛是水墨彩在上等到宣纸上浸润渲染。尤其是那些枝繁叶茂、生机勃勃的樟树,那淡淡的清香弥漫在空气中,深吸一口,令人神清气爽。让这一方佛地更显幽静神秘。

此外,岛上的岩石,因风化海蚀的影响而千奇百怪,形神各异。二龟听法石是两只天造地设的石龟,一只蹲踞岩顶,一只攀缘绝壁,昂首引颈,惟妙惟肖。磐陀石由两个巨石相叠而成,上下两块石接缝处间隙如线,似乎一石悬空于另一石之上。两石虽险如滚卵,却安稳如磐。它就用那一点点的落脚,在山巅、在风风雨雨中,一站就是千万年。此外,还有海天佛国石、扶云石等,都是大自然的鬼斧神工。

禅宗四祖道信曾说:"快乐无忧,是名为佛。"普陀山之行,就是一次净心之旅,也让我明白了,只要保持一颗清净的心,我们就是佛了,我们就能忘却生活中的烦恼和不快,并获得一份常驻心田的快乐与幸福。

安庆·天柱山

"山,土有石而高"(《说文》),所以,厚重缄默的山永远让人充满了敬畏,正如《韩诗外传》云:"山者,万人之所瞻仰……生万物而不私,育群物而不倦,出云导风,天地以成,国家以宁,有似仁人志士,此仁者所以乐山也。"横亘于皖西南部的天柱山,是一条气势恢宏、闻名遐迩的山脉,自古及今就以一种深沉而亮丽的美超然存在,无论是其端庄朴实的风景、深邃悠远的历史,抑或是舒展奔放的灵性,都自有一种冲击心神的力量,不管你是不是在意它那些历史性质的或者图腾意味的内容,你都不可能对它无动于衷。

天柱山因主峰雄伟峭拔如"擎天一柱"而得名,正是大自然的风化侵蚀或鬼斧神工,才造成它山峦连绵、巍峨峻峭、怪石丛生、秀丽雄伟。从亘古到至今,莽莽苍苍的天柱山不知繁衍了多少生动的故事,延续了多少美丽的传说,悲壮与激情、锈蚀与富饶,在历史的嬗变演绎中延绵不息。据《史记.封禅书》载，公元前106年，汉武帝刘彻"登礼潜之天柱山，号为南岳"，天柱山盛名一时。可是皇家无常性，到隋文帝时又把南岳的尊号封给了衡山，天柱山从此贬为布衣，但天柱山并不以人世的变迁而变迁，如柱般的山峰也依然屹立于万山之巅。

雄奇壮美、风情无限的天柱山是令人神往的，它在时间的照耀下不断焕发熠熠的光辉。一座座山崖翠壑，或峻拔或灵秀，或拙朴，或静如处子，或跃跃欲飞，每一峰，都有其美丽而神奇的传说，每一块岩石，都像一块彩缎，闪着迷人的光环。走在层峦叠嶂、云雾缭绕、怪石嶙峋的山林中，恍若置身于仙境，与其说是攀山，不如说是呼吸山、拥抱山、膜拜山。我随时随地接受它的呵护和启迪，只见清风扑面、绿意盎然、群峰竞秀、碧水潺潺……一种远古的氤氲不经意间渗入我的心肺，一种远古的流光照亮了我的瞳仁。

在行走的途中，我慢慢识得了天柱山的真容，它像是一幅立体的画幅，青的山、绿的水、蓝的天、红的花，无不叫人陶然怡然，无不令人沉醉昂奋。最神奇的莫过于神秘谷了，神秘谷是由千余个大小石洞所构成的一个山洞群，进入谷口，仿佛置身于一个洞天世界，忽上忽下，忽明忽暗，洞中有洞，洞洞相连，捉摸不定，其乐无穷，真是疑无路时却有路，该低头处得低头，不能上时暂且下，弃明投暗有缘由，于神秘的氛围中仿佛再现出人生的种种境遇。

在天柱山，我不会预料一步迈出去以后，会看到怎样的景物，也不可能估量出，在匆促的步履间，我错过了多少奇美的景色。登上山崖之巅，织锦般的图景便在眼前展现：林海叠翠、千岩万壑、绿树野花，尽收眼底，仰望苍天，微风飒沓，树叶轻摇，顿觉神清目爽，仿佛自己正翱翔在天地之间，似乎进入一个迷离而神秘的梦，真实、飘逸、热烈、亲切、美丽、迷人，并希望永远住在这个梦里，沉醉不知归路。

天柱山的山岭，历经了太多的风雨，也承载了太多的故事，从汉武帝封岳开始，它就成为道教发祥之地，到了唐宋时期，佛道两教更是盛极一时，曾有"三千道士八百僧"之说。它所蕴含的魅力也吸引着无数人的目光，李白、白居易、苏东坡、王安石、黄庭坚、朱熹等人对天柱山情有独钟，都曾在这里驻足，留下过一行行不平常的脚印。李白的"待吾还丹成，投迹归此地"，苏东坡的"平生爱舒州风土，欲居为终老之计"，流露出他们把天柱山选为自己归宿的愿望，足见其迷人之处非同一般。这里也是徽班故里和黄梅戏的故乡，黄梅戏由此衍生且唱遍大江南北，程长庚也是从这里率领徽班吹吹打打进京城，在徽剧和昆剧的基础上，逐步演绎成京剧而闻名全国。

雄奇壮美的天柱山吞吐着历史的烟云，见证着上下数千年的沧海桑田。它让我知道了远比我的生命更为久远也更为壮丽的许多事物，每每想起它，无限的爱意如春潮奔涌，涨满心房，那逶迤潇洒、层峦叠翠的脊梁便在脑海中波涛起伏、连绵不绝、伸向远方。

鹰潭·龙虎山

龙虎山是一座有山水俱佳的名山，也是声名赫赫的"中国道教第一名山"，以"神仙所都"、"人间福地"之誉闻名天下。这里的一山一水、一草一木无不彰显着源远流长的宗教文化，充盈着道家的道风仙气，令游者情不自禁地陶醉其中，进入一种物我两忘的境界。

在大自然的鬼斧神工下，色如渥丹的龙虎山与碧绿似染的泸溪河，交相辉映，一山一水，一阴一阳，把道家睿智的阴阳哲学演绎到极致，让你禁不住为大自然的造化慨然喟叹。行走在龙虎山，只见一座座的赤壁丹崖，呈现出各种奇特的造型，犹如颗颗玑珠，散落在泸溪河岸或水中，或大或小，或圆或椭，或拥簇，或孤立，展示着各自逶迤绮美的身姿，仿佛在演绎着一个个令世人百听不厌的不老传说。

最惬意的是坐上竹筏，在泸溪河上漂流，一篙一处妙境，一篙一个传说，恍若置身仙境。仙女岩、僧尼峰、水中莲、云锦石、蘑菇石、道堂岩、仙人桥、仙桃石、玉梳石……以及一些说不出名字、旖旎迷人的景观。满眼望去，丹崖碧溪，群峰倒影，构成了"一条涧水琉璃合，万叠云山紫翠堆"的奇丽景象。在泸溪河面上还有一些小的竹筏穿梭来往，给游人开起一个个"水上超市"，竹筏上装满了龙虎山独有的板栗粽子、烤红薯、烤板栗等，令人回味无穷。

行走在龙虎山的山水之间，除了满目美不胜收的风景，所到之处，无处不彰显着道教文化的痕迹。自从东汉中叶，张道陵在这里肇基炼丹、研创道教，龙虎山就与道教紧紧联系在了一起。至唐朝，道教被奉为国教，宋、元、明时期，历代天师被敕封"一品"，龙虎山统领江南道教。值得一提的是，龙虎山目前是中国唯一有权发放谱牒的地方，每年海内外的道家传承者都要来此朝圣膜拜。龙虎山地区在道教兴盛时，先后建有十大道宫，八十一座道观，五十座道院，十个道庵，其繁荣景象可见一斑。

正一观是张道陵当年炼丹得道之地，也是正一道祖庭的象征。正一观始称"祖天师庙"，自古就有"昼夜长明羽人国，春秋不老药仙宫"的美誉。自汉末张盛建庙开始，正一观经历了诸多的历史风雨和岁月沧桑。在千年的时光中，正一观屡毁屡建，承袭道流。现在的正一观，是在原址按宋代建筑风格，并吸收了明、清建筑风格而建成的，整个建筑灰瓦白墙，古朴典雅，气势雄伟，仙骨傲然。观内宫殿巍峨，香烟飘绕，经声朗朗，还有一口一千九百多年的天师炼丹井，据说是一代天师张道陵亲手所挖掘的，井水常年清澈透明，历代天师常取此水炼丹和行符施咒、驱邪除魔。正一观是中外游客、道教信徒朝拜必去之处。

除去正一观，上清古镇上的天师府也是不得不去的所在。上清古镇传说是张道陵建立道教的地方，也是《水浒传》第一回"张天师祈禳瘟疫，洪太尉误走妖魔"的发生地。小说家言虽不可信，却是格外有趣，给龙虎山增添了无穷尽的人文意味。天师府是最古老最宏大的封建王府式的道教古建筑群，是历代张天师的起居和祀神之所，誉为"西江第一家，南郭无双地"。府内的一块御匾、一颗玉印、一把宝剑、一方石碑、一座元钟、一面宋镜，无一不镌刻着中国道教史不同时期的不同侧面，无一不诉说着每一个文物不同寻常的历史传奇。

龙虎山的崖墓悬棺群也是一道独特的风景，距今有两千六百余年的历史，是古越人所葬。这些崖墓群镶嵌在陡峭的石壁上，高低错落，不可胜数。遥望绝壁之上历经千年的淡黄色的棺木崖穴，令人心生喟叹。龙虎山崖墓下临深渊，地处绝壁，那么古越人是如何将棺木放入洞内？古越人为何采用绝壁洞穴墓葬？重重悬疑背后，到底隐藏着一种什么样的文明形态？

千百年来，这些疑问一直都是千古世界之谜，龙虎山崖墓因此蒙上了一层层神秘的色彩。尽管龙虎山悬棺至今未解，但是人们从来没有停止过探秘绝壁悬棺的脚步，仙水岩的升棺表演就是最新的探索。只见那惊险的仿古吊装，将数百斤重的木棺用绳索提升到数十米高再通过人力移入崖洞，其场面之壮观，令游客瞠目咋舌，拍手叫绝。

龙虎山是历史文化与自然景观的完美融合，不仅山清水秀、奇峰突兀、绮丽俊逸，而且历经千年岁月的洗礼，已经积淀成一部博大深邃的史书，道教祖庭的厚重传承熠熠生辉，而千古未解的崖墓之谜引人遐想……岁月轻晃，在你不经意的行走间，龙虎山的绮丽美景、历史风韵，就会刻入你的脑海，浸润你的心灵。

福建·武夷山

"奇秀甲东南"的武夷山自古及今就有一种亮丽的美超然存在，它独具风格的碧水丹山、众多的历史传说，足以让每一个渴望了解它的人心驰神往。我是在有充分的准备之下来到武夷山的，但是，面对着悠悠岁月耸起的这座巍峨永恒、丰碑式的千古名山，面对着素来以山水两相宜而著称于世的秀美景色，我就不由得对这人间仙境所折服，且久久不能忘怀。

武夷山属于丹霞地貌，诸峰面朝东方、形状各异、奇翠插天，这里有屹立挺拔、隔山相望玉女峰的大王峰，有展翅翱翔、鹰嘴一般的鹰嘴岩，有大腹便便、身形饱满的馒头岩等等。天游峰是武夷山的主峰，山高路陡、弯弯曲曲、盘旋而上。循着山间小路行了几许，一座巨岩陡然转入眼帘，仰首可见平整的岩壁上游人攒动，如同一条移动的曲线贴壁而动，蜿蜒而上，不见其首。

我们随着人流登上凿入岩壁的窄小石梯，缓缓盘旋而行，过了半山亭，石梯骤然陡得厉害，一步一回头，三步一停留。那雄浑的山峰、那浩瀚的云海、那天造的幻境，使我无暇顾及山路的陡峭，忘却疲倦的感觉。到达顶峰时，汗水湿透了衣衫，全身像沐浴了一般。虽然疲惫不堪，但却异常兴奋，喘着粗气，站在高耸山巅，宛如遨游于天宫琼阁，俯瞰山下旖旎的风光，顿感心胸开阔，陶然忘归。那些绿荫葱葱、高低起伏的山峦，在云雾飘逸中时隐时现，蜿蜒流淌的九曲溪宛如飘带曲曲环绕，让人油然而生"神奇非凡，天庭一游"之感。

除去天游峰，一线天也是不得不去的。一线天本名灵岩，因岩顶沟壑经水流常年侵蚀，整个岩体纵裂一罅，漏进一线青天，故而得名。岩壁之下，有洞入内，洞内羊肠小道供游人穿行，窄处仅尺，洞中昏暗，仅头顶弯弯曲曲一线天，蔚为奇观。游山的人们排成长队，依次移步入洞内，置身队中的我借着岩顶射入的一缕光，只看见前前后后数不清的人影。

队伍极其缓慢地移动着，大多时间只能是在夹缝中等待或是沿着突兀的岩壁仰望那一缕青天，不时有焦躁者的喊声和蝙蝠的惊叫声响起。压抑与无助伴着黑暗渐渐笼罩心头，而此时此刻，每个人都只能按自己的位置等下去、走下去，没有任何第二种选择，索性关闭了思维，任凭手脚忽高忽低地随着队伍踽踽而行。不到二百米的路程，竟走了近一个小时，到终于爬出洞口，能够自由地伸展胳膊腿时，才发现手脚衣裤尽是尘土泥泞。天空豁然开朗，心情如释重负，适才那种被自然无形束缚的感觉一下子散开，脚下的步伐也立刻轻松了许多。

蜿蜒曲折的九曲溪是武夷山的灵魂，每曲自成异境，浅的成滩，深的成潭，滩声水势，不一其变，是一个不断变化的连续景区。九曲溪如玉带般袅袅地将两岸三十六座峰岩萦绕起来，沿溪森列的岩岫，都不是伟岸险峻的高山，却自有一番奇峭俊秀，有逼卧溪畔的，有临水长立的，有凌空盘峙的，一座座各具神姿、逼真极了。乘竹筏游九曲溪最令人陶醉，人随曲流而转折，顾盼转首、言谈笑语之间，便可将两岸的山光水色尽收眼底。

撑船的艄公是位四十多岁的壮年男子，一边悠悠摆渡，一边操着不流畅的普通话向我们介绍沿途的风光，说着那些古老美丽的九曲十八弯的传说，言语风趣、幽默，不时地逗得我们捧腹大笑。沿途我们领略了清澈见底的溪水，听到了流传千年的有关大王与玉女的神话故事，看见了绝壁上的千年悬棺以及悬崖峭壁上的摩崖石刻。顶上是暖暖的阳光，脚下是潺潺的流水，四周是旖旎的山色，竹筏悠闲从容地漂浮着、行进着。在淙淙的水声中，听艄公说古，看溪流潜行、山影水痕，真是一种极致的享受。

武夷山所以蜚声中外，不仅仅由于它的风光秀丽，还在于它盛产武夷岩茶。武夷岩茶因茶树生长在岩缝之中而得名，它很早就声名远扬，唐代写《茶经》的茶圣陆羽晚年也慕名而来。武夷山最有名的茶要数大红袍，它享有"茶王"美誉。盛名之下传说颇多，较多的说法是古代有一位秀才赴京赶考，在武夷山天心寺时突然病倒。寺中和尚用九龙窠崖壁茶树的茶叶泡给秀才喝，秀才很快痊愈，赴京考试金榜题名，穿上了状元袍。

新科状元专程到武夷山天心寺感谢和尚的救命之恩，并到九龙窠的茶树前膜拜。为了表示庆贺，人们放起了爆竹，一时爆竹声四起。状元见火花和爆竹屑飞溅，怕伤着了名贵茶树，就脱下身上的大红状元袍，盖在上面保护茶树。突然，茶树呈现美丽霞光，嫩叶紫红发亮。大红袍因此而得名，并很快名扬天下。我们一行人慕名来到了天心岩九龙窠，兴致勃勃的落座于茶社里，一边观赏距今已有三百五十余年历史的大红袍母树，一边品尝着浓浓的茶香，一边听着古老的神话，十分的惬意，那一番舒坦，那一种飘逸，那一段情怀，是任何地方都没有的，也是一生都忘不了的。

武夷山，无疑是迷人的，它保存着千百年前的自然神韵！这里的一山一水、一草一木，似乎都蕴涵着款款深情，会让你获得一种从烦琐沉杂的苦闷中解脱出来的自在清静。

湖南·张家界

清人张潮曾云："文章乃案头之山水，山水乃大地之文章"，如果把张家界当作一篇文章的话，这篇文章写得太奇，布局谋篇，起承转合，美得令人意外，令人一朝相见，便永世难忘。

没到达之前，我还在想象着它的模样，这种想象令我在漫长的旅途中充满了无穷的乐趣。当我走出车门，第一眼就被它震撼了、降伏了。张家界不像别的山水，仅在山门所见，就是一种惊世骇俗的美。人好像置身于万丈深渊里，周围都是层层叠叠的青山，瘦削却高拔，如笔之卓立，如旗之乍展，如一柱擎天，如铜墙铁壁……总之，危崖崩壁，千姿百态，妙趣横生。即便倾尽记忆中所有动听的词汇，仍然觉得无济于事，让人产生一种失语的茫然。

张家界原名青岩山，因汉代的留侯张良而更名。相传，汉高祖刘邦平定天下后，滥杀功臣。张良想到韩信死前讲的那句话："狡兔死，走狗烹；飞鸟尽，良弓藏；敌国破，谋臣亡"，不禁打了几个寒战，便想效法当年越国的范蠡，隐匿江湖。可是到哪里去好呢？他思来想去，只有去南方。于是，他便循着赤松子的足迹，上了天门山。以后，又辗转登上了青岩山。张良发现这里别有天地，正是他要寻求的"世外仙境"！从此，他便在这里隐居下来，修行学道，并留下了一脉张氏子孙，青岩山也因此更名为张家界。

雄奇壮美、风情无限的张家界是令人神往的，大自然的风化侵蚀造成了它山峦连绵、巍峨峻峭、怪石丛生、秀丽雄伟，它在时间的照耀下不断焕发熠熠的光辉。鹞子寨、黄石寨、杨家界……一座座山峰以各自不同的姿态屹立。登上黄石寨空中观景台，放眼望去，三千多座奇峰拔地而起，直插霄汉，连绵透逸，秀绝天下，让人不得不惊叹大自然亿万年鬼斧神工之妙。

金鞭溪是天然形成的夹在陡峭高山之间的一条美丽的溪流，其状如绸带，溯流而上，时而宽阔，时而狭窄，张家界因它而愈发生动妩媚。溪水汨汨，满目青翠，鸟鸣嘤嘤，两旁是鬼斧神工的山，对听觉、视觉和嗅觉均是一种享受，使你不由得驻足细细品味。溪流是山上的雪融水汇聚而成，别出一格地纯净、清澈、温婉，水中的石头，历历可数。掬一口水，喝下，有一种灵性的甜，直钻肺腑！阳光透过林隙在水面洒落斑驳的影子，给人一种大自然安谧静美的享受。

沿着金鞭溪蜿蜒而行，一处处绝美的风景让你目不暇接。"天下第一桥"是两峰之顶横夹的一根石梁，走在上面恍若在云霭中出没，脚下猎猎生风，伸手即可触天，那份兴奋，那份战栗，那份一生也难得获得一次的大视野,令人不得不由衷地赞叹造化之神奇。乌龙寨是张家界一处不得不去的独特所在,在解放前一直是土匪的据点,现在成了一处很是吸引人的景点,《乌龙山剿匪记》就是在此拍摄的。

土匪总是选择险要的地方作为据点,乌龙寨有几处地方都是一夫当关万夫莫开的,其间还要钻进一个洞,洞口很小且很高,必需有人在上面拉着,有人在下面托着才能爬上去。爬上又滑又陡的斜坡,接着再穿过一道非常狭窄的石头缝隙,才能到达山顶的寨子。这个寨子以前是土匪头子招压寨夫人和举行仪式的地方,有一张太师椅,还有一门土炮。大家轮流坐在太师椅子上拍照,因为刚才连滚带爬地上山,都斯文扫地,看上去都像外地来的土匪了。站在山顶,虽然疲惫不堪,但却异常兴奋,喘着粗气,站在高耸山巅,宛如遨游于天宫琼阁,俯瞰山下旖旎的风光,顿感心胸开阔,陶然忘归。

张家界除了山青、水秀之外,还有一奇,那就是洞奇。九天洞,因有九个天窗与地面相通而得名,进入其中,仿佛置身于一个奇妙无比的洞天世界。黄龙洞,堪称世界溶洞的全能冠军,但见洞内玉宇琼楼,令人耳目为之一新。那三股泉水,仿佛来自天界,终年不歇,飞珠溅玉,缤纷烂漫。捡一块小石子,叩击石壁,如叩击天然石琴,铮铮乐响,悠扬动听。龙王洞,是中国最大、最古老的溶洞之一。洞中石笋、石钟乳、石幔、石花遍布,琳琅满目,错落有致,各具形态,更有"天下第一柱"之称的龙王宝柱,顶天立地、气势磅礴,令人叹为观止。

在张家界的山林里,甚至是在山巅之顶,还有武陵人家在等着你。长满青苔的土家式木楼小院,苗族姑娘采茶舞的美丽姿势,居民日出而作日落而息的朴实生活,如一首古典粗犷的山歌民谣,让你远离世俗和尘嚣。当你路过时,他们会对你微微笑,会招呼你进来坐坐,会邀请你摘吃山里人家自己种的果子等。置身其间，冲一杯山里自产的茶，一边看云雾缭绕、天风徐来，一边同他们闲聊、拉家常，一切都是那么的自然、随意，此时世故不在，只留人情，会让你顿觉情思飞扬、心驰荡漾，拥有一种从未有过的自在、轻松。

张家界的山岭，历经了太多的风雨，也承载了太多的故事，它所蕴含的魅力也吸引着无数人的目光。在张家界，你可以充分发挥你的想象力，导游轻微点拨，一个个人物和动物便变得活灵活现。一路走来，处处赏心悦目，让你沉醉在这灵动的山体中，陶醉在美丽的故事里。

十堰·武当山

武当山是有名的道教名山，相传真武大帝在此得道升天，有"非真武不足以当之"的说法，武当山因此而得名。武当山因道教而扬名，道教因武当山而丰蕴，山与教连成一体，水乳交融，相互影响，相得益彰，是当之无愧的"亘古无双胜境，天下第一仙山"。

武当山的自然风光以雄为主，兼有险、奇、幽、秀等特点。方圆八百里的武当山，群峰林立，悬崖、深涧、幽洞、清泉星罗棋布，共有七十二峰、三十六岩、二十四涧、十一洞等。天柱峰犹如擎天一柱雄峙苍穹，屹立于群峰之巅。环绕其周围的群山，从四面八方向主峰倾斜，形成了独特的"七十二峰朝大顶，二十四涧水长流"的天然奇观。南岩是武当山三十六岩中风景最美的一岩，峰岭奇峭，林木苍翠，上接碧霄，下临绝涧，是"气吞泰华银河近，势压岷峨玉垒高"的胜境。行走在其中，千山万壑尽收眼底，清风送爽，玉宇澄清，飘飘欲仙之感油然而生。

武当山除了雄奇险峻、瑰丽多姿的自然风光外，最吸引人事是它独有的宗教文化。武当山的宗教历史十分悠久，据《武当山志》记载，早在三千多年的西周时期，武当山就吸引、聚集、活跃着一批具有原始宗教意识的信徒。道教产生以后，即有道人在武当山结茅为庵，潜心修炼。随后，武当山逐步成为中原道教活动的圣地。唐朝时期，武当山被列为七十二福地，天下闻名，唐太宗曾颁敕修建五龙祠，揭开了营建武当山道场的序幕。

此后，历代皇帝都把武当山作为皇室家庙来修建，明代达到了鼎盛时期。明成祖朱棣"北建故宫，南修武当"，耗资数以百万计，历时十二年，在武当山建成了三十三个建筑群，形成了举世无双的"五里一庵十里宫，丹墙翠瓦望玲珑"的皇家道场，被尊为"五岳之冠"。

武当山的每一座建筑都充分利用了自然的优势，其规模的大小、间距的疏密都恰到好处，因山就势，错落有致，前呼后应，巧妙布局，或建于高山险峰之巅，或隐于悬崖绝壁之内，深山丛林之中，实现了建筑与自然的高度和谐。元朝的万寿宫，建于悬崖峭壁之上，就像镶嵌在千仞峭壁之间，与周围环境融为一体，相映成趣。这座仿木结构石殿上接云天，下临绝涧，与南岩浑然一体，令人叹为鬼斧神工。殿前的绝壁上是大名鼎鼎的"龙头香"，又名龙首石，横空挑出，下临深谷，龙头上置一小香炉，极为峻险。从前，许多香客冒险进龙头香，坠岩殉命者不计其数。如今扶栏俯视，仍感头眩足摇，无愧为武当山闻名险胜。

金顶是武当山的精华和象征，无论是对游人还是对香客都有着强烈的吸引力，包括了黄龙洞、朝天宫、太和宫、紫禁城、金殿等建筑。紫禁城金碧辉煌，依山就势，飞崖走壁。城墙长达一公里半，城垣由每块重达千斤的长方形花岗岩依山势砌成，全部建筑在悬崖峭壁之上，十分险峻。四面有城门和门楼，仅南门为上下路口。

进入南天门，沿着依山开凿的弯曲长廊，就可以到达金顶。只见一座铜铸鎏金台阁式的四坡重檐宫殿，耸立在仅有二十多平方米的天柱峰绝顶。金殿虽历经五百多年风雨雷电，酷暑严寒，仍辉煌如初。站在殿前，不仅八百里武当秀丽风光尽收眼底，还可以领略到雷火炼殿、平地惊雷、海马吐雾、陆海奔潮、天柱晓晴、月敲山门等诸多天象奇观，历来令人叹为观止。

千百年来，武当山作为道教福地、神仙居所而名扬天下。历朝历代慕名朝山进香、隐居修道者不计其数，相传东周尹喜，汉时马明生、阴长生，魏晋南北朝陶弘景、谢允，唐朝姚简、孙思邈、吕洞宾，五代时陈抟，宋时胡道玄，元时叶希真、刘道明、张守清均在此修炼。最著名的是元末明初的张三丰。相传，他在武当山修炼时，根据喜鹊和蛇嬉斗的场景，认真领悟，创造了以静制动、以柔克刚的太极拳，被奉为武当武术的祖师。张三丰也是道教史和武术史上的一个神秘莫测的人物，关于他的传说给武当山增加了无穷的传奇色彩和神秘感。

时光飞逝，道教的氛围一直笼罩在武当山的上空，浸润着这里的山山水水、一草一木。同时，武当山俊秀绮丽的地理条件也为道教的生存与发展提供了良好的环境。走进武当山，无论是磅礴雄奇的山峰、绚丽宏伟的建筑，无论是悠久辉煌的历史、玄机奥妙的道教，也无论是博大精深的武术、丰富多彩的神话，都可以让你感叹大自然的钟灵毓秀、浑然天成，感悟其特有的玄妙、空灵和神韵。

温州·雁荡山

雁荡山是一座名气很大的山，素有"海上名山"之誉，自唐宋以来就游者云集。清代文人朱珪在《广雁荡山志序》中说："山峰皆如鬼工雕镂，形态万变，而无不酷肖。"它的幽、奇、险、峻也深深地吸引了我，召唤着我前往。当我真真正正地来到雁荡山时，就好像进入一种如梦似幻的灵奇缥缈世界中，山峰都像是惟妙惟肖的石雕，如走近童话世界一般，让我沉醉不知归路。

雁荡山其名称本身就充满着诗意，据说其名源于："岗顶有湖，芦苇丛生，结草为荡，秋雁宿之，故名雁荡。"这更加勾起人们对它的向往。最早知道雁荡山是唐末僧人贯休的两句残诗"雁荡经行云漠漠，龙湫宴坐雨蒙蒙。"明代的徐霞客更是留下了"欲穷雁山之胜，非飞仙畸人，不能瞰其肺腑"的慨叹。

雁荡山有一百多峰，如骈笋，如挺芝，如剑之出鞘，如帆之远扬，如玉女之晨妆，如老妪之提携，如牛之望月，如龟之蛰伏，如鹤之展翅……峭立亘天，绝不雷同，而且步移形换，妙趣无穷，就像宋人沈括概括的那样"雁荡诸峰，皆峭拔险怪，上耸千尺，穹崖巨谷，不类他山，皆包在诸谷中，自岭外望之，都无所见；至谷中则森然干霄。"云雾飞来时，恍若仙境，仿佛有仙人居住期间。

灵峰与灵岩、大龙湫并称"雁荡三绝"，是雁荡精华所在，充满了仙气。灵峰最出名的是夜景,白天里形态万千的山峦和奇峰怪石在夜色映衬下,如一幅黑白相间、疏密有致的山水画,散发着一阵阵神秘的色彩。踏在雁荡山傍晚时分幽静的山林小道上,夜色渐渐涌来,山风徐徐吹拂,鸟鸣山涧,空谷寂人,一种久违的轻松写意从心底深处蹦出。

在暮色苍茫中远望,两峰拔地而起,中有间隙,至顶又合拢,行如合掌,可称之为"合掌峰";站在峰下,仰头翘望,却成了展翅欲飞的雄鹰,那一对巨大的翅膀拍打着几多云彩,好像要从山顶俯冲下来,可以改称"雄鹰峰";再往前走几步,作正面凝视,它又成了两个巨人的侧身黑影,像是一对恋人,久久地依偎在一起,又叫作"夫妻峰"了,正所谓是"横看成岭侧成峰,远近高低各不同"。

在灵峰的底部,有一道裂缝似的狭长形山洞,谓之观音洞,是雁荡最高的山洞。里面倚势造了九层楼台佛阁,飞檐雕栏,极具匠心,与天然洞穴融为一体,为雁荡山第一洞天,经年香烟缭绕。从洞口进入,需要等上三百余级楼梯,方可上行到九重"一线天"。每一层都有佛殿,且一层比一层景象更加奇幻。

九层大殿更令人惊叹,三面石壁嵌着五百尊罗汉像,中间供奉着观音佛像,洞内有漱玉、石釜、洗心三泉,向阳的一面是狭长的洞口,外望的天空像一根碧玉簪,称为碧玉天,漱玉泉水珠帘般地从洞顶飘洒下来,在夕阳中闪着迷人的光环。凭栏俯视,有"凭虚御空,恍若飞仙"之感;远眺洞外,幽暗之感豁然开朗,远处,奇峰突起,崇耸嵯峨,俏石嶙峋,卓异多姿,万千景象尽收眼底,别有一番天地。

大龙湫瀑布是雁荡山最美的所在,也是不得不去的地方。一路上变化多端的山峰、石头形成不同的风景,让人目不暇接。蓦然,轰鸣声传入耳际,只见一条银色的玉带自虚空处飞流下泻,飘飘荡荡,雄浑磅礴、气势惊人，正如文人墨客所说"云烟雨雪银河虹，玉尘冰縠珠帘栊。万象变幻那足比，若设拟议皆非工。"瀑布飞到了半山之间，被迅速拉长，化作无数箭头和银蛇向下奔窜却又立即飘散开来，化为了丝丝缥缈的水雾，轻灵地飘舞而来，不由让人惊叹！

那水雾洋洋洒洒、重重叠叠，层层交加，追逐翻腾，初始的紧迫感也跟着消散，演变为一种轻盈，柔和而甜美的姿态。在阳光和风的作用下，时而飘逸轻灵、烟雾弥蒙，时而彩虹幻现、七彩斑斓。站在瀑布之下，让人神清气爽、心灵震撼、飘飘欲仙。这又高又飘、气势磅礴的瀑布，似乎唤醒了山的灵性，似乎这山就要飞起来了、飘起来了一样，让人感觉着这翠绿笼罩的雁荡山，就是一个活脱脱的鲜亮生命。此时，任何语言都无法述说心中那份震撼，正如清代诗人江韬叔所说的"欲写龙湫难下笔，不游雁荡是虚生。"

灵岩古寺背靠灵岩，寺以岩名，是一座建于宋朝的古寺。寺院四周怪石罗列，岩峰雄壮浑庞、灿若云锦。古寺掩映在拔地参天的银杏树丛中，飞檐翘出，一派静谧清幽的古刹境地。徐霞客曾赞曰："锐峰叠嶂，左右环向，奇巧百出，真天下奇观！"置身其间，冲一杯云雾绿茶，闲坐寺前，看云雾缭绕，天风徐来，顿觉情思飞扬、心驰荡漾，沉醉于那种从未有过的自在、轻松。

休息够了，自在足了，沿右侧斜径往小龙湫。一条流水清澈的小溪，婉转曲折，铮铮琮琮，这份自然的清丽让人无比留恋。前面峰回路转处，岩上"小龙湫"三字赫然入目，一条百米飞链高挂前川，如云似烟。同大龙湫的雄浑壮观相比，小龙湫可谓是清秀迤逦，但其气派同样不凡，其神韵同样让人感叹，那如轻烟如薄雾般地笼罩着我，让我尽情感受它带来的清爽与幽美。

在雁荡山游览，我恍然明白了游山一定要有悠闲的心情，脚步也是悠闲的，看看、想想、停停，"以求思之深而无不在也"，这样不仅看出了山的形态，看出了山的神魂。

焦作·云台山

云台山位于河南焦作修武县境内，是一个山水相依、绿树相映、白云相伴的所在。无论是谁身临其境，都会产生一种超凡脱俗之感。

云台山以山称奇，因其山势险峻，主峰形似一口巨锅，兀覆在群峰之上，古称覆釜山。又因山间常年云雾缭绕，故得名云台山。在大自然的鬼斧神工之下，云台山奇峰秀岭，连绵不断。山中气候多变，倏忽间风起云生，白雾从山间咕嘟嘟地涌出。远远望去，整座山淹没在一片茫茫的云雾里，只有那好像泼了墨的山峰时隐时现。定睛看时，仿佛不是白云在飞，而是山在移动，虚无缥缈，恍如仙境！

山势突兀的茱萸峰是云台山的主峰，亦是闻名遐迩的道教圣地。真武帝曾在此苦修成仙，峰顶有真武大帝庙、天桥、云梯。相传，唐代诗人王维在此曾写下了不朽的诗作："独在异乡为异客，每逢佳节倍思亲。遥知兄弟登高处，遍插茱萸少一人。"（《九月九日忆山东兄弟》）。登上峰顶，只见群山连绵，峰捅云动，使人顿生"会当凌绝顶，一览众山小"的豪迈气概。极目远眺，可见黄河如银带；俯视脚下，群峰形似海浪涌，正如元代诗人李俊民所说的"连山断处瞰平野，一线黄流掌上来。"

云台山以水叫绝,山泉星罗棋布,溪流纵横交错。最具代表性的是"天外有天,景外有景"的潭瀑峡,因其"三步一泉、五步一瀑、十步一潭",又被誉为"小寨沟"。行走在峡谷内,只见两侧山峦绵延、悬崖耸立、山势险峻,谷底泉水叮咚、瀑布哗啦、溪流湍急,且每一个瀑布姿态各异,潭水翡翠碧绿,一个比一个精彩、一个比一个迷人。最神奇的是"不老泉水",据说喝上三口就可以长生不老。我喝了一口,泉水冰凉,有一股特别的味道在口腔内弥漫,令人回味无穷。漫步其中,既没有城市的喧嚣,也没有生活的烦愁,时间就像静止了一样,刹那间,好像忘记了一切,恍惚间化身为峡谷中的一棵草、一条鱼,安然自得,乐哉乐哉!

红石峡是云台山风景的绝佳处,集泉、瀑、溪、潭、涧诸景于一谷,融雄、险、奇、幽诸美于一体。红石峡因山中岩石呈现红色而得名,石头层层叠叠,横断面就像人为切的那样整齐。在一层一层的红色岩石中,保存着各种各样的大海波浪,也保存着波浪作用下形成的岩石层理,如同一页页可以翻阅的精装远古海洋史书。游人可以顺着崖廊缓缓前行,峰回路转,步移景换,雄奇伟岸之处又不乏曲折迂回、清溪幽潭之地,总是在一些想不到的地方让人有意外的惊喜,让人好像置身于水墨丹青的国画里,大有归隐山林的意境。

在云台山还可以体会到人定胜天的奇迹,在刀劈斧砍般陡峭的险峻山岭之间,顽强地开凿的一条天路,其中更有十四个历经万难千险开凿于险峰之上的山洞。这项人间奇迹不但具有交通功能,而且还有游览价值,不但洞洞不同凡响,迂回奥妙,而且各个洞里别有奇妙天地,被统称为叠彩洞。叠彩洞全长四千余米,上下落差近千米,车辆每行走百米,海拔平均就上升百米,首尾相连、曲洞连环,形成了一道诱人耐人回味的特殊风景线。车行山道千回百转，急速穿行在峭壁和白云之间，令人在心惊肉跳的同时感叹云台山的奇险。

云台山的奇峰异石、飞瀑流泉引来了历代先贤汇聚于此，汉献帝的避暑台和陵基，魏晋"竹林七贤"的隐居故里，唐代药王孙思邈的采药炼丹遗迹，以及众多名人墨客的碑刻、文物，形成了云台山丰富深蕴的文化内涵。子房湖又叫平湖，因汉代张良曾站在沟谷西侧的山峰上日夜操练兵马而得名。两岸青山对峙，夹着一带绿水。墨绿的水，苍翠的山，相互依偎，展示出一幅壮阔波澜之景。潭瀑峡的唐王试剑石高丈余，石面规则，有宽仅数寸的裂口贯通上下，石缝齐整，如刀斧所劈，将巨石分为两半。相传唐王李世民在讨伐刘武周时，竹林七贤之一向秀的后代向李世民献宝剑，名曰：嵇康剑。李世民执此剑朝此青石连劈两下，遂留下了剑痕。

云台山是一座如坠云雾的山，是一座赏心悦目的山，亦是一座令人流连忘返的山。丹石、碧水、峭崖、巉岩，相辅相成，构成了一幅天然壮美、美不胜收的山水画卷。云台山给每一个光临它的人都留下了不可磨灭的印象，给人以无限的遐想。

镇江·北固山

镇江以金山、焦山、北固山三山闻名，三山全都临枕长江、景物无双，是久负盛名的旅游胜地，且每一座山都各有各的韵味。焦山的摩崖石刻内涵丰富,被誉为"书法之山";金山以神话传说吸引人,白娘子水漫金山的故事家喻户晓;北固山则是名副其实的历史山,从三国到隋唐,从六朝到南宋明末,每一时期都有一段令人感慨的故事,一抬脚仿佛就掉进了几千年的历史之中。

对于北固山,我是向往已久的,因为刘备孙权在此试剑遛马,因为那个为夫殉情、跳江自尽的孙尚香,因为辛弃疾的"何处望神州?满眼风光北固楼……",因为米芾的《多景楼诗贴》,因为欧阳修、苏东坡、沈括、陈亮、陆游等,都曾在这里驻足赋诗。当我到达后,才发现逶迤突兀的北固山比我想象中的更厚重,更有韵味。它宛如一条昂首、翘尾、拱背的巨龙,雄踞在扬子江滨,见证了千年的历史交替和无数的兴衰荣辱。

北固山因其横枕大江,石壁嵯峨,山势险固,而得名北固山。在古代,北固山就为游人所乐道,梁武帝萧衍游览北固山,看到江山景色非常壮观,就兴致勃勃挥笔写下"天下第一江山"的题字。立于北固山顶,前眺滚滚长江东逝水,东西浮玉的金山、焦山清晰可辨,后望镇江城市山林,历历在目。李白在《永王东巡歌》的诗中写道:"丹阳北固是吴关,画出楼台云水间;千岩烽火连沧海,两岸旌旗绕碧山。"既描绘了北固山川景色的旖旎风光,又道出了北固山的险要形势。

北固山是镇江城的发源地,三国时孙权利用这易守难攻的地理形势,曾在此筑铁瓮城,故在三国时代北固山就誉为"京口第一山"。由于北固山是孙刘联姻之地,也是孙权创业江东的要塞,山上的亭台楼阁等名胜古迹,均可以让人感受到浓厚的三国文化。恨石是孙权和刘备暗中相争、刀砍剑劈的试剑石;太史慈墓和鲁肃墓在山脚相依相伴;祭江亭是孙夫人投江自尽之处;相婿楼是"吴国太佛寺看新郎,刘皇叔洞房续佳偶"的故事发生地。自古至今，北固山就成为游人寻访三国遗迹的向往之地，历代的文人墨客，仕宦达官，在此吟诗作赋，写下了许多千古传诵的名篇佳章。

游览北固山，魏然屹立山巅的甘露寺是不得不去的所在。甘露寺建于东吴甘露年间，因此得名，其寺额为张飞亲笔所提，三个大字神完气足、潇洒飘逸。甘露寺是古代著名的古刹之一，其建筑特点采用了"以寺镇山"的手法，故有飞阁凌空之势，形成了"夺冠山"的特色。由于《三国演义》的传说，佛教文化已被淡化，只有清晖亭旁的铁塔，还在提示着人们这里曾有过的兴盛的佛教文化。铁塔始建于唐朝宝历年间，后经过多次损毁、修复。现存的塔一、二层是宋代原物，三、四层为明代所铸，是国内仅存的六座铁塔之一。铁塔的结构为平面八角形，每乘有四门，而且层层都铸有精致的佛像和飞天像，姿态生动，仿佛在讲述着一个个佛门故事。

甘露寺的背后，就是满眼风光的北固楼。北固楼又称多景楼、春秋楼、相婿楼、梳妆楼，是古代"万里长江三大名楼"之一。登上多景楼，极目远眺，山光水色，奇景多姿，颇有凌空飞翔之感。多景楼也因此吸引了诸多文人雅士的目光，曾出任镇江通判的陆游写下了《水调歌头.多景楼》；二十年后词人陈亮又写下了《念奴娇.登多景楼》；最让人称道的是书法大家米芾，他不仅为多景楼题写了"天下江山第一楼"的匾额，而且写下了笔力雄伟、神采奕奕的《多景楼诗贴》，后人曾评价该贴"运笔松放，结构飘逸，如仙人舞袖，为米之绝妙书。"

多景楼的东面就是历史上久负盛名的北固亭，又名祭江亭。北固亭之所有名扬千古，因为它不仅见证了一段凄怆的爱情绝唱，而且见证了一位词人的爱国情怀。相传三国时孙刘联姻后，孙尚香随刘备去荆州后，又被孙权骗归强行留住江东。后来她听闻刘备病死在白帝城，悲痛欲绝，便登上此亭，设奠望西遥祭，后投江自尽。孙尚香的纵身一跃，使得北固山的英雄气中又增添了巾帼红颜的柔情。公元1104年，一代词人辛弃疾出访镇江京口，他多次登临北固山，遥望沦陷的北国失地，用饱含热忱和忧虑的笔写下了几乎所有的中国人都会背诵的《南乡子.登京口北固亭有怀》、《永遇乐·京口北固亭怀古》，北固山也因此成为传唱千古的文化符号。

"千古兴亡多少事？悠悠，不尽长江滚滚流。"北固山既是风景最佳之处，又是登高怀古之处，巍峨高耸的铁塔、金碧辉煌的古建筑群、闻名遐迩的甘露寺，仍在叙说着古老的故事，让人不免遥想那千年前的铁马战乱和百雄争霸。

杭州·西湖

杭州是一座风情别具的城市，可以让人感受到许多尘世的幸福，它也因此被誉为"人间的天堂"。意大利旅行家马可·波罗称其为"世界上最美丽华贵的天城"。对于我来说，杭州最吸引我的是西湖，是那汪澄澈而又迷人的水。

西湖是杭州整座城市的灵魂，沉淀着无数人的梦。苏东坡曾说："天下西湖三十六，就中最好是杭州"。许许多多的人，之所以不远千里而来，为的就是这一汪湖水。对于我来说，西湖处处皆风景，一树一草一山一水都含情，无论是春天的茶、夏季的荷，也无论是秋天的雨、冬天的雪，都让我为之痴迷，都让我刻骨铭心，它们都成了我人生中一道抹之不去的风景，挥之不去，欲罢不能。

西湖美不胜收，四时风景各异，且独具韵味。明人王珂玉更是如此评说西湖："西湖之胜，晴湖不如雨湖，雨湖不如月湖，月湖不如雪湖……能真正领山水之绝者，尘世有几人哉！"因为前人的推崇，我对落雨、落雪的西湖便有了一份憧憬，一份向往。后来，机缘巧合之下，我欣赏到了雨湖和雪湖，领略了它不同时节的独特魅力，那是一种难得的福分和幸运。

那年秋天，去杭州出差，天上飘起了雨，当地的朋友来了兴致，带我一起去西湖乘船听雨。雨丝落入湖面，声音时有时无，那微响、那低语，从深沉的湖上荡漾开来，从空寂的湖上围拢着我，触摸着我。风把一些雨丝吹到了我的脸上，好凉，好爽。远远望去，断桥、白堤、孤山，全成了淡得不能再淡的写意水墨，比风和日丽时更具有几分神韵，并且随着雨的大小，时隐时现，或有或无，空蒙得就像梦境一般，既不加深，也不淡得不见，永远保持着那种浑然的画面。

在雨中的西湖，我和朋友都醉了。两个人坐在船上，仿佛浮在烟云之上，四下无人，凄迷的湖面，飘荡着禅意，忘记了饥饿，忘记了时间。施耐庵曾云："快意之事莫若友，快友之快莫若谈。"可是在那一刻，面对莽苍苍的湖山，我们相对无言，任凭那雨声滑落湖面，滑落心底。那是一种无法用语言描述的感动与满足，整个人好像都清洁了起来、轻松了起来。雨滴敲打在船的木棚顶，使人不禁想起灵隐寺和尚的木鱼，有了一种置身禅宫净土的世外之感。

在西湖的波光里，栖息着无数的灵魂，白居易、苏东坡、苏小小、岳飞、张岱……每一个名字几乎都可以展开成一部史书。可是，在那飒飒的秋雨中，我念起的不是白居易，不是苏东坡，不是岳飞，也不是张岱，浮现在眼前、浮现在脑海的而是苏小小、祝英台、秋瑾那些让人为之感叹的奇女子。她们如流星般划过了夜空，留下了经年的芬芳，也让西湖两千多年文化的沉淀聚积，有了些许亮丽的色彩。

苏小小是史书中没有记载的青楼才女，后来埋香于西泠桥畔。她曾经是男人心中的一个梦，大才子袁枚更是刻了一枚"钱塘苏小是乡亲"的闲章，来表达对她的青睐之情。祝英台与梁山伯在长桥上演了十八送的依依深情，哪怕生不能执子之手与子偕老，死也要化为一双蝴蝶，比翼于西湖之上。吟罢"秋风秋雨愁煞人"的秋瑾，在结束了快意恩仇的侠义人生后，也在西湖边上安身，给西湖增添了一份别样的风采。

在一个风有些冷的冬天，我再次光临了西湖，并领略到了那份独有的魅力与韵味。西湖在雪花的覆盖下，静静地冬眠，天地纯然一色，只有寥寥的几人，异常空寂，千山万山之间好像只有自己的影子在独对一江寒雪。看着眼前的湖，远方的山，我不禁想起了曾用一生的精力为西湖留影的张岱，想起了他的《湖心亭看雪》，"崇祯五年十二月，余住西湖。大雪三日，湖中人鸟声俱绝。是日，更定矣，余一小舟，拥衣炉火，独往湖心亭看雪。雾凇沆砀，天与沆砀，天与云与山与水，上下一白，湖上影子，惟长堤一痕，湖心亭一点，与余舟一芥，舟中人两三粒而已……"

在纷纷扬扬的雪中，我慢慢地来到了许仙和白娘子相会的断桥。断桥因落雪而得名，据说在冬天下过雪后，桥中间的雪会先化开，而桥两边还积着皑皑的白雪，从远处开去好像桥断了一样，故称之为断桥。我领略的虽不是残雪，但是却别有一番韵味。站在桥上，让人不得不感念起那段人妖相恋的传奇故事。千年的遇见、千年的相思、千年的等待，不知牵动了多少人的心。最喜欢许嵩的那首《断桥残雪》，清爽明丽又婉约忧愁，伴着许嵩的独特嗓音，给人一种穿越了历史、穿越了时光的沧桑，让我不可自拔。

杭州的西湖是闹市中的一方净土，一日沉迷，足抵十年的尘梦。行脚西湖，那是一个久远的梦，无论是亭台楼阁或繁花浅草，无论是风清月明或摩崖石刻，都可以演化出许多美丽的故事，让人萌生许多的感动。

南京·秦淮河

秦淮河是一条闻名遐迩的河，也是一条弥漫着浓郁的历史气息和人文气息的河。它环绕着金陵古城，不知疲倦地流淌了千年，也滋润了千年。两千多年的时光太漫长，它也因此经历了无数的历史变迁和人世沉浮，既有无数的繁华，也有繁华逝尽的苍凉。如今，这条依然汩汩流淌的河，成了南京这座号称"六朝古都"的文化标签，它留下了太多的故事，让人去寻觅，去缅怀。

秦淮河是一条古老的河流，相传为秦始皇南巡时所开凿，引淮水入城，故名秦淮河。从此以后，秦淮河就与秣陵、建康、金陵、南京联系在了一起，并且一直是南京市最繁华的地方，正如历代文人所称颂的一样，真的是"锦绣十里春风来，千门万户临河开"。在人的想象中，秦淮河可能是一条波宽浪高的大河，可是去了之后，才发现它是这么不起眼的一个小河沟。河面相当于一条道路的宽度，两岸则是吸引人目光的秦淮人家。那些房屋是清一色的粉墙黑瓦、飞檐翘角，高高低低，参差错落，很有层次感。

对于秦淮河，我是充满向往的。原因是多方面的，其中一个最主要的方便是那些脍炙人口、余音在耳的千古名句和锦绣文章。那些句子都已熟记在心，如杜牧的《泊秦淮》、刘禹锡的《乌衣巷》、王安石的《金陵怀古》等等，最让难忘的是朱自清在《桨声灯影里的秦淮河》所写到的："我们雇了一只七板子，在夕阳已去，皎月方来的时候，便下了船。于是桨声汩汩，我们开始领略那晃荡着蔷薇色的历史的秦淮河的滋味了。"

第一次去秦淮河，是在白天。由于时间的原因，只匆匆地走访了江南贡院、夫子庙、媚香楼、乌衣巷、朱雀桥等。虽是匆匆的一瞥，却留下了深刻的印象。江南贡院从建立开始，就一直担当着为国选才的神圣使命，也曾经是无数寒门学子们驻足仰望的殿堂。在贡院里，我听到了一系列耳熟能详的名字，文天祥、施耐庵、郑板桥、吴敬梓、林则徐、曾国藩、左宗棠、李鸿章、陈独秀等，他们都是从江南贡院走出来的莘莘学子，他们都像流星划过夜空一样，在中国的历史上留下了深深的印痕，闪耀着启迪后人的光芒。

从贡院出来以后，我喜欢站在朱雀桥上看乌衣巷，看那些高墙黛瓦、深宅大院，处处显露出昔日的繁华。"朱雀桥边野草花，乌衣巷口夕阳斜，旧时王谢堂前燕，飞入寻常百姓家。"这是诗人刘禹锡对王谢家族由显赫一时最终导致没落的由衷感叹，更是秦淮河两岸历史变迁的真实写照。如今，昔日的豪门大宅变成了寻常的百姓人家，巷子两侧的铺面房都开成了民间工艺品店，也让我真正明白了"繁华亦有落尽时"。此外，还有李香君的媚香楼，让我感受到了在国家存亡的危难时刻，那些青楼女子表现出的民族气节。

因为朱自清和俞平伯的文章，我更喜欢夜色下的秦淮河，后来终于得偿所愿。当夜幕落下来后，河两岸的灯会逐渐亮了起来，印在河里，水面立刻出现了无数交相辉映的灯盏。泛舟其上，夜色迷离，伴着远处传来的丝竹管弦，好像有了些昔日秦淮河的味道，让人不禁想起杜牧的"烟笼寒水月笼沙，夜泊秦淮近酒家，商女不知亡国恨，隔江犹唱后庭花。"泛舟秦淮河，沿途的古迹很多，印象最深的是名为桃叶渡的古渡口。遥想当年，大书法家王献之伫立秦淮河岸边，将他对爱妾的相思全部融进了那首"桃叶复桃叶，渡江无舟楫；但渡无所苦，我自迎接汝"的诗里，让我为之神往。

秦淮河自古以来就是文人骚客的聚居地，特别是从南朝开始，河两岸酒家林立、商船昼夜往来，并有许多勾栏瓦舍夹杂其中。那些寄身其中的乐伎歌女轻歌曼舞、丝竹缥缈、灯红酒绿，文人才子流连其间，从此拉开了风月金粉的序幕。李白、王昌龄、岑参、杜牧、王安石、苏轼、孔尚任、曹雪芹、吴敬梓等都曾先后来过此地。在无穷的波光灯影中，我来到了王昌龄夜宴处。只见一座宽阔的厅堂面河而开，门前有王昌龄拟写的对联"门映淮水绿，月照金陵洲"。厅堂里有王昌龄、李白、岑参的塑像，身临其境，好像置身于大唐的盛世之中。

在秦淮河玩累了，弃船登岸，夫子庙周边茶楼饭店云集，小吃满目皆是。秦淮八绝、小笼包、煮干丝、如意回卤干、什锦豆腐涝、状元豆、南农烧鸡、糖芋苗等，都是让人垂涎三尺的风味小吃。黄裳在《金陵五记》中曾形容"那拥挤的人群，繁盛的市场，那种特有的气氛，是只有夫子庙才有的"。由于南京盛产鸭子，此间许多小吃都和鸭子有关，其中以鸭血粉丝汤最负盛名，来一碗鸭血粉丝汤，再来一笼小笼包，对着秦淮河的夜色，真的是一种妙不可言的人生体验。

余秋雨曾在《五城记》里这样写南京："别的故都，把历史浓缩到宫殿；而南京，把历史溶解于自然。"在我看来，一条千年流淌的秦淮河就浓缩、沉淀了南京所有的历史，既有朝代的更替，也有人事的兴衰；既有繁华落尽的王谢楼阁，也有荡漾碧波的金粉画舫；既有数不尽的刀光剑影，也有无数的风花雪月；既有商女的歌舞升平，也有"秦淮八艳"的亡国之恨。

历史一页一页翻过，时光一年一年走过，秦淮河那一汪水依然兀自地流着，秦淮河畔的故事也将被一代代人演绎着、传颂着。

南宁·德天瀑布

德天瀑布是亚洲第一大跨国瀑布，最早知道它是在旅游宣传彩页上，画面上那气势磅礴的大瀑布，很是让我迷恋与向往。终于，在初冬时节，我来到了它所处的大新县城。在那里，感受到的，不仅是德天瀑布的气势，还有沿路风光的秀美。

从大新县城往西南走，当路越走越窄时，两旁的山便开始渐渐地秀丽起来，有了一点桂林的山的影子。再往上走，就是归春界河了。归春河，河水如其名，有着回归春天万物消融时的静默与柔顺。宁静的归春河，如同南方的女子，婉约、清秀、安宁。午后的阳光灿灿地照着，那些山沉实地绿着，山下如带的小路静默地卧着，而我们，在微风中无言地感受着。一路上还在浮躁不定的心,忽然地,就静了下来,所有凡尘的一切,都渐远渐远……

归春河的尽头就是那汹涌激越的大瀑布,它与界河的静,形成了强烈的反差。进入景区不远,隐约传来战鼓般的响声,透过茂密的绿树顶,但见雾气腾空,似云雾飞涌,又似烟雾缭绕。随着瀑布声的不断增大,我们的心也越来越兴奋。终于在小路的转弯处,看到远处的瀑布似银龙般奔腾咆哮,巨大的水流撞击着下面的岩石,水花四溅,在阳光的照射下,绽放出耀眼的光彩。

遥看德天,河水从奇石叠嶂的崖边飞泻,洋洋洒洒地横卧着,从两旁长着树木的山石上奔涌而出,跌落后又分成三叠,经过布满翠绿青苔的怪石梳理,形成了一种妙曼的身姿,真是"飞流直下三千尺,凝是银河落九天"。渐行渐近,我们立即就感受到了那流水的气势,只见一阵阵哗哗之声似天而降,响彻山谷,雄壮有力,像万面铜鼓齐鸣,又似滚滚的波涛拍岸。仰望飞瀑,如银河天降,訇然而下,浩浩荡荡地直落深潭,但见水柱喷涌,白花迸碎,似卷起千堆雪,让我有了一种触目惊心的感觉。

瀑布下有一深潭,潭水清得出奇,亮得耀眼。潭中有一个仅能容纳二三十人的小岛,爬上小岛,顿觉置身于一个挂满美丽山水画卷的画廊之中,矗立在面前的是层层叠嶂般的断层崖壁,古树掩映下的流泉竞相飞泻,水珠四溅、雾气蒙蒙。站在小岛上观望德天瀑布,视野开阔能够纵观全景,有身在其境的感觉。大瀑布层层叠叠,逶迤铺开着,如同白纱漫过远处青山,又窜入潭下绿水。

瀑布下的归春河,宁静地流淌着。河面上,不时可以看到竹筏在河面上滑过。一种很大,可以承载三四十人的浮力,可供游客近距离领略瀑布的魅力。另一种是来自界河对岸越南百姓的小竹筏,这种筏子上,往往站着两个人,一男一女,男人撑篙站在船尾,女人则坐在船头,筏子中间摆着待卖物品。我注意到这些做生意的越南人,大多是女子出面,男子更多是默默无闻地立在后面的竹筏上。撑篙的越南男子,不少人头上都戴了一顶草绿色圆帽,不大不小的帽檐,猛一看上去,有些类似《我的团长我的团》里的远征军兵帽,给人一种别样的异域风情。

瀑布旁有小路蜿蜒而上,等爬上瀑布的顶端,德天又成了另一种形态。河水喷涌着,如巨龙一样从脚下飞扑而出,凌空跃下,登时水汽升腾,在半谷中缭绕成了朵朵白云,那水声便穿云而过,直接撞击着人们的耳膜。远望过去,山崖那边还有两条如练的瀑布挂在谷间,那是越南的板约瀑布。在夏天水源丰沛时,它们就会和德天瀑布连在一起,以其更雄壮的气势来迎接游人。离开瀑布源头,我们又继续向前行走,很快就来到整个游程的终点——中越边境53号界碑。

界碑立于1886年清朝时期,如今一身斑驳,两侧分别残缺了一块。界碑中间用繁体写着"中国广西界",左边写着"B53",右边写着"五十三号"。老界碑旁边,新立了一个界碑,一侧是中文,一侧是越南文字。如今的界碑周围没有一个边防战士,取而代之的是许多的商铺。摊位上大多摆着法国香水、越南香烟、地瓜干等土特产,非常热闹。

熙熙攘攘的人群走来过去,游人们纷纷拍照留念,让你感觉这里并没有界碑的概念。当我信步走过界碑时,突然意识到,这就是边界了,一迈步,就是邻国的领土。心中一惊:那边,还会有地雷吗?定一定神,不禁为自己的条件反射而哑然失笑。一块小小的石碑,画出了两块国土,在那里,不用签证,也不用护照,可以自由地踏上越南国土,感受一下做"外国人"的心境,真是别有一番情趣。

归春河,德天瀑布,一静一动,相得益彰。在德天游览,我拥有了一个能放在阳光下飞扬的心情,只要在回想之时,幸福和快乐就会涌上心尖!

无锡·太湖

烟波浩渺的太湖是无锡所有名胜之首,山色明媚,风光绮丽,就像一位风姿卓约的江南女子,风月无边,美轮美奂。它似乎包容了天地之灵气、日月之精华,拥有一种烟波浩瀚、云天苍茫的气魄,有水、有云、有树林从莽、有花草、有石头在呼吸、草木在生长、云彩在飘动……

风情无限的太湖几乎把人可以联想到的所有关于美的东西都汇聚到这里,它以无穷的波光云影吸引着人们的目光。明代诗人文徵明在其《太湖》诗中云:"岛屿纵横一镜中,湿银盘紫浸芙蓉。谁能胸贮三万顷,我欲身游七十峰。天远洪涛翻日月,春寒泽国隐鱼龙。"作家碧野在名散文《太湖之春》中描写到:"太湖吸取太阳、月亮、星星的精英,碧涛万顷,渡光千里……太湖水像奶汁养育着富饶美丽的江南,沿着太湖之滨的千里袄野,城镇风光绮丽,水流柳荫下,船穿石拱桥。"

当我第一次见到这汪湖水时,我便一下子爱上了它,并且像一位朝觐的信徒,内心充满了无比的虔诚。阳光倾注下的太湖,如一杯稀薄的葡萄汁,让天地间升腾出一团喜悦、一腔温柔、一片勃勃然的生气。远望湖面,使我产生远甚于凝望情人的眼眸给内心带来的震撼。湖面像是一面镜子,照着太阳,照着月亮,照着过往的风和云,照着人间的悲欢离合。它的水不施粉黛，天然去雕饰，润物细无声，并且能够表现出天空微妙的情绪，蔚蓝、靛青、银灰、翠绿、银白、深黛……一种颜色取代另一种，只要一阵风，便可以轻易地转变幻化。

鼋头渚是太湖的第一名胜，它横卧在湖的西北岸。远看，那一脉青峰，从秀丽的充山逶迤而下，直伸入三面湖水环抱之中，突兀而立，犹如一只栩栩如生的神鼋昂立于碧波之中。诗人郭沫若用"太湖佳绝处，毕竟在鼋头"来形容它的美丽风景。漫步在岛上，林木苍翠，水抱山环，亭台楼阁掩映在幽谷绿树丛中，相映成趣。广福庵建于萧梁时代，是"南朝四百八十寺"的名寺，错落有致，环境幽静。重檐飞角的陶朱阁，透过林隙，似乎可窥觅当年范蠡弃官途经太湖泛舟的踪影。

万物静观方有得，在黎明、在黄昏、在朗日里、在雨雾中，在不同的情绪时，太湖便会带来不同的感受。我最喜欢落日下的太湖，那落日就像一枚饱浸了生命汁液的印章，盖在水与天的中间。夕阳染红了远远近近的天空，橘红色的云彩镶上了金色的亮边，浩瀚的湖面被涂上了耀眼的色彩，像梦中温暖的床，神秘而温馨。此时，只见西天酡颜，湖水尽染，色彩飞速变幻，转眼便由鲜而暗，由红而褐，甚至化为一派稠油般的幽暗，这是太湖最美的时候，景色仿佛笼上了一层色彩的薄纱，朦胧含蓄，倍添遐思。

万顷的太湖水使得无锡成为传承千年的鱼米之乡，其出产的"银鱼、白虾、白缌鱼"，肉质细嫩、味道鲜美、营养丰富，尤其是寸把长的银鱼，无骨而透明，无论是佐餐，还是烧汤，都会美得让人的舌头打转。波腾浪卷的太湖水，在千百年的冲刷中，也造就了一种千姿百态的石头，那就是千古留名的太湖石。它们或形奇，或质佳，或纹美，或色艳，或玲珑剔透、灵秀飘逸，或浑穆古朴、凝重深沉。本来是一块普通的石头，可是得天地、山水之独厚，便实现了华丽的转身，令人赏心悦目，神思悠悠。

除去那一湖风情无限的水，太湖边上还有两座园子让人流连忘返。梅园以梅林繁花著称，是有名的香雪海。春时花开漫山，云蒸霞蔚，可以让人感受"疏影横斜水清浅"的无限诗意。蠡园因越国大夫范蠡而得名，相传，两千多年前的春秋时期，越国大夫范蠡帮助越王灭吴之后，携佳人西施于此泛舟，后人为了纪念范蠡，便以其名命名。漫步在树影婆娑的湖堤上，似乎每一条柳枝都牵动一缕莫名的情结，都在倾诉那个古老的故事，让人在领略美妙的湖光山色间，念念不忘那段流传千古的佳话。

太湖孕育着无穷的生命，也因为此，太湖的水流不尽，太湖的美读不完。铅华洗尽，绮罗散去，时光流走了几千年，山河走远了，人也走累了，一切的一切都走旧了，唯有这青苇繁花，依然茂盛；唯有这橹声帆影，依然活跃；唯有这水天一色，依然光鲜。梭罗说"观看湖的人同时也可以衡量自身天性的深度"，我不知道自己的天性深度有多少，但我由衷地喜爱这汪湖水，这个湖的波光云影会在刹那间吸纳了我行走中所有的困顿与疲惫。

岁月的风霜不时地打在脸上，在人生的旅程中日复一日赶路的同时，美丽的太湖就像一位稔熟的旧时相识，纵使岁月枯去，它积淀的依然是精神不老的容颜。它会时时让我盈怀、让我迷醉，面对这片明净的乐土，我也不由地祈求上苍，愿它永远明媚清丽、秀色永驻、岁岁年年。

兰州·黄河

黄河是中华民族的母亲河，它以"万里黄河万古流，哺育群生半九州"的气势，从昆仑山磅礴而下，演绎了"黄河之水天上来，奔流到海不复回"的传奇。在黄河水奔流而过的途中，有一座城市与它异常亲昵，那就是被誉为"黄河之都"的兰州，也是唯一一座黄河水穿城而过的城市。

兰州因黄河而闻名，也因为黄河而美丽。黄河使得这座黄土高原上的古城别开生面。整个兰州城因为有了黄河的滋养而更加灵动，更加秀丽丰腴，更加超凡脱尘。在我的印象中，黄河一直是汹涌澎湃的，是气势磅礴的，是粗犷雄浑的，是豪迈神奇的，让人想起来总是荡气回肠。尤其是在壶口，浩渺的黄河水顿时收缩成一束，倒悬倾注，波浪翻滚，如龙腾虎跃，惊心动魄。

可是在兰州，我领略到了黄河的另一种神韵与风采。兰州的黄河是静谧的，是内敛的，是平和的。它像是田野上一位累极了的母亲，平躺在蓝天白云之下，平静而安详，从容而不迫，只有那喃喃的流动声似在低诉着黄河流淌千年的秘密！于是，我所有的感官都被慑服，我的灵魂似乎被冲刷、淘洗，我的血脉不由自主地随着那波涛而跳动！侧耳细细聆听，我清晰地听到了黄河奔流的力量！后来，在兰州的那几天，我天天晚睡早起，为的是感受不同时间的黄河。

在兰州，有两个地方是不得不去的，一处是历经了百年风雨的中山铁桥，一处是黄河母亲雕塑。中山铁桥被称为"黄河第一桥"，由德国人兴建于清朝末年。中山铁桥的建设可以说是一个创举,它的建成结束了黄河上游千百年来没有永久性桥梁通行的历史,它也见证了兰州这座城市的变迁和发展,见证了中西文化的碰撞。如今,随着时光的流逝,它逐渐告别了曾经的辉煌,静静地卧在黄河之上,可是它作为兰州近百年的历史背景和记忆底片,将永远烙在兰州人的心上。

黄河母亲雕塑由一位母亲和婴儿组成,母亲秀发飘拂,神态慈祥,仰卧于波涛之上;婴儿趴在母亲的怀里,举首憨笑、顽皮可爱。整件雕塑以母亲的博大、坦荡、慈爱、端庄,象征着黄河作为中华民族孕育者的母亲形象。灿烂的阳光洒在她的身上,是那么的壮丽秀美,尽显一位母性的伟大与温柔!尽显黄河文化的精深与厚重!黄河母亲雕塑一经矗立,就吸引着世界的目光,牵动所有炎黄子孙的情怀,它也因此成为兰州的标志性雕塑,代表着兰州的形象。

漫步在兰州的黄河边上,还可以看到飘荡着的羊皮筏子,远远望去,就像一叶扁舟。人筏混为一体,随波逐流;近看则见在紧贴水面的皮袋筏上,坐着五六个人,随着波涛的起伏,颠簸而行,有惊无险,极富刺激。皮筏子是黄河沿岸的民间保留下来的一种古老的摆渡工具,也是黄河地区特有的一种皮船,旧称"革船"。俗话说"九曲黄河十八弯,筏子起身闯河关",可见筏子和黄河的紧密关系。现在随着交通运输条件的改善和提高,羊皮筏子渐渐退出江河,成为一种文化遗产。

为了体验和感受当地的风情,我也坐了一次皮筏子。我乘坐的是由十几只羊皮袋扎成的小筏子。坐在筏子上,低头就能看见黄河水从羊皮袋的空当中悠悠穿过,向下一伸手就能撩到黄河水。更奇妙的是筏子随着水波荡漾晃晃悠悠,人却不会被水打湿,有点"我自端坐,任他风浪"的味道。河面上凉风习习,浑黄的河水打着漩涡缓缓东流,遇上湍急时快如飞箭，给人飞流直下的痛快感。筏子客都是多年的老手，无论是险滩，还是急流，都游刃有余，还不是地扯着扯着嗓子唱几句颤悠悠的"花儿"。对我来说，是一种很特别的感受，好像只有乘坐了皮筏子，才真正与黄河进行了亲密的接触。

黄河是兰州的摇篮，也是生活在兰州的每个人最熟悉不过的地方。因为处于黄河的上游，兰州少有洪水泛滥，也少有泥沙灾害。因为黄河的冲积、积淀，给兰州人提供了一块富饶的、得以繁衍生息的沃土。更值得称道的是，耐高寒、耐盐碱的土质经过黄河水的调养，竟生长出诸多的奇蔬异果。"看景下杭州，品瓜上兰州。"如今，地处大西北的兰州已是全国闻名的瓜果之城。如果来兰州避暑，除了能享受到清凉爽人的气候以外，更能品尝到各类的瓜果，带给你口齿留香的无穷回味。

《论语》有云："仁者乐山，智者乐水。"一个城市的发展是不能离开水的，有了水的滋养，城市才有了动感，有了活力。兰州是幸运的，因为拥有了穿城而过的黄河，它才更有魅力，更有风姿。"水光山色与人亲，说不尽，无限好。"九曲的黄河水让豪迈、大气的兰州人更有灵气，更有梦想，更有敢立潮头、实现梦想的冲浪精神。

永嘉·楠溪江

楠溪江流淌于浙江南部的永嘉县，是处异常美丽的所在，正如古人所吟咏的一样"水是青罗带，山如碧玉簪"。滔滔汩汩的楠溪江宛如一条飘逸的玉带,迂回萦绕在丹崖翠嶂之间,数不尽的婉转迷离,使空间增添了无尽的魅力,也很容易让人倾情。

在夏末秋初的一个晴天,我来到楠溪江。楠溪江又称溪又称江,听上去似乎很矛盾,然而乘筏一游,便感到的确是既有溪感又有江感。它的水面宽度相当于中等的江河,因而视野开阔。然而,它就总体而言又是浅溪,堪称世上最洁净的透明绵软的水。它从斑斓的卵石上潺潺流泻,水底的卵石没有绿苔,水中也无浮萍荇藻,晶亮见底。有些水域也颇有深度,水流忽成浓绿色,旋着涡谷,让竹筏上的我们格外心惊。

楠溪江的水质之纯、山景之妙无以复加。两岸分布着大大小小的滩林,随着清溪的流转,不时地变换着景色。如果说漓江最美的是坐船观沿江山峰的美景,那么楠溪江最美的就是乘船看滩林了。南朝诗人谢灵运在做永嘉太守时,留下了"近涧清密石,远山映疏水"的诗句。我的目光一直注视着周围的山和树木、草丛,前途美而未知,吸引着我不顾疲劳、虔诚地如约而往。不知怎么地,我想到了生命的神秘与崇高,而我的旅行,就像神秘的生命之旅一样。

由于不是旅游的旺季,游人较少,似乎只有风始终陪伴着我们。那风使山野弥漫了一层湿润的凉意,也使江畔的云峦竹树都鲜活灵动起来,满眼都是盎然的生机。因为季节的原因,两岸的滩林变幻成赏心悦目的颜色,更美轮美奂的是错落有致地生长出一丛丛的芦苇白茅。它们修长的叶片高过灌木,叶端弯曲下垂,仿佛摆定一个舞姿。微风一过,轻轻摇曳,夕阳铺来,或成镀金,或成剪影,勾引起我们无限的情思。

在这天造地设的奇境中,我们悠然自得地坐在竹筏上,骋怀纵目,恣意赏玩着大自然的神奇与多姿。此时,会感到天格外地高、岸格外地低、水格外地丰满、竹筏格外地轻盈。这时你或者可以什么都不想,你只感到两岸有一种自远古以来就存在的宁静和温馨，朝你环拥而来，而你的身心便自然而然地融进了那瑰丽的永恒之中，轻易就获得了一种心灵的超脱、轻松和自由。

楠溪江不仅景色秀丽，而且还是中国山水诗的诞生地。在一千六百多年前的一天，楠溪江迎来了跋山涉水、不远千里而来的谢灵运。当他乘坐扁舟飘荡在楠溪江上时，这古朴秀美的山水让他一见倾心，也彻底地让他醉了，并激起了他满腔的诗情，他用饱含深情的笔墨写下了一首又一首传诵千年的诗篇。从此，中国山水诗正式诞生。往事越千年，人们没有忘记让永嘉山水扬名的谢太守。在一千六百多年后的今天，楠溪江也一往情深地怀念着他，谢公池、落屐亭、谢公像、谢池巷等纪念性遗迹都是最好的佐证。

谢灵运之后，以楠溪江为代表的永嘉山水又迎来了无数文人雅士的足迹和身影，大书法家王羲之、大诗人李白和孟浩然、大文学家苏轼等历代文士，无不慕名前来，或吟诗作对，或泼墨挥毫，让明媚的永嘉山水更加光耀千古。因为那代代相传的情思，永嘉人在魅力山水和桃花源般的田园中，演绎着有耕有读、几百年间恒常不变的生活传统，挥霍着无比闲适的时光，正如《永嘉县志》等古籍中的记载：楠溪江"山峰挺秀，涧水呈奇，人生其地者，皆惠中而秀外，温文而尔雅"，乡民"徘徊水光山色，拂云坐石，逍遥自乐。"

因为时光的馈赠，风韵独具的楠溪江，至今还遗存着新石器时代的文化遗址，以及数百个历史悠久、人文丰赡的古村落，芙蓉、花坦、埭头、林坑等等，仅仅是村庄的名字，就让人有去探访寻幽的冲动。弃筏登岸，徜徉在那些藏风聚水的古村落，映入眼帘的全是古朴沧桑、耐人寻味的景致，如蛮石垒成的寨墙和墙脚、戏台的藻井和飞檐、卵石的小路和石缝里的小草……几乎每个村子里都有祠堂，存有大批完整的宗谱、族谱、诗词书画等。这些弥足珍贵的历史文化遗存，可以使我们了解我国古代"耕读社会"和"宗族社会"的梗概。

楠溪江，这从万山丛中奔泻而出的一线清流，无论其为涓涓、潺潺，还是汨汨、滚滚，也不管前路如何让崎岖险阻、迂回曲折，它总是矢志不移地流淌着，体现出了一种忘我的执着，也孕育着永嘉独特的魅力。每每想起楠溪江，我仿佛听到无边的旷野、无垠的水波在发出如歌如啸的呼声。

布尔津·喀纳斯湖

新疆是一片遥远而美丽的地方，也是一片广袤而多姿的土地。它以其独特的神圣、神奇和神秘，强烈地吸引着世界各地的人们。对于我来说，最令人神往、最让人沉醉的是被誉为"人间净土"的喀纳斯湖。

喀纳斯是蒙古语，意为"神秘而美丽的湖"，也是一个深藏在阿尔泰深山密林中的高山湖泊。湖四周雪峰冰川耸峙，森林草原相间，景色十分绮丽。湖面碧波万顷，群峰倒影，俊美极了，让人尤为称奇的是湖面会因为季节或是天气的变化而变换着颜色，因此喀纳斯湖又被人们称赞为"上帝的调色板"。湖中还生长着多种罕见的冷水型鱼类，其中的哲罗鲑俗称大红鱼，硕大、凶猛，能吞噬水中野鸭、岸边牛犊，而被人称为"湖怪"，给喀纳斯湖增添了神秘的色彩。

去喀纳斯湖最美是在秋季，当从乌鲁木齐乘车前往布尔津时，我对喀纳斯湖产生了无尽的遐想。车窗外的景色更迭不穷，映入眼帘的是磅礴透迤的群山雪峰，不断变幻颜色的树林、草甸，尤其是那些美到极致的白桦林，苍白笔直的树干像是一个个忠诚的卫士，在默默地守护着家园。在途中，还会遇到或深蓝，或碧绿的河流，它们像玉带一样环绕的山间、林间，增添了无穷的灵动与韵味。再加上高原独有的赏心悦目的蓝天、白云、雪岭，是那样的浑然天成，美不胜收。

　　当我们到达禾木乡时，已是夜幕时分。此时，村落静静地在银色的月光中沉睡，无比的宁静，无比的安详，仿佛天上人间。当我们拖着一身的疲惫住进村民的木屋中时，顿时萌生了一种家的感觉。屋外繁星满天，把整个星空点缀的异常妖娆妩媚。面对如此美丽的星空，大家的疲惫一消而散，了无睡意，全都凝望那异常璀璨的星空。那份寂静之美，那份纯净、那份自然，难以用言语表达。一边呼吸着洁净的空气，一边看着近在咫尺的星空，让人感觉天空很近，仿佛伸手可摘，真是恍如隔世。

　　第二天，晨光透过窗户将我唤醒。我迎着一缕缕的曙光，奔向了喀纳斯湖。一路上非常幽静，感觉整个森林都属于我们。在朝霞的照耀下，远处的山坡和草原，仿佛被镶上了一层金边，散发出一种让你迷醉的色彩。途中遇到了三个异常美丽的河湾，分别是卧龙湾、神仙湾和月亮湾，仅仅是名字就让人无限向往了。一般人都是从公路上远远地观赏和拍摄它们，可是在我看来，最好的方式是近距离地贴近那迷人的色彩。漫步河湾，山林安静得悠然，清新的空气，翡翠般的河面，倒映着的云朵、霞光，构成了无比瑰丽的景色，也让人无比振奋。

　　当我面对喀纳斯湖的时候，我产生了一种失语的茫然，我不知道该如何去形容那份惊心动魄的让人窒息美，也不知道如何表达内心的震撼与惊喜。喀纳斯湖在阳光的照耀下,像一弯光洁的碧玉,发出柔柔的绿光,湖水像蓝色的绸缎,神秘、温润,令人不由得产生想用手去抚摸一下的念头。周围的植物色彩斑斓,远处的山顶上则是终年不化的积雪,发出耀眼的银光。抬头望去,淡蓝的天空上,一朵朵的白云缓缓地漂移。湖光、山色、蓝天、白云、绿树、青草、冰川,还有那成群的牛羊,让人目不暇接,叹为观止,久久不愿离去。

在喀纳斯湖,还可以乘坐游艇与之亲密接触。坐在游艇上,手伸进水中,可以感受到水的清冽。这时候再看湖水,和在观鱼台上看到的完全不同,湖水的颜色变幻万千,令人眩目。近处的湖水清澈见底,水底的砂石反光使得水面波纹更加清凌。随着游艇的深入,清澈见底的湖水也逐渐变得深不可测。风平浪静时,湖面如镜,水天一色,几乎使人产生错觉;涧风吹过,湖面就像打破的镜子一样,波光粼粼,折射出七彩阳光,让人心动。人在游艇上,眼睛却一刻也没有离开过湖面。直到游艇抵达终点,才好像从梦境中恍然醒来。

去喀纳斯一定要在当地的图瓦族人的村子里住上一宿,那真的是一种难得的人生享受。图瓦人是蒙古族的一个分支,它们至今保留着原始、淳朴而独特的生活方式,以游牧、狩猎为生,他们也被称为"住在风景里的人"或"云间部落"。在我看来,那一个个的古老村庄,就是一处处的世外桃源,你可以在这些村子里好好地享受这里独有的慵懒和阳光。你可以怀着一份无比闲适的心情在村子里四处转悠;可以在白桦林里漫游,听着风吹过树叶时发出的沙沙声;可以端着茶碗望着天空,对着金黄的落日发呆。

喀纳斯湖是绝美的、神秘的,由于长期的与世隔绝,远离尘嚣,它是名副其实的"人间净土",无论是四季变幻着色彩的景致,还是静谧安详的璀璨星空；也无论是民风醇厚的古老村庄，还是传唱不息的歌谣故事，都会让你流连忘返，好像置身于尘世的另一头。面对喀纳斯湖，我的心中就像这湖水一样澄明清澈，并期盼着时光也能像湖水一般驻足不前，且直达永远。

【四方吃食】

北京·涮羊肉

北京是中国的首都,也是名副其实的美食之都,山珍海味,各地美食汇聚,足以满足你的味蕾享受。在林林总总的美食中,涮羊肉、烤鸭、驴打滚、艾窝窝、炸酱面等都是北京的传统名吃,蕴含了老北京独有的风情和历史文化。我最喜欢老北京的涮羊肉,每一次都会涮上一回。等汤沸菜熟,就迫不及待地口手一起劳作,直吃得龇牙咧嘴,裂鼻缩舌,大汗淋漓。

在北京,提起涮羊肉,几乎尽人皆知。因为这道佳肴吃法简便、味道鲜美,所以深受欢迎,并且清汤锅底最大限度地保证了羊肉的鲜美,吃起来是羊肉最鲜嫩的味道,口感很棒。尤其是到了冬季,北京食客的固定动作就是吃涮肉。寒风凛冽,小雪飘飘,不找一家靠谱的涮肉馆子吃顿涮肉,都觉得对不起这天气。涮羊肉,又称"羊肉火锅",北京人称"涮锅子",透着京城胡同里的痞味。《旧都百话》云:"羊肉锅子,为岁寒时最普通之美味,须于羊肉馆食之。此等吃法,乃北方游牧遗风加以研究进化,而成为特别风味。"

细究起来,火锅可谓是名吃,其历史最早可以追溯到三千多年前的鼎。那时古人将牛、羊肉等通通都放入鼎中,然后在底部生火把食物煮熟,这算是最早的火锅了。三国时代,出现了一种"王熟釜",锅中分五格,即可调和五种不同的味道,也可以同时煮五种不同的食物,和现今的"鸳鸯锅"有异曲同工之妙。到了南北朝，铜器所制的各种形状的锅就成了最普遍的器皿。演变至唐朝时火锅又被称为"暖锅"。白居易的"绿蚁新醅酒，红泥小火炉"就是对火锅的生动描述。

老北京涮羊肉起源自元初，相传元世祖忽必烈御驾南征时，一日人困马乏、饥肠辘辘，于是便吩咐部下杀羊烧火。正在他等着吃羊肉时，探马报告敌军逼近，忽必烈立即下令部队开拔。当值的御厨急中生智，切下十多片薄肉，放在沸水里搅拌，待肉色一变，马上捞入碗中，撒下细盐，请他品鉴。忽必烈食后神清气爽，遂率部迎敌。战后犒赏三军，元世祖钦点战前所食的羊肉薄片，并赐名为"涮羊肉"。从此，涮羊肉成为宫廷佳肴。满人定都北京后，"涮羊肉"即成为清宫与公侯府衙宴席之上重要的角色。清康、乾两帝时期，共举办四次千叟宴，宴席之中，无论品级的高低，统统备有火锅和羊肉片。

涮羊肉对我有着难以抵抗的诱惑，闻着锅里诱人的靓汤，看着眼前品种丰富的食物，早已勾起了食欲。围绕在火锅周围的是种类丰富的涮菜，那是荤素搭配，水陆杂陈，五颜六色。除去牛、羊肉外，豆制品和新鲜的蔬菜是必不可少的，黄豆芽、腐竹、冻豆腐、面筋泡、土豆片、金针菇、白菜心、竹笋片、娃娃菜……调料可以自配，辣油一律是朝天椒榨成的，香且辣，红红地搅在小料中，三两分钟，便涮得满头是汗了。我最喜欢韭菜花酱，其清香中更具营养美味，令涮肉美食更添食趣。

在北京吃涮羊肉，一定要选择老店，那样味道才地道。北京地道的涮肉馆有金生隆、洪运轩、口福居、八先生、老五涮肉……并且各有特色，如仁人居的羊尾油，百叶居的鲜百叶等等。我心仪的涮肉馆子最起码要满足三个条件：首先，店不能大，大了难免程式化，缺少一种氛围；其次，涮肉的锅不能是那种用电磁炉的火锅，而是中间放木炭、四周放食物的铜火锅；最后，羊肉不能是冰冻的，要手切的鲜羊肉，切之前可以提前冻一下，然后再切，这样肉片如刨花一般薄而且打卷儿。

于我而言，吃涮肉的氛围甚至比吃什么都有趣，有些时候涮羊肉的目的不仅仅是羊肉，而是那份野味，那份酣畅，那份酒言酒语。所以，我最喜欢街头巷尾那种有点破旧、却是十分纯正的涮馆儿，更容易沉醉其中。在木桌破椅、火锅乌亮、酒昏灯暗的涮馆里，你不用在乎周围挤满的热汗淋淋的食客，也不必计较粗野的猜酒行令，狂笑或沉默都不碍你的涮事，尽管喝酒吃肉。此时，炭火充足，清汤翻滚，羊肉新鲜，二锅头凛冽，三五好友热络，不一会儿，就会进入一种忘我的境界，就会获得一种真正的轻松和惬意。正像古人所说的一样"铜炉沸水煮喧嚣，烈酒鲜羊座客豪"。

涮羊肉是寒天里最好的选择，既暖和又有营养，而且还能获得一份其乐融融的美好心情。有时候馋了，我就自己准备起涮锅来。汤底是用母鸡煮成的高汤，先将鸡汤烧开后，再放入少许的葱、姜、酒，用温火熬之，直至煮沸，就是一锅鲜美无比的汤底了。一家人围坐在一起，直吃得满面红光，额头生汗。满屋的香味，满屋的辣味，满屋的温情，就着热气腾腾的火锅，谈着热热闹闹的话题，你会情不自禁地感到人间美事不过尔尔。所以，无论工作有多忙，我都会抽时间回父母那里吃一次涮肉，陪父亲喝两杯小酒，愉快之情自不待言。

"围炉聚饮欢呼处，百味消融小釜中"。在寒冷的日子，家人相聚，朋友小酌，围坐在一起，开心的吃上一锅热气腾腾的涮羊肉，便是人间一种极致享受吧，不仅暖和了身子，每个人的心里也是暖暖的，再冷的天也因此变得热气腾腾，快乐无限。

四川·回锅肉

回锅肉是川菜里的一道人人皆知、个个爱吃的菜，也是别具风味的四川名菜。在四川，无论是酒店饭馆，还是寻常人家，都能做回锅肉，并且都味道绝佳。所以到了四川，回锅肉是不能错过的美食，正如俗话所说的"入蜀不吃回锅肉，等于没有到四川"。

第一次品尝到回锅肉的美味是在重庆的一家小饭店，刚刚出锅端上桌来还噼啪微响，只见肉香扑鼻、汤汁鲜亮，配以翠绿的蒜苗，让人眼前一亮、胃口大开，撰一片在筷头，色呈琥珀、鲜嫩醇香，入口即化，肥而不腻、瘦而不绵、略带辣味、咸中有甜，回味无穷。在那一瞬间，我明白了回锅肉为什么是川菜之首了，为什么被视为川菜的化身了。在那一瞬间，我也一下子喜欢上了回锅肉的味道，每到一地，第一件事就是寻觅回锅肉的芳踪。

回锅肉源于四川民间祭祀，是将敬鬼神、祭祖宗的煮熟的猪肉在敬献之后拿来回锅食用，故称为回锅肉，也称熬锅肉、会锅肉，是川菜中一道历史悠久的菜肴。自古以来，猪肉就是川人的基本肉食。在四川人看来"诸肉要数猪肉香"。为了这个香字，千百年来，川人在猪肉身上下足了工夫，炒、炖、烧、烤、炸、脆……经过了千锤百炼，这才成就了返璞归真、化繁为简的回锅肉。

在四川人的心中，回锅肉有一种家的味道，与血脉传承、家族情感绵延密不可分。从达官贵人到普通百姓上门作客，主人待客的菜肴中，味浓色厚、色香味俱佳的回锅肉是少不了的。在旧时候，四川许多普通家庭和雇主都以回锅肉作为家人或伙计改善伙食的主要菜肴，俗称"打牙祭"。无论生活再苦再累，只要有一盘回锅肉佐饭，便是一种莫大的幸福，好似有了无穷的力量。

回锅肉的做法很简单，先买来一大块五花肉，要那种带皮的、肥瘦相连且均匀分布的，刮洗干净。然后将肉放在锅中煮至断生，当肉刚能用筷子扎透时捞出，晾凉后切成薄片，可以看到肉断血皮软肉嫩。先用炒锅烧油至五成热，下肉片翻炒至卷曲，加入料酒、甜面酱、豆瓣酱，最后加入蒜苗、白糖、酱油、盐，翻炒匀，美味的回锅肉就出现在眼前了。

由于四川人多地广，各地物产不同，风俗口味也有差异，除了五花肉必备外，配菜可以就地取材，自由组合、随意搭配，可谓是五花八门，这就有了名目繁多的"回锅家族"。蒜苗、洋葱、彩椒、茶树菇都是不错的配菜，各有各的滋味，甚至苦瓜也可以，用这些时令鲜菜配炒回锅肉，使人更容易保持对回锅肉的新鲜感。此外，亦有与锅盔、馒头、油条、麻花、豆腐干、年糕等配伍的回锅肉。

我曾尝试过多种，最经典、最正宗的是蒜苗，如果想颜色好看些，可以再加些红辣椒，蒜苗的植物清香，与猪肉的油脂之香、豆瓣的厚重之香在锅里相逢，堪称绝配。回锅肉之所以广受欢迎、长久不衰，除了对食材的要求简单外，还有一个原因就是它不怕剩菜，只要保存好，不变质，上顿没吃完，下顿回笼一蒸或回锅一热，口味依然，甚至由于调料的渗入，口感更好。

有人说有味道才会有爱情，在我看来，回锅肉的味道就是美好爱情和幸福生活的味道。印象中的四川男人个个都有一手回锅肉的绝技，厅堂之上、阡陌之间，一铲一铲的叮当声里，到处都是回锅肉的味道，用四川话来讲，那是很"巴适"的。我有一位四川的朋友就是靠一道拿手的回锅肉，展示了他的美食天赋，不仅赢得了爱情，也奠定了现在幸福生活的基础。

对于漂泊在外的川人而言，回锅肉的味道就是乡愁的味道，就是妈妈的味道。每周一次或每月二次，割上几斤肉，买来一捆青蒜苗，红的是肉片、绿的是蒜苗，吃到肚子里则是一份相隔千里的思念。个人对故乡的记忆、气味，便与一盘"咸、甜、鲜、香、辣"的回锅肉联系在了一起，并且得到了最完整的体现。

从四川回来后，因为回锅肉，我对厨艺产生了浓厚的兴趣。第一次做回锅肉就大获成功，入盘上桌时，肉汁的浓香和蒜苗的清香使得满屋飘香；端上桌子一会儿工夫就被家人一扫而光，都说家常菜也烧出了饭店的味道。从此回锅肉就成了我的金字招牌拿手菜，亲友上门留饭我必然要露这么一手，人家看我在厨房噼里啪啦花拳绣腿一番，都被唬得一惊一乍的，端上桌少不得要称赞几句。

其实，生活就像一道回锅肉，它散发的是最平凡的烟火气息，它的食材简单、操作方便，成菜却醇厚鲜美。所以说，香辣辣、油汪汪的回锅肉，是一道当家的菜式，充分满足了人们对肉的渴望。说来也奇怪，经过锅碗瓢盆的一番忙碌后，原本死气沉沉的肥肉，竟然在刹那间，化腐朽为神奇，不仅香气四溢，而且口感肥而不腻，一下鲜活起来了。围着一块带皮的肥肉忙上一番，这也算是一种享受生活吧。

云南·米线

米线是云南人最日常的吃食，也是云南人的生活标签。行走在昆明的大街小巷，随处可见散布着的米线店。无论临街的吃食店还是巷子深处的人家，都无一例外地透着悠远的魅力。走进去，有各种口味和风格，价格也不高，几块钱一碗，吃到嘴里是满满的幸福，每一次都好像是一次舌尖上的舞蹈。

米线是一种很古老的食物，《齐民要术》《食次》《云南通志》《云南掌故》等典籍均对米线有过记载。古烹饪书《食次》称米线为"粲"，又因其流出煮熟，乱如线麻，纠集缠绕，又称"乱积"。到了宋代，被称为"米缆"，洁白光亮，细如丝线，可馈赠他人。徐南卿的《招饭》诗中就有"米缆丝作窝"的诗句，可见当时的米线的形状为鸟窝状，与如今昆明的米线如出一辙。明清之时，米线又称作"米糷"，宋诩《宋氏养生部》记载："米糷，音烂，谢叠山云：米线。"

米线是经过用大米发酵、磨浆、澄滤、蒸粉、压制、漂洗等工序制作而成的，深受云南各族人民的喜爱。过去，大年初一，家家必食米线，借长长的米线，祝愿幸福长久。如今，云南人把米线的吃法发挥到了极致：烹调方法有凉、烫、卤、炒；配料更是数不胜数。美食家汪曾祺先生在《米线饵块》一文里就列举了很多种不同的米线，如凉拌米线、焖鸡米线、鳝鱼米线、羊血米线、炒米线、豆花米线等等，样样都是美味。

过桥米线是云南米线中的上品，最具云南地方特色，也是闻名中外的美食，在云南各类风味小吃之中独领风骚。过桥米线源自于蒙自，并有一个美丽的传说。相传，蒙自有位秀才，独居于南湖的岛上苦读，常常饭菜凉了还顾不上吃。一次妻子偶尔发现，滚热的鸡汤因上面覆了一层厚厚的鸡油而凉得特别慢。于是，妻子因此发明了把米线下进油汤的方法。此事传为美谈，人们也纷纷仿效食用。因妻子送饭上岛要经过一座石桥，这种吃法就叫作"过桥米线"。

过桥米线以用料考究、制作精细、吃法特殊、风味独特、营养丰富而深受大众喜爱。它的原料甚多，其汤用壮鸡、肥鸭等入一锅炖五至六小时，要使汤面上的油有铜钱厚，汤中不冒一丝热气。佐料分为素菜盘、生荤盘和熟食盘三种，素菜有菠菜、笋片、芫荽、草芽、豆腐皮、豌豆尖、鹌鹑蛋、鸽子蛋等；荤菜有切成均匀薄片的肚头、鸡脯、鸭肉、鸡肝、乌鱼、鱼肚等。往汤里投放佐料的顺序是有讲究的，必须先放生荤盘，再放素菜盘，然后放熟食盘，最后下米线，这样做出来的异常鲜美可口。

煮好的过桥米线，红、白、绿、黄交映，颜色十分好看。各种主配料调和成浓郁的香味，米线在浓汤中呈半透明状，令人胃口大开、垂涎欲滴。吃"过桥米线"也是有讲究的，鸡汤是滚烫的，由于表面有一层鸡油，一点热气也没有，初食者往往误认为汤并不烫，直接用嘴去喝，这样很容易烫伤。因此，千万不能用嘴直接去喝鸡汤。我喜欢把米线吃完了再喝汤，上面的一层油已经被放入的素菜吸走，根本就不用担心油腻，汤清清淡淡，喝到胃里暖呼呼的，很是舒服。

除去过桥米线，小锅米线也是米线中的经典招牌。小锅米线讲究"一锅一碗"，灶上的小锅多是红铜制成的铜锅或是黑粗砂制成的砂锅，单是看到盛米线的锅就有一种亲切感，让人有了赶快品尝的食欲。小锅米线融合了骨汤的鲜、米线的嫩、肉末的香，是一种综合的味觉体验。印象最深的是番茄米线，米线还是米线，汤还是那汤，可是却有一股浓浓的番茄味相溶其中，腐皮丝、海带丝在番茄酱浓汤鲜亮中色泽更显得明艳，配上芫荽的香甜、陈醋的香酸，口味十分鲜浓。

在昆明，还可以吃到一种凉米线，配料有爆香花生末，炒过的芝麻粒，烫熟的韭菜、木耳和豆芽菜，新鲜的青笋丝，土鸡块，佐料有花生油、甜酱油、咸酱油、芝麻酱、酸醋、姜汁、辣椒油等。将它们和米线拌在一起，新鲜又美味。最美味的凉米线是用油鸡枞当配头的。鸡枞是云南的特产，肥硕壮实、质细丝白、清香可口，堪与鸡肉相媲美，故名鸡枞。油鸡枞在云南家家户户都能见到，无论是做面条还是米线，都可以放一点儿进去，鲜美至极。

豆花米线则是昆明独有，米线下面有一大团水嫩的豆花，表面加上"帽子"。"帽子"是云南人的方言，相当于北方话中的"卤子"。云南米线的"帽子"可谓是千变万化，普通的是以肉末为主，加以韭菜、豌豆尖等。独特的"帽子"则有鳝鱼、扒肉、慈姑、氽肉、什锦、焖肉等，并且因为"帽子"的不同就有了各种口味不同的米线，你可以根据自己的口味任意选择。

云南人的饮食文化里少不了米线，特别是那些长期在外的云南人，回家的第一件事就是先过米线瘾，猛吃一番。对于外来者来说，云南各地独具风格的米线是不容错过的，它足以让你食尽人间的烟火，也似乎只有吃过了米线，你才真正来过了云南。

新疆·手抓饭

新疆是一片富饶而美丽的土地，也是一片古老而神奇的土地。在这片广袤的土地上，生活着四十七个民族，丰富多彩、习惯独特的民俗民风形成了新疆丰富而又独特的饮食文化，特色小吃更是数不胜数。这里的煎、炸、烧、炖、烤各种烹饪手法，演绎得淋漓尽致，精妙绝伦。手抓饭、那仁、拉条子、木赛来斯、阔尔达客、馕包肉、烤狼饼……有些仅仅是那些充满地域风情的名字都能勾起人的食欲。

新疆地区的自然地理环境是干旱少雨、温差大，这就导致了新疆的蔬菜品种少、数量少，也因此形成了以牛、羊肉为主的饮食文化。两千年前，从汉朝嫁到乌孙国的解忧公主在一首诗中写道："以肉为食兮酪为浆。"在诸多的牛羊肉吃食中，手抓饭是新疆地区最有讲究、最有特色的风味美食，特别是在维吾尔族的生活中，一直占据着"至尊"的地位，也是婚宴请客、招待好友必不可少的佳肴。所以，手抓饭又被称为"长面子"的饭。

手抓饭在维吾尔语中叫"波糯"，唐代的史籍中曾被译作"字锣"，是一种游牧民族与农耕文化相结合的产物。清代边塞诗人萧雄在其《西疆杂述诗》中，不仅记载了抓饭的具体做法，还对抓饭的称谓进行了诠释："若烹稻米，喜将羊肉细切，或加鸡蛋与饭交炒，佐以油盐椒葱，盛于盘，以手掇食之，谓之抓饭。遇喜庆事，治此待客为敬。"逢年过节，或是有朋自远方来，当地的新疆人都要做一大锅香喷喷的羊肉抓饭，以示主人的手艺。

手抓饭是以大米、羊肉、胡萝卜、洋葱、清油、羊油和葡萄干等，加水加盐后焖熟的，不仅油亮生辉、香气四溢，而且味道可口、甚受欢迎，具有色、味、香俱全的特点。手抓饭的种类也非常多，主要分为素类和荤类两大类。素抓饭没有肉，主要有葡萄干、杏仁、南瓜、豌豆、胡萝卜、洋葱等等。荤抓饭除了常见的牛羊肉外，还有鸡、鸭、鹅等。听当地的朋友说最美味的是雪鸡抓饭，可是由于去的不是时候，只能留有遗憾了。

在新疆，我享受的多是羊肉手抓饭的美味。手抓饭看上去似乎很油腻，可是吃进嘴里却是另外一回事。记得第一次是在一个维吾尔族老乡家里，他们待客时依然保留着原始的饮食风俗习惯，即不用筷子，也不用勺子，而是用手抓着吃。我也入乡随俗了一次，吃的是不亦乐乎。当然抓的时候还是很有讲究的，可不是想象中的五指齐上，一同乱抓，而是用右手的大拇指食指和中指来抓，这样不会搞的手上、嘴边都是米粒。

手抓饭虽然很大牌，可是做起来却不是很复杂。先将羊肉放入油锅中翻炒，然后加入盐、料酒、酱油、花椒将羊肉炖至七成熟。接着把胡萝卜、洋葱、鹰嘴豆等覆盖在肉上，然后把淘洗干净的大米盖在胡萝卜上，最后加水、开火。此时，火候要小，慢慢地微火烘烤，一小时后，香气四溢的手抓饭就可以出锅了。好的手抓饭，不仅米粒要颗颗饱满，软硬适中，而且出锅也有讲究，在搅拌的时候一定要用力均匀，否则胡萝卜、洋葱就会被搅碎了。

手抓饭看似简单，可是在这普普通通的饮食中就隐藏着长寿的秘诀。手抓饭的营养十分丰富，从原料来看，羊肉性热，含大量蛋白质、脂肪和氨基酸,具有益肾补血之功;胡萝卜是含维生素丰富的蔬菜,俗称"小人参",具有补气生血、生津止渴、安神益智的作用;洋葱含有蛋白质、脂肪、糖类、胡萝卜素、维生素和钙、镁等营养成分,具有祛风、发汗、解表、消肿,治感冒风寒、头痛鼻塞、中风、面目浮肿、痢疾之功效。另外,大米和植物油也都为人体所必需的食品。把这些东西混合在一起制作,当然是一种富有营养、别具风味的饭食了。因此,手抓饭又被新疆人称为"十全大补饭"。

如今,新疆的手抓饭以其独特的魅力,强烈地吸引着世界各地的人们,那份独特的味道会燃起你的食欲与梦想,会牵引着你的嗅觉和神经,让你尽情领略神秘、神奇、神圣的西域风情。

滇西北·琵琶肉

云南的丽江是一处美得让人不想离开的地方,除去美酒、咖啡、雪山、纳西文化,丽江的美食同样让人流连,尤其是一种名为琵琶肉的吃食,独特的香味令人难以忘怀。

琵琶肉又叫猪膘肉,是用整头猪腌制而成的,因形似琵琶而得名,《滇南新语》称其"薄腻若明珀,开类琵琶"。因为丽江坐落于终年积雪的玉龙雪山脚下,昼夜温差极大,尤其是寒冬时节,当地人在防寒衣裤不足的情况下,常常把琵琶肉压在床底下,当作床垫,既能御寒,又可以随吃随割。所以,在丽江一直流传着"琵琶琵琶,实为床笆,床笆是肉，香飘万家"的民谣。

琵琶肉不仅形状可爱，而且色、香、味俱佳。经过一年甚至多年的腌制之后，皮肉都已经透明、发脆，红白相映，而且散发出浓郁的香气，让你有一种大快朵颐的冲动。琵琶肉的吃法多样，可煮、可炒、可蒸、可烤。它看似肥腻，吃起来却肥而不腻，滑嫩爽口，醇香无比。正如《滇南闻见录》中记述的一样："丽江有琵琶猪，其色甚奇，煮而食之，颇似杭州之加香肉。"

后来我在泸沽湖、怒江等地，都发现了琵琶肉的身影。经向当地的朋友请教才得知，琵琶肉不是丽江所独有，是滇西北及与四川接壤地区普米族、纳西族、藏族、傈僳族和摩梭人的传统腌制食品。琵琶肉之所以在这些地方产生，并一直流传下来，是由当地的自然环境决定的。这一带地区气候寒冷，霜冻时间长，给腌制琵琶肉提供了便利条件。腌制的琵琶肉最少可以保存两三年以上，且风味独特。

从丽江到怒江，虽然地理跨度比较大，可是琵琶肉的做法大致是一样的，基本可以分为杀猪、剔骨、抹料、缝制、压扁、晾晒等过程。猪宰杀后，将内脏、骨头取出，只有猪头保持完整。然后用盐、花椒、胡椒、草果等料腌制，腌制后再将刀口缝好，至于猪耳朵、猪鼻孔则塞上核桃或是小木棍，防止香味散出。缝好之后就可以放在柴火上熏或是阴干，至此琵琶肉基本成型了，也可以长期贮藏了。平时想吃的时候就割下一块，也可用于置办宴席，招待客人。

对于摩梭人来说，琵琶肉除了日常食用外，还是儿女为老人祝寿的一个习俗。按照当地的传统，老人六十岁以上就属于高寿了，女儿每年都要给其准备一头琵琶猪，以备老人逝世后办丧事或是祭祀供奉之用。所以，越长寿的人家里的琵琶肉就越多，也就显得晚辈更加孝顺。

在有的摩梭人家里，甚至会看到挂着十几头琵琶猪，好像武士守卫着大门，蔚为壮观。

对迪庆的藏族同胞来说，琵琶肉的腌制方法是神仙教的。相传，一位美丽善良的仙女来到人间，她教会人们耕地养畜之后，看到食物放不几天就坏了，她就教会人们腌制肉食。按照她的传授，人们就做成了可存放很长时间的琵琶肉。在他们看来，高原高寒，补充脂肪非常重要，于是膘肥体壮的琵琶肉是最佳的选择。琵琶肉还是当地藏民外出时最重要的便携食品，通常是切一大块，煮熟，然后分割成小块，等到需要的时候直接就可以拿出来吃。

在迪庆一带，琵琶肉最美味的吃法是和玉米一起煮着吃。前一天，先将玉米粒、红豆、琵琶肉放入清水中浸泡。第二天一大早，生火起灶，将泡好的玉米、红豆、琵琶肉一同放入锅中熬煮。两三个小时后，玉米和红豆变得酥软，每一颗都被煮得开了花。琵琶肉则在浓稠的谷汤中沉浮，这时整个房间里都散逸着琵琶肉独有的香气，中间还夹杂着淡淡的玉米香，让人吸一口气都满腹盈香。此时，可以将琵琶肉捞起，切块，装盘，配以当地的美酒，一口酒、一口肉，让人不禁生出几分醉意。

在怒江地区，除去琵琶肉，一种名为"咕嘟饭"的美味也让我垂涎三尺。"咕嘟饭"用的是当地生产的苞谷、荞面等粗粮细做而成的，先将水烧开，然后将苞谷面或荞面放进锅里煮，一边煮一边搅拌，等面粥变稠时，再加水焖熟，再搅拌，这样做出来的饭，有一种沁人心脾的谷物的香味。由于在烹饪过程中，面粥会发出"咕嘟咕嘟"的沸腾声，因此当地人便形象地称它为"咕嘟饭"。咕嘟饭体现的是原汁原味的粮食味，不仅营养丰富，而且入口后，让人回味悠长。

猪肉是一种寻常的吃食，可是因为肉色油亮鲜红、肉味浓烈香鲜的琵琶肉，让猪肉有了一种不寻常的色彩。琵琶肉是少数民族发明创造的一种储存猪肉的方式，也是一种别致的吃法。如今即使不吃，仅仅挂在那里也成为独具特色的民俗标志。

南京·芦蒿

芦蒿是一种秀美的蔬菜，翡翠碧绿的茎如线条般流畅，擎起的叶盖像层层幔帐，细细端详，甚是眉目清秀、端庄可人。同时芦蒿也是一种可人的吃食，它的茎和叶可以同食，且鲜香嫩脆。我第一次吃芦蒿是在南京的八卦洲，是一道清炒芦蒿，无葱、无姜、无蒜、无辣椒，十分的清爽、素净、养眼。从此，我便没有理由地爱上了南京的芦蒿。每每想起，便觉得有一种水草气在弥漫。

芦蒿，古称蒌蒿，野生草本，叶似艾，青白色，长数寸，清鲜、脆嫩，由于它的叶子像菊花，所以又别名菊花菜、春菊。每到春风微微吹起的时候，在南京的江或芦苇沙洲上，抑或是在乡民的菜园子里，必然有芦蒿的身影。它像小箭似的窜出泥土，密密匝匝地铺满了地面。对此汪曾祺先生在《大淖记事》中有所记述，"春初水暖，沙洲上冒出很多紫红色的芦芽和灰绿色的蒌蒿，很快就是一片翠绿了。"老先生在书页下面加了一条注："蒌蒿是生于水边的野草，粗如笔管，有节，生狭长的小叶，初生二寸来高，叫作蒌蒿苔子，加肉炒食极清香……"

民间采食野生芦蒿已有三千多年的历史，《诗经》中有"呦呦鹿鸣，食野之蒿"、"春日迟迟，卉木萋萋。鸧鹒喈喈，采蘩祁祁"、"翘翘错薪，言刈其蒌"句，句中的"蒿"、"蘩"、"蒌"均指芦蒿。之后，芦蒿做菜的记述在书中经常出现，且评价颇高，《王祯农书》记其"叶绿而细，茎稍白，味甘脆……可为常食。"《农桑通诀》记述更为详细"春二月种，可为常蔬，秋社前十日种，可为秋菜……实菜中之有异味者。"陆游还曾留下"小园五亩剪蓬蒿，便觉人间迹可逃"的诗句，来表达自己的心情。

南京人食用芦蒿的历史也可谓源远流长，明代时更是深受皇家的喜爱，成为贡品，据《正德江宁县志》记载："蒌蒿出安德乡，岁荐新，叶如艾而茎圆，丛生水侧，性凉，春时撷苗食之，或中盐为干，可供茗……多生江边湖滨，金陵人春初，与笋同拌肉食之，最为美味，碧如玉针，嫩不须嚼，良于他方所出……"南京人对吃芦蒿也最在行，一定要在其鲜嫩的时候吃，正所谓的"正月芦，二月蒿，三月、四月当柴烧。"如今"无蒿不成席，无蒿不过年"已成为南京人的时尚，也成为招待亲朋好友的佳肴。

芦蒿有着一种特殊的香气，如同芫荽、芹菜之类，是所有蔬菜中最为别致、亲切的一种，只要桌上有一盘芦蒿，我就非常的兴奋，并且胃口大开。印象最深的一次是去南京的夫子庙游玩，看见一家小酒馆，招牌上用粉笔写了几个字：清炒芦蒿。字没规矩，歪歪的很野，却让我在老街上感到一股春味与水气，于是遂知味停步。端上来的，是芦蒿炒豆干，味道十分的鲜美，可谓活色生香，我也仿佛体味到了汪曾祺老先生笔下的芦蒿："时如坐在河边闻到新涨的春水的气味。"一边喝着小酒，一边品尝着新鲜的芦蒿，再加上对面的老房子，那种恍惚的感觉美妙极了、舒坦极了。

芦蒿叶柔而嫩，清爽可口，吃法多样，可炒、可凉拌、可做汤、可做饺子馅，也可作火锅的配菜。最省事的是凉拌，将新鲜的芦蒿洗净，下到滚水里焯一下，焯水的时间有讲究，长了会失掉芦蒿的脆嫩口感，短了又去不净芦蒿的野气。焯过之后滗干水分，装入素雅的餐具，最好是乳白或浅绿的纯净瓷盘，正好衬出芦蒿的碧色，光是颜色就让人垂涎三尺。再将一小块生姜、几颗蒜瓣细细地研碎撒上，淋上香香的芝麻油、白白的雪花盐和绵绵的白砂糖，最后浇上两勺陈醋。这样凉拌的芦蒿辛香清脆、甘酸爽口，最适合配黏稠的小米粥或者是素净的清汤面。

最喜欢清水芦蒿，不用任何厨艺，最简单亦最美味。一定要用春天的芦蒿，因为此时的芦蒿汲取了融暖的地气和丰沛的水汽，格外鲜嫩肥美。乍暖还寒的日子，当悠悠的春水慢慢变宽，青青的芦蒿渐渐散发出浓浓香气的时候。煮一锅清水，待到汤水沸腾的时候，再投入一把碧油油的芦蒿，最后加一撮细碎的盐花调味，便可出锅了。呷一口空灵清淡的芦蒿汤，轻轻咬着绿意，齿缝间的芬芳会渗入五脏六腑，腹腔好像溢满了阳光的田野下蒸腾着的甘醇和鲜香气息，顿觉心旷神怡。

芦蒿最家常的做法是用热油大火煸炒，盐少许，即可，翠色可掬，别有风味，正像《素食说略》里所讲"以香油炒食，亦鲜美。"除了素吃之外，芦蒿还可以炒腊肉、肉丝，最好旺火急炒，这样能把芦蒿的本味最大限度释放出来，芦蒿的清香配以肉的香味，可谓是相得益彰。芦蒿还可做荤菜的衬底，像作"红烧狮子头"的衬底，可获得珠联璧合的效果。《随园食单》上有一个炸鳗的菜肴："择鳗鱼大者，去首尾，寸断之，先用麻油炸熟取起，另将鲜蒿菜嫩尖入锅中……"

芦蒿是一种季节性很强的吃食，有一股子春天的味道。就像是江南的女子，青衣秀色，美极了。"雪沫乳花浮午盏，蓼茸蒿笋试春盘，人间有味是清欢。"作为美食家的苏轼认为芦蒿代表了一种饮食境界，那是饕餮盛宴后清茶素食、回归自然的至高境界。所以，每到早春二月，我都会来上一盘芦蒿，以解被春风唤醒的馋虫。

西安·羊肉泡馍

西安是一座风情独具的历史名城，就连它的美食都弥漫着一股子浓郁的历史气息。最能体现它的饮食文化的是融荤素与百味于一碗的羊肉泡馍，它是西安最有特色、最有影响的食品，也是西安的符号，足以与闻名遐迩的兵马俑相媲美。

羊肉泡馍是在古代羊羹的基础上演变而成的，历史十分悠久，《礼记》《战国策》《宋书》等古文献均有羊羹的记载。据《本草纲目》介绍，羊肉味甘性热，滋阴养颜，健胃补脾。所以，在古时，清晨吃上一碗有羊肉的泡馍，就能支撑一天的劳作生活。一千多年来，经过西安人的继承和创新，羊肉泡馍成为一道上至达官显贵，下至黎民百姓都喜食不厌的绝佳美食。

羊肉泡馍烹制精细，料重味醇，肉烂汤浓，肥而不腻，营养丰富，香气四溢，诱人食欲，食后回味无穷。即使是对羊肉不感冒的人，也抵抗不了羊肉泡馍的诱惑。如今羊肉泡馍已和西安人的生活密不可分，隔三岔五，带上老婆，领上孩子，邀上朋友，去吃上一碗羊肉泡馍就是一件美美的事情。几个人围在一起，人人端一碗，碗若小盆，热气腾腾，个个埋头不语，一盏茶功夫，馍尽汤干，眼之所觉，口之所感，鼻之所闻，难以言表。

在西安的日子里，除去气势恢宏的兵马俑，印象最深的莫过于羊肉泡馍。西安的羊肉泡馍馆很多，其中老字号有"老孙家"、"同盛祥"等较有名气。当地的朋友对我说，如果不吃上一碗羊肉泡馍，就等于没来过三秦。所以，我几乎是天天早晨都要吃上一碗。羊肉泡馍的碗，不但大而且深，一般饭量小的人在没吃之前就会打退堂鼓。可是一旦吃起来，那美滋滋的味道却让你停不下筷子，不一会儿就风云残卷地消灭了。

西安的羊肉泡馍以陕西本地牛羊及其骨架、精盐、花椒、茴香、八角、草果、桂皮、良姜、蒜苗等为调料煮成，分骨肉处理、煮肉、捞肉、掰馍、煮馍五道工序，环环技术精湛，一丝不苟。吃羊肉泡馍最主要的就是掰馍，掰的越细越好，这样泡起来才更入味。掰馍也体现了羊肉泡馍的细致，有时候，手中一个圆圆的小馍就能消耗个把小时的光阴。坐在老旧的餐桌旁，目光专注于手中的馍，那是一种何等的闲散与惬意。

馍掰好后，请伙计呈给掌勺大厨，加羊肉汤大火快煮，另外再加上牛羊肉、粉丝、葱花、蒜苗、香菜等，讲究的还有木耳、黄花菜和香干等，一碗羊肉泡馍就完成了。看着这碗羊肉泡馍，就像一件完美而又杰出的艺术品。红红的辣子油漂浮在汤上，灰蒙蒙的羊肉、翠绿的香菜和葱末、黄色的金针菜、晶莹剔透的粉丝、黝黑的木耳、雪白的馍夹杂在其中，真令人赏心悦目，食指大动。那碗羊肉泡馍融热、辣、香、油于一起，直吃得满嘴流油，心中充满幸福。

牛羊肉泡馍不仅讲究烹调，更讲究"会吃"。没有经验的人，吃前总习惯用筷子来回搅动,这是非常忌讳的,因为搅动过甚,泡馍就成面糊了。"老陕"的吃法是,从一边一点一点"蚕食",这样能保证汤与馍不分离,使馍能始终吃出鲜味。吃时,还可根据自己的口味嗜好,调入辣子酱、芝麻油或配糖蒜之类佐料,可以说是异香满口,让人顿觉神清气爽,精神倍增。

羊肉泡馍还有一种吃法,叫作小炒。我一直以为小炒是一道菜,有一天,自己独自一人去了回坊文化风情一条街,累了就进了一家老店,叫了一碗羊肉泡馍和一个小炒,结果却给了我四个白馍,让我非常纳闷。于是,我带着疑惑将四个白馍都掰了。一会儿工夫端上来两个海碗。我大诧:"我的小炒呢?"师傅瞪圆了眼:"这不是?"我这才明白,原来这小炒也是羊肉泡馍,只不过是单锅单勺制作而成,类似于人们常说的"小灶"。

羊肉泡馍是一种滋味非常独特的美食,羊肉不膻不腥,不柴不腻,含在嘴里油软爽滑,不咬自化,不咽自下,就像一首脍炙人口的古诗一样,总是让人忘不了。古往今来,不知有多少人反复念叨过它,赵匡胤、慈禧太后都曾与它结下了不解之缘,苏轼更是留下了"陇馔有熊腊,秦烹唯羊羹"的诗句。陕西的名作家陈忠实和贾平凹都对羊肉泡馍情有独钟,许多人都是看了他们对羊肉泡馍的介绍,才知道这种美食的。

一碗羊肉泡馍浓缩了陕西人的饮食特色,也浓缩了他们的生活精华。到西安不吃羊肉泡馍,就像到中国不登长城一样,是非常遗憾的。所以,外地人到了西安必做两件事,一是看兵马俑,二是品羊肉泡馍。在我看来,羊肉泡馍最能体现秦地文化。大碗泡馍,大块吃肉,店里伙计一声吶喊,一个大碗就杵到你面前,恍惚就是到了梁山泊,让人豪气陡生。

羊肉泡馍看似豪爽简单,实在精致复杂。如今的西安人,几天不吃泡馍就好像身上缺了点什么。羊肉泡馍的独到之处，只有你亲自尝了才知道。赶快背上行囊来西安吧，它足以让你不虚此行，足以让你感受舌尖上西安的独特魅力。

徐州·椒子酱

椒子酱是徐州当地最有特色的一道菜，此菜既可当饭，也可下菜，口味独特且百吃不厌。每到冬季，几乎家家户户都要"烀"上一锅。烀，是文火慢炖之意，是徐州特有的方言，似乎只有这个称谓才能体现徐州人对椒子酱的钟爱。

椒子酱虽然带有一个酱字，其实跟平常人们所说的酱是有区别的。传统意义上的酱是用发酵后的小麦、黄豆等制成的一种调味品，如豆瓣酱、甜面酱等等。徐州的椒子酱虽然名为酱，却是一道家常菜，就像北京的铜锅涮肉、江西的腊肉、东北的白菜炖粉条一样，是徐州人冬天里必不可少的菜肴。

椒子酱的原料廉价、易购，主材是红萝卜、花生、黄豆、五花肉，辅材是葱姜、花椒、大茴、红辣椒等。做法是先将花生米提前泡好，萝卜、豆干、肉等全部切丁，油热放入辣椒、花椒、八角、葱姜炒香加入五花肉炒至出油，再放入萝卜丁翻炒几下，稍变色后就加入清水、花生米、豆干、盐、糖、料酒等大火炖开，然后改用小火，炖至萝卜呈半透明状、汤汁浓稠即可。这样一锅香喷喷、热乎乎的椒子酱就出炉了。

"烀"出来的椒子酱，各种香味相互间渗透，爽口爽胃，尤其是碗里漂着一层艳丽的辣椒油，不管是拌面，还是佐饭，统统皆宜。趁热盛上一碗米饭，把椒子酱往上一浇，那叫一个"香"啊！那才是名符其实的盖浇饭，有肉有菜有饭，椒子酱的味道与米香糅合在一起，浓郁香辣的味道特别过瘾，每次我都会猛"尅"一气。一碗米饭，三口五口就吃完了，真的是"风卷残云"。

按照传统，每家每户在寒天即将到来的时候，都会"烀"上一锅椒子酱，遇上街坊邻居时，也总不忘唠上一句："今年烀椒子酱了吗？没烀就到我那儿盛一碗去。"椒子酱的主料都差不多，可是由于佐料、辣椒的放量不同，可以说是一家一个味道。比如有的人喜欢加豆腐，但是如果用豆腐做，必须先把豆腐切丁炸成豆腐泡，这样炖菜的时候才不会被炖烂，以后反复热着吃的时候也不会烂散，如果用豆干就不必过油了。再比如有的喜欢放胡萝卜，或是把黄豆改成青豆等等。

在我的印象里，椒子酱则是我家的主打菜，而且是百吃不厌。每到冬天，母亲都会做上一大盆，够吃个三五天的。椒子酱还有一个好处：能放，不怕坏。每次吃的时候铲出一点热一下就可以了，特别省事。而且越热越有味道，越热越香，在反复回锅热了几次以后，味好像才能真正地入进去，让人仅闻着散溢出来的香气就钩起肚里的馋虫来。

记得有一次我被单位外派学习，由于水土不服，我的体重直线下降。后来，母亲得知后，就给我寄来了两大饭盒椒子酱，而且是加足了料。每次吃饭的时候，我都会用微波炉热上一碗。剩下的再小心翼翼地放入冰箱里，就像是阿里巴巴守着一座宝藏一样。在外出学习的那段日子里，因为有了椒子酱，我摆脱了水土不服的困扰，那装在饭盒里的椒子酱也成了我最温暖的记忆。

椒子酱之所以受到人们的喜爱，除了可口的味道外，还有御寒活血、养脾开胃等功效。就拿主料萝卜来说，它富含维生素、钙、钠、磷和铁等成分，极具保健作用。在民间一直有着"吃萝卜喝热茶，气得大夫满街爬"的说法，虽然有些夸张，却也道出了萝卜的医用功效，清热解毒、健脾理气、助消化等。椒子酱的另一样主料是有着"植物牛奶"美誉的黄豆，它富含蛋白质和人体所必需的多种氨基酸，尤其是对于脾胃虚弱、消瘦少食者，有良好的疗效。于是，在蔬菜少而贵的冬天，朴实的萝卜和黄豆就成了滋养人的好东西。

椒子酱不仅仅是寻常百姓的家常菜，而且也是大小饭店的必备菜肴，尤其是在寒冬腊月里，无论你走进哪一家餐厅饭馆，都可以寻觅到椒子酱的芳踪。记得，有一次招待外地来的朋友，我给他点了一盆飘着辣椒油的椒子酱。看着那红呼呼的椒子酱，朋友直皱眉头，可是等吃到肚子里，他的勺子就忙个不停，直呼过瘾，让我这个待客的主人大有面子。

色香味俱佳的椒子酱，不仅让单调的菜肴翻出花样来，而且热气腾腾洋溢着地方时令菜肴的传统情趣。仔细品味，那菜中浓香软烂的萝卜块、咸香的肉丁、回味绵长的花生米与豆腐块构成了一种黏黏稠厚的咸辣，在咸辣中又透出浓浓的香醇。在平淡的日子里，全家人一起分享这份热烈爽口的酱香，也算是一种炽热的幸福吧。

镇江·肴肉

镇江是一座有着独特魅力的城市，在它的市井中间保留着南方特有的一种古老的风韵，渗透着现代城市里少有的悠闲和自在。除却早已闻名的三山和香醋，镇江还有一种名叫肴肉的小吃，很是吸引人，因为这里面也保存着一种快被人们忘记的生活趣味。

镇江人有吃早茶的习惯，虽说品种不像广东的早茶那么多，却有着自己独特的风俗，肴肉则是必不可少的，也就有了"肴肉不当菜"之说，并且此习俗至今犹存。肴肉原称"硝肉"，传说，古时镇江酒海街酒店的小二，误把硝当盐腌猪蹄膀，烧煮后，肉红皮白，光滑晶莹，卤冻透明，犹如水晶，香味浓郁，食味醇厚。后来，人们嫌"硝肉"一名不雅，改为"水晶肴肉"。

随着时间的流逝，肴肉一直是镇江人早餐上的一道风景，并且盛名不衰、驰誉南北。按照肴蹄的不同部位，可切成多种肴蹄块：前蹄上的部分老爪肉，切成片形，状如眼镜，其筋纤柔软、味美鲜香，叫"眼镜肴"；前蹄旁边的肉，弯如玉带形，叫"玉带钩肴"；前蹄上的老爪肉，肥瘦兼有，清香柔嫩，叫"三角棱肴"；后蹄上的一块连同一根细骨的净瘦肉，叫作"添灯棒肴"，其肉质嫩香酥，最为食精肉者喜爱。

肴肉虽是凉菜，但非同于一般熏腊之类，它选自最嫩最细的猪肉，经过师傅们巧手制作后，变得晶莹剔透。吃起来，酥嫩易化，食不塞牙，瘦肉和肥肉之间有着清晰的分界线，但你一定要一同吃下，瘦的不枯，肥的不腻。此菜爽口开胃，色雅味佳，颇振食欲，若配上细如发丝的嫩姜，再沾上镇江醇醇的香醋，更有一番滋味，令人感到口福不浅。

肴肉不像我们北方人对肉的认识，什么"大块吃肉，大碗喝酒"，还有咱们那需要双管齐下、手嘴并用的猪蹄子。肴肉让你品味到肉的另一种特色，好像它不是用来填饱肚子的，就像茶一样需要你去细细地品。它以肉的本色来吸引着你的口水，它会在你的细嚼慢咽中齿颊留香。那酥酥的肉质散发着少有的味道，没有油腻却顺滑纤细，虽不是酸辣咸甜，却也有千滋百味，轻轻翻动间你便悠然自得了。

肴肉不仅咸淡爽口，香味醇厚，而且营养价值丰富。由于猪蹄富含胶原蛋白质，对人体皮肤有较好的保健美容作用，还具有补血、通乳、托疮毒、去寒热等作用，是一种类似熊掌的美味菜肴。美食大家汪曾祺对要镇江的肴肉钟爱有加，他在《食肉者不鄙》中写道："镇江肴蹄，盐渍，加硝，放大盆中，以巨大石块压之，至肥瘦肉都已板实，取出，煮熟，晾去水汽，切厚片，装盘。瘦肉颜色殷红，肥肉白如羊脂玉，入口不腻。"

在镇江最美的享受，就是在旧城青砖碧瓦弥散着悠悠古韵的老巷里寻找美味，肴肉、锅盖面、蟹黄汤包、香醋、鸭血粉……如果运气好，遇到面条是用竹杠跳压出来的手擀面，那便是传说中的正宗老店，赶紧坐下来，因为像这种用原始手工工艺加工出来的"锅盖面"不是在任何一处都能吃到的。美美地嘬上一碗面，再来上一盘"香、酥、鲜、嫩"的肴肉，会让你感到不虚此行。

给我印象最深的是暮色下的西津渡古街，被岁月磨砺的青石板路于静谧中诉说千年的繁华与沧桑。这里层叠着千年的繁华，有元代的石塔、明代的观音洞、清代的救生会,以及英国领事馆旧址,历史的积累在这个渡口留下了太多的印记。如今,古街两旁明清式样的木结构房屋,隔三岔五地开设着书画、装裱、古玩、赏石、根艺等艺术品商铺,以及茶坊、酒肆等,走累了,可以来上一杯茶、一碗面、一盘肉、一碟醋……伴着不时传来的评话,好像连时间的脚步都放慢了几拍,心境安宁恬静。

想来真的很有趣,肉在镇江人的手里变成了素朴的滋味,在每个寂静祥和的清晨,伴着从长江吹来的徐徐清风,从这座江南小镇的石屋小巷里飘出它那淡淡的馨香。镇江人的生活就这样开始了,也许镇江人理解的生活就如同这肴肉,不求浓烈,不求显达,于平常中见情趣,于豁达中观风起浪滚。

眉山·东坡筵

眉山是一个风景秀丽、人文荟萃的迷人所在,它尤以苏东坡的老家而家喻户晓、广为人知。在眉山,我不仅饱览了当地的风景名胜,更让我高兴的是品尝到了丰盛的东坡美味,至今仍回味不已。

苏东坡是北宋时期著名的文学大家,更是一名当之无愧的美食家,由于他高度的文化修养和丰富的生活经验,他对饮食有着由衷的爱好,并且他对美味的爱好,能够超越单纯的物欲诱惑,升华为一种富有情趣的风雅之事。他曾写过一篇《老饕赋》,自嘲为嘴馋的"老饕"。于是,他的家乡人便把和他有关的美味佳肴汇成一席，成了颇具特色和名气的东坡筵。

在眉山，经营东坡筵的饭馆有好几家，当地的朋友带我们去了一家味道较为正宗的餐馆。一进餐馆，浓厚的文化气息便迎面而来，墙壁上悬挂着苏东坡关于美味的诗文，印象最深的是一副《东坡醉吟图》，他身着长衫，头戴便帽，盘坐松树之下，左手把着米酒瓮，右手拿着酒碗，貌似豪饮，而在这朦朦胧胧的醉意之中，好像有无穷的创作灵感，令人回味无穷。所以，我们还没开始吃呢，就都满怀期待了。

开席是一盆名为"东坡羹"的粥，粥是用大白菜、萝卜、荠菜烧制而成的，味道十分鲜美，就像苏东坡在诗里所讲的："谁知南岳老，解作东坡羹。中有芦服根，尚含晓露清。勿语贵公子，从渠嗜膻腥。"同桌的几位主妇很奇怪这几样平常的蔬菜会有如此的美味，不禁向服务员请教。原来是先把大白菜、萝卜、荠菜揉洗去汁，放入汤中，再加入被春成糁子的生米和少量的生姜末，最后用小火烹制而成。

之后，我们品尝到了"东坡墨鱼"、"东坡豆腐"、"东坡白菘"、"东坡肘子"、"东坡芽脍"等诸多美味。东坡墨鱼是用新鲜墨鱼为主料制作而成的，风味浓郁。墨鱼并非海中的乌贼鱼，而是乐山凌云山脚下的岷江中一种嘴小、身长、肉多的墨皮鱼，又叫"墨头鱼"。据传说，苏东坡在乐山凌云寺读书时，常在凌云岩下洗砚，江中之鱼饮其墨汁，皮色如墨，被称为"东坡墨鱼"，可以制成皮酥肉嫩、甜酸中带有辣味的美菜，至今仍为中外游客所喜爱。

在品尝"东坡白菘"时，我们还闹了一个笑话，因为之前品尝的都是常见的菜，心想终于来了个稀罕的菜。谁知服务员一端上来，我们都愣住了，原来"东坡白菘"就是水煮白菜心。经服务员解释才知道白菜在古代又名白菘,苏东坡非常喜欢白菜的味道,有诗曰:"白菘类羔豚,冒土出熊蹯。"把大白菜比作羊羔、甚至熊掌,虽为夸张,但由于独特的汤料和烹饪手法,品尝起来却别有一番风味。

在东坡筵上,最有名的是"东坡肉"。相传苏东坡贬到黄冈时,不时下厨劳作,他见当地猪肉价贱,而人们较少吃它,便带头烹调猪肉并吃得津津有味。吃得兴起,还作了首《猪肉颂》:"净洗铛,少着水,柴头罨烟烟不起。待他自熟莫催他,火候足时他自美。黄州好猪肉,价贱如泥土。贵者不肯吃,贫者不解煮。早晨起来打两碗,饱得自家君莫管。"后来,他在杭州进一步改善烹调方法,煨制成酥香味美、肥而不腻的红烧猪肉,获得很大声誉,从此命名为"东坡肉"成为传统名菜。

虽然,我们曾经在其他地方吃过"东坡肉",但都觉得不如这里的味道,于是一桌人的筷子都耍得飞快,连加两份才算过瘾。苏东坡对猪肉钟爱有加,筵席上还有一道东坡笋肉,就是将竹笋和猪肉一起清炖,竹笋吸取了五花肉的油腻,并将自身的鲜味进入汤汁中。苏东坡曾信手写下了一首打油诗:"无竹令人俗,无肉使人瘦,不俗又不瘦,竹笋焖猪肉"。再配上一坛子"东坡酒",取大腕满上,大块吃肉,大腕喝酒,所谓的快意人生,不过如此耳!

最后的点心是东坡酥和东坡饼两种,"东坡酥"原本的馅料中使用的是卤肉,因为苏东坡爱吃"东坡肉",故得名东坡酥,吃起来,咸中带甜,入口即化。东坡饼形似美人的环钗,讲究圆、黄、酥、脆,层层扁条盘绕着小山顶,撒一层白砂糖如一座金黄色小山包上撒满白霜。食之油而不腻,焦脆爽口,透出一股淡淡的幽香,苏东坡曾写下一首七绝:"纤手搓来玉色匀,碧油煎出嫩黄深。夜来春睡知轻重,压扁佳人缠臂金。"寥寥数句,勾画饼的特点和形象。

一顿饭吃下来，东坡美味有一种显著的特点，既用料不求高贵，加工不尚繁费，却简而能精，化俗为雅，既重视养生之道，又避免奢侈浪费，真正应了先生曾言的饮食原则"一曰安分以养福，二曰宽胃以养气，三曰省费以养财。"其实，饮食如此，人生又何尝不是如此呢？

黄山·臭鳜鱼

黄山是天下奇山，素有"黄山归来不看山"的美誉。同时黄山又是徽州名菜臭鳜鱼的起源地，它闻起来臭，可是吃到嘴里之后，才发现它是如此的美味。百多年来一直长盛不衰，深受食客们的喜爱，并且纷纷逐臭尝鲜，不亦乐乎。

鳜鱼是鱼鲜中的精品，其刺少而肉多，且肉质细嫩，味道鲜美，深受食客的喜爱。唐朝诗人张志和在《渔歌子》一词中就有"西塞山前白鹭飞，桃花流水鳜鱼肥"的名句留传至今，千古吟诵。在南宋的《梦粱录》或《武林旧事》中，鳜鱼都称鳈鱼。清人屈大均的《广东新语》中有"鲳白鳕白鳈花香，玉筋金盘尽意尝"，多美啊。鳜鱼的吃法很多，几乎在有鳜鱼生长的地区，都会有一道与鳜鱼有关的传奇名菜。如清蒸鳜鱼、葱油鳜鱼、霉干菜烧鳜鱼、松鼠鳜鱼等等，可是都不如黄山臭鳜鱼的做法独特。

黄山的臭鳜鱼吃起来鲜嫩微辣、肉质酥嫩、鲜香入骨，夹上一筷子，鱼肉自然展开成"百页状"，让人食后口齿生香，意犹未尽，恋恋不忘。

尤其是对儿童、老人及体弱、脾胃消化功能不佳的人来说，吃鳜鱼既能补虚，又不必担心消化困难。因为臭鳜鱼的风行，在徽州甚至形成了"鱼不臭不吃"的风俗。

臭鳜鱼又名"腌鲜鱼"，起源于昔日徽商行走的江湖之中。所谓"腌鲜"，在徽州土话中就是臭的意思。相传两百多年前，贵池、铜陵等沿江地区的鱼贩每年将鳜鱼用木桶装运至徽州山区出售。途中为防止鲜鱼变质，采用一层鱼洒一层淡盐水的办法保鲜，等抵达屯溪等地时，鳜鱼质未变，但表皮散发出似臭非臭的特殊气味。厨师将散发着特殊气味的鳜鱼洗净后，经热油稍煎，小火烹调后，非但无臭味，反而鲜香无比，成为徽菜的代表佳肴延续至今。

黄山地区的臭鳜鱼多采用一斤左右的野生鳜鱼腌后烹制，腌制后臭鳜鱼的肉质变得更为紧实，形成"蒜瓣肉"的独特质感，只需用筷子轻挑，鱼肉便会整块剥落。浇上香辣浓醇的红烧酱汁，散发着腐败臭味的鱼肉入口后，却偏偏又是那么鲜美。瓣瓣滑嫩，鲜香酥软，咸淡适中，堪称江鲜湖鲜河鲜菜中之极品。配以猪肉片、笋片，小火红烧至汤汁浓缩，起锅时香鲜透骨，鱼肉酥烂，美味无比。

第一次吃臭鳜鱼的时候，还闹了个笑话。臭鳜鱼刚上桌时，闻着飘逸在空中的阵阵臭味，我们都不敢动筷子。在当地朋友的劝说下，才小心翼翼地尝了一口。初尝时，那臭味怪怪的，给人一种鱼变质的错觉，再吃时，那臭味就成了一种特殊的风味，可以说是愈吃愈美。那滋味可以说是美不胜收，让人回味无穷。这也难怪李时珍将鳜鱼誉为"水豚"，认为其味鲜美如河豚。还有人将其比成天上的龙肉，这也说明了鳜鱼的风味的确不凡。

臭鳜鱼既保持了鳜鱼的本味原汁，肉质又醇厚入味，同时骨刺与鱼肉分离，肉成块状。臭鳜鱼不仅风味独特，而且营养价值丰富。鱼类富含丰富的蛋白质，在湿热的气温下部分蛋白质发生分解，变成了际蛋白和少量氨基酸，此时就会产生黏液和淡淡的臭味，但因为有少量氨基酸产生，所以又会使鱼肉有明显增加的鲜味。这也就是为什么臭鳜鱼闻着臭，吃着香的道理。

鳜鱼之之所以味美肉嫩，跟它的生活习性有关。鳜鱼喜欢生活在河湖泊中的底层，白天一般侧卧于湖底凹坑中，较少活动。夜间，鳜鱼在水草丛中四处游动，寻觅食物，其他鱼类越冬期体内积贮的脂肪逐渐消耗，而鳜鱼越冬不完全停止摄食，到了春季，桃花流水之时，鳜鱼就比其他鱼类肥美。李时珍在《本草纲目》描述到："鳜，生江、湖中，扁形阔腹，大口细鳞，有黑斑、彩斑。色明者为雄，稍晦者为雌，皆有鬐鬣刺人。厚皮紧肉，肉中无细刺。有肚，能嚼，亦啖小鱼。夏月居石穴，冬月偎泥罧，鱼之沉下者也。"

臭鳜鱼对鱼的产地有讲究，必须是清水湖鱼，体重一斤半为佳。此外，腌制方法也尤为关键。腌制时要根据气候决定腌制方法，一般夏季水腌，冬季干腌。水腌就是用盐水浸泡，干腌需要木桶，鳜鱼表面抹上适量的精盐后放入桶内，一层层往上码，最后用重物压紧。相对于水腌，干腌工艺更复杂，但口感更好。

除了鳜鱼主料之外，还要有肥瘦肉、冬笋、青蒜、姜葱等辅料，而且每一样辅料都是必不可少的。肥瘦肉是为了给蛋白质含量高的鱼增加浓郁的香；冬笋则可以给鱼增加新鲜的滋味；葱姜和青蒜则是去腥解腻的必备原料。另外，臭鳜鱼在烹制过程中还要两面煎黄，这样可以在烹制过程中保持鱼肉不散，而且增香去腥。黄山臭鳜鱼传统的做法，还需要放白糖、黄酒和猪油，无非是为了去腥解腻增香提鲜之用。

在黄山吃臭鳜鱼，最好的搭档是一碗糙米饭和一两样清新的时令蔬菜，不仅可以解腻，还可以清口。从营养角度而言，可以做到营养互补，补充臭鳜鱼中缺乏的维生素、抗氧化物和膳食纤维。

"一生痴绝处，无梦到徽州"，这是明代著名戏剧家汤显祖留下的千古绝唱，也是他对古徽州的向往与期盼。徽州之所以令人向往，除了美景之外，以臭鳜鱼为代表的美食也是主要原因吧。一边看着赏心悦目的粉墙黛瓦依山就势的徽派建筑，一边吃着闻起来臭、吃起来香的臭鳜鱼，足以让人不虚此行，也足以让人沉醉其中、流连忘返。

沛县·狗肉

沛县是汉高祖刘邦的老家，也是两汉文化的发源地。除去林林总总的汉文化外，沛县的狗肉也让人垂涎三尺，尤其是以焖煮而成的鼋汁狗肉更是狗肉中的上品。狗肉作为"两汉故里"一种独特的风味美食，至今已有两千多年的历史，它以汤鲜味美、香气浓郁、肉精不腻、五味俱全而名扬南北，并逐渐形成了妙不可言的全狗宴。

狗肉是一种适口又补身的美味，普受人们的欢迎，正如俗话所说的"狗肉滚三滚，神仙坐不稳。"连神仙都难逃诱惑，何况凡夫俗子呢。中国人食狗的历史可谓久矣，狗在周秦两汉期间是六畜之一，当时人们就以狗肉为佳肴，烤、蒸、煮做法各异。如今，全国有好多地方都对狗肉喜爱有加，但是把对狗肉的食用发挥到极致的当属刘邦的老家——江苏沛县。

狗肉是沛县人普遍喜爱的美味佳肴之一，并且不像其他地区所说的"狗肉上不了大席面"。在沛县，狗肉可以说是筵席上的大菜，那些林立的狗肉馆便是明证。你随便走到哪一条吃食街，都有一家甚至几家专营狗肉的狗肉馆临街而立。即使有些饭馆不主营狗肉，狗肉还是备上的，只要客人需要，随时可做。可以说，在沛县一年四季都能吃到解馋的上等狗肉，而且沛县人烹饪狗肉，很有讲究，香辣可口，浓香扑鼻，由不得你不陶醉。

狗肉性温，益脾胃，壮肾阴，滋补之力较强，常吃狗肉有安五脏、补肾虚、壮元阳、益气力、暖腰膝等功效，关键是狗肉的肉质粗疏有致口感好，味美绵香、肥而不腻。记得第一顿饭，就有一道黄焖狗肉，那肉，就盛在朱红色的瓦钵里，朋友殷殷劝食："吃啊，吃啊，狗肉是大补的。"钵里飘送出来那股浓烈的香味，促使我迫不及待地拿起了筷子。一尝之下，不由得暗暗佩服厨师手艺的高强，全无想象中那种腥膻的味，反之，它醇厚浓香、腴不腻人。于是，我的筷子再也停不下来，连忙夹着填向我的五脏庙。

狗肉对于沛县人来说，是飨客珍馐，而"全狗宴"更是招待客人最高的礼节。在全狗宴中，除了狗毛和肠中秽物不吃之外，厨师所宰杀的那一条狗，由鼻孔至尾巴，全被吃得点滴不剩。那天，招待我的朋友兴致勃勃地向我列出了全狗宴中的丰富菜式：凉拌狗脖、清蒸狗排、内脏辣狗汤、汁焖狗手、红烧狗尾、药炖狗鞭、酱烧狗皮、香炒狗肺……其中，狗肺是宴席中的上品，朋友笑着说："吵架时对骂，骂得凶时，斥对方狼心狗肺，可是，在全狗宴中，要吃狗肺，还真不容易哪！"。

在沛县，最有名气的狗肉是与刘邦、樊哙有关的鼋汁狗肉。据《史记》

载：樊哙少时以屠狗为生，刘邦与他交深，常食肉不付分文，久之樊不快。为躲刘邦，樊将肉摊迁至湖东夏阳。刘邦闻讯赶去，遇河受阻，忽河中游来一大鼋，驮刘过河。刘邦找到樊哙，樊正愁狗肉无人问津，刘邦抓起狗肉就吃，见此，人们遂竞相购食。其后，刘邦常乘鼋过河食之，樊哙恼鼋，杀之与狗肉同煮，不料狗肉更香。狗肉售完，至此鼋汤煮狗肉，香味不减。

鼋汁狗肉之所以味美，是和它的制作方法分不开的。狗被宰杀后，要先后经过十余道工序。配料一环尤为重要，通常以丁香为主，按比例辅以适量肉蔻、桂皮、陈皮、花椒、茴香等十五味调料。焖煮工序也很严格，要在头天下午锅开以后，放人作料，然后下肉、去沫。煮到五成熟的时候，要抽火慢焖，至次日晨，肉烂到六七成时，立即脱汤、上色，然后焙起来，直到上市。煮好上市的狗肉呈棕红色，色泽鲜亮、气味浓香、味道鲜美，入口韧而不挺、烂而不腻。

在沛县逗留期间，桌子上几乎餐餐有狗肉，有时是红烧的，有时是油炸的，有的是凉拌的。红烧的狗肉通常掺杂着大量的药材同煮，每一块狗肉都缠绕着隽永含蓄的药香。至于油炸的，则又另有一番截然不同的风味——把切成片状的狗肉炸好后，沾上辣椒酱，塞进口袋装的大面饼里，酥脆的狗肉入口即化，让人百吃不厌。凉拌的狗肉一定要配以生花椒，这样吃起来不仅花椒不麻，而且狗肉的味道更美。相传这种吃法也源自刘邦，并且一直流传到了今天。

在沛县，除了一饱口福之外，我也学会两种烹饪狗肉的做法：黄焖和清炖，二法各有千秋、特色。黄焖狗肉繁杂讲究，首先，把配制好的辣椒、山姜、八角、花椒等大料放入油锅烹炸出味，倒入切成块状的狗肉，用锅铲翻炒不歇，这当儿，火力要猛狠，然后，小火焖炖，再放少许白酒打掉狗肉腥味，味更纯更正。相比之下，清炖易于操行。清炖狗肉，食肉次之，喝汤暖怀才是精髓。

从沛县回来之后，我依然难忘全狗宴的味道，每每回想起，口齿间便有一份浓香在流动。我也期待再次去沛县，再次去享受那妙不可言的全狗宴。

杭州·龙井茶

杭州是人间的天堂，也是美食的天堂。在它的街头巷尾，有许多闻名遐迩的餐馆和让人垂涎欲滴的美食，餐馆有名着如楼外楼、知味观、奎元馆、弄堂里、外婆家、灶丰年间等等，美食则有西湖醋鱼、东坡肉、虾爆鳝面、油焖春笋、西湖莼菜羹等等。对我来说，最吸引我的是"色绿、香郁、味甘、形美"的龙井茶。

清明过，谷雨前，万物复苏，杭州的迎来了柳嫩、桃娇、草肥的光阴，仿佛一切都是崭新的，一切都是亮丽的，一切都是清爽的，那真是透彻心脾的至清至明之景色。柳浪闻莺、苏堤春晓，似乎也成了西湖的专有名词。此时，也是去杭州、去西湖啜饮龙井新茶的最好时节。

第一次识得西湖龙井茶的滋味是在九溪十八涧，清亮鲜绿的龙井叶片透出一种独特的韵味。只见茶盅的边缘上浮绕着翠碧的氤氲，茶色碧绿澄清，茶味醇和鲜灵，茶香清幽悠远，啜入口后，顿感恬静闲适。等到冲泡第二次时，茶叶更加香醇飘逸，那情形至今难忘。每年的春天，去西湖喝茶就成了一件妙不可言的事情，也成了一种莫大的幸福。

西湖的边上，有许多颇有历史的茶村，杨梅岭、梅家坞、落晖坞、桐桥村、法云村、龙井村、双灵村……仅仅是名字就让人醉了。到了茶村之后，几乎家家都能喝茶吃饭，一派人间烟火。茶农奉上一杯迎客茶，打开盖碗的盖，一下子就被迷醉了。那些新叶上下翻滚、浮沉，汤色清脆，味道清香。等水定了，茶叶都站了起来，齐刷刷地，像养了一杯子的小树苗。面对绿莹莹的满杯绿色，会感到是名副其实地在饮春水，悠悠然不可名说。

粗通茶的人都知道茶树是有脾气的，它需要适宜的温度、肥沃的土壤、充沛的雨量。西湖周边的地里环境为茶的生长提供了得天独厚的条件，这也使得西湖的茶天下闻名。西湖的茶以龙井为代表，入口轻，触舌软，过喉嫩，口角滑，留舌厚，后味甘，可谓是一种难得的享受。用一杯清茶和三寸光阴，就可以给心灵做个放空疗法，就像周作人所说的："喝茶当于瓦屋纸窗之下，清泉绿茶，用素雅的陶瓷茶具，同二三人同饮，得半日之闲，可抵上十年的尘梦。"

如果说西湖是杭州的灵魂，那么茶就是西湖的灵魂，不仅在茶村可以喝茶，就连灵隐寺、永福寺都有专门的茶室。永福寺不仅有茶室，还有自己的茶园。每年的清明前后，寺里的僧人都会为茶忙前忙后，整个寺院都会为茶而忙碌起来、馨香起来。永福寺的福泉茶院，雅致之极，推窗满眼山景，茶香与梵音相得益彰，格外有韵味。一边听着古寺的梵音，一边啜饮着爽口的茶汤，不禁让人觉得生活仿佛在一把小小的茶壶里展开、铺陈。

在永福寺，我也知道了茶有着诸多的美德。当时和一位禅师相对而坐，在茶香袅袅间，听禅师讲："茶遇水舍己，而成茶饮，是为布施；

叶蕴茶香，犹如戒香，是为持戒；忍蒸炒酵，受挤压揉，是为忍辱；除懒去惰，醒神益思，是为精进；和敬清寂，茶味一如，是为禅定；行方便法，济人无数，是为智慧。"

除去隐藏在山里的茶村、古刹，在西湖的边上、茂林里还有许多的茶馆、茶肆、茶摊，有名着如青藤茶馆、和茶馆、龙井庄园等等。龙井茶不仅可以喝，还可以制成多种馋嘴的佳肴，如龙井茶香鱼、龙井鱼片、龙井虾仁等等。龙井虾仁是浙菜里的名菜，选用新鲜河虾与龙井茶水一同烹制，最后用泡开的龙井茶叶点缀。看上去如小家碧玉，清秀典雅。吃到口水清淡，但不失鲜美；滑嫩，但肉质紧实；茶香似有又似无。

每年的谷雨前后，杭州的空气中都会氤氲弥漫着一股子茶香气味，让这个城市也格外地迷人起来。"诗写梅花月，茶煎谷雨春。"邀上三五素心知己，对饮佳茗，那一份满溢的友情，虽无醇醪，足可醉人。"新绿香浸一杯春"，在杭州，在西湖，有了茶就有了清香四溢的时光和人生，就可以让身与心远离尘劳，就多了几分自在和几分惬意。

诸暨·豆腐羹

诸暨位于浙江中部，不仅是春秋时期越国的故都，也是绝色佳人西施的故乡。在诸暨一带，有一道流传了千年的美味，那就是西施豆腐。西施豆腐是最具有诸暨特色的美食，也是诸暨人最喜爱有加的汤肴。无论在哪一家饭店里，都可以品尝到它的美味。

西施豆腐是一种羹汤，原料主要为嫩豆腐、嫩瘦猪肉丁、笋丁、木耳、虾米等。虽然原料较为简单，可是制作却十分讲究。先将豆腐切成丁，然后放入沸水中焯一下，除去豆腥味。所用汁汤，一般应是炖鸡的鲜汤，或是撇去浮油的肉汁汤，但要求清澈洁白，油而不腻。锅上火后，先注入鸡汁汤，下肉丁、笋丁和虾米粒，煮几分钟，再放入豆腐块，约煮三分钟后，再加适当调料并勾芡。盛入汤碗后，撒上细细的葱花，一道汤宽汁厚、色泽艳丽的西施豆腐便在香气四溢中做成了。

西施豆腐羹洁白细嫩，入口腴润香醇，鲜美无比。相传，豆腐羹是西施当年侍奉爹娘的拿手菜品。西施不仅美艳过人、心灵手巧，而且擅长烹饪。西施用家乡的山粉调制的豆腐羹，鲜美汁浓，色泽诱人，可口异常，邻里竞相仿效，称之"西施豆腐"，并慢慢地成了小辈尊敬长辈的一种孝心的象征食品。后来，乡亲为感恩西施"以身许国"的义举，便把此羹列为"上肴"，历经千年而不变。

在千余年时光的淘洗中，西施豆腐一直是席上的头道菜肴。无论是起屋造宅、逢年过节，还是婚嫁、寿诞、喜庆、丧宴，西施豆腐都是必不可少的。在诸暨农村，新媳妇入厨烧做的第一道菜肴就是"西施豆腐羹"，它往往是人们评说新媳妇治家才能的第一印象。当地民间就有着"熬得好豆腐羹，理得好三代账"的俗谚。豆腐羹上席后，第一汤匙品尝它的，照例是席间的长者。尝了一口后，称道几句，然后才是众匙群起，蜂拥分享。

在诸暨的日子里，席间最不能忘的是那碗层红叠翠的西施豆腐，雪白的豆腐在浓厚的汤汁中间若隐若现，周围是耀眼的胡萝卜末和淡雅的葱，肉末和少许的蛋花纠缠在一起，还有刚从泥里挖出来的鲜笋，再加以一盆骨头煲或者新鲜的鸡汤，吃到嘴里，真的是美极了，爽极了。

虽然不同的饭馆会有不同的做法，但诸暨人对这碗汤肴的喜爱却是如出一辙的。

一盆西施豆腐羹热气腾腾的上桌，温温热热的下肚，浑身暖乎乎的，舒服！豆腐羹的关键除了食材的选择要，勾芡也是关键，太稀成汤，太稠也失去味道。荤素搭配的豆腐羹除了口感润滑外，营养价值也十分丰富。豆腐富含多种蛋白质、各种维生素、微量元素等，中医认为经常吃豆腐，有益中和气、生津润燥、清热解毒、消渴解酒等功效。民间一直流传着一句关于豆腐的谚语："吃肉不如吃豆腐，省钱又滋补。"

在诸暨，除去豆腐羹，好像所有的美食都与西施搭上了点边，如西施团圆饼、西施舌、西施鲜虾饼等等。西施团圆饼主要是以纯正且精细的面粉作为皮子，用萝卜、香椒与新鲜的猪肉作为馅。然后，放在炉子里用文火煎烤而成。吃起来，香甜爽口，一点也不腻，深受人们的喜爱。西施舌则有两种，一种是糕点，一种是菜肴。糕点是先将糯米制成水磨粉，然后再加入枣泥、核桃肉、桂花、青梅等十几种果料拌成的馅心，放在舌型模具中压制成型，汤煮或油煎均可。这种点心颜色如皓月，香甜爽口。

西施舌菜肴是一种叫"沙蛤"的海产壳类做成的，这种非蚬非蚌的贝壳类，呈厚实的三角扇形，小小巧巧的，外壳是淡黄褐色的，顶端有点紫，打开外壳，就有一小截白肉吐出来。因那贝壳被打开时，吐出的白肉像是一条小舌头，不免令人联想多多，便取名为"西施舌"。之所以叫西施舌，相传西施死后化为这贝壳类"沙蛤"，期待有人找到她，她便吐出丁香小舌，尽诉冤情。还有一种说法是：男人在吃这个"沙蛤"时，想的并不是冤情，而是自作多情，很香艳的幻想自己是在与西施的香舌纠缠不休。

虽然佳人已逝，可是却留下了牵情惹思的美食，依旧述说着悠悠古越国的往事和记忆。凡来诸暨旅游的人，总要一饱这充满越国风味的西施豆腐羹、西施舌、团圆饼等等。在诸暨那古色古香的老城里，在那带有情感记忆的美食里，恍若置身于两千年前那个女子浣纱的清晨，给人以无限的遐思迩想，无限的感伤怀念。

太行山·柿子

柿子树是太行山最常见的果树，也是秋天太行山最美的风景。秋冬时节，火红的柿子树如星星之火，将山林点缀得如童话世界一般。行走的山里，那一颗颗红红的柿子就这么蛮横地扑入视线，点亮眼眸，红的让人眼馋，让人眼花缭乱，让人的心不由为之一振，正所谓"灯笼串串高高挂，远向秋寒延断鸿。密叶斗霜凭绿翠，疏枝挽日任橙红。"

柿子树在太行山随处可见，几乎家家户户都有一两棵，或院里或院外，每年十月初，由绿色转为橙黄、橘红的柿子便从墨绿的树叶中脱颖而出，十分耀眼，不说吃吧，单是在屋院里外撑起的这一方风景就够惹眼了，整个院子因为它而生动起来。特别是在秋天那高远明净的天空下，渐黄还绿的叶子摇曳飞舞，枝叶间若隐若现，挂起一盏盏橘红的灯笼，红溜溜或红彤彤的，空气里满是成熟的气息，远望就如一片绚丽的云霞，蔚为壮观。

每年秋收的时候，山上山下的家家户户都有一个柿棚，虽然形状和大小不一，但每个必须是向阳和通风的，否则不易保管柿子。此时，也是太行山最热闹的时候，山里山外有许多慕名前来的游客。太行山的柿子品种繁多，最出名的是磨盘柿和火晶柿。磨盘柿以果实个头大，形状似"磨盘"而得名。磨盘柿以"个大、汁浓、味美"而著称，硬的时候吃，清脆爽甜；熟透了吃，果汁清亮透明，味甜如蜜。磨盘柿不仅食之味美、口感甘醇，而且还有较高的药用价值，《名医别录》中就有"果味甘涩，微寒，无毒，能清湿热，润肺，化痰止咳"的记载。

火晶柿子的外形像西红柿，个小，园园的，皮极薄，据说是河南一带的名种，叫火晶柿子，熟透了之后，晶莹光亮，呈朱红色，和火一样漂亮，而且皮薄无核，肉丰蜜甜。吃的时候，一手捏把儿，一手轻轻掐破薄皮儿，一撕一揭，那薄皮儿便利索地完整地去掉了，现出鲜红鲜红的肉汁，软如蛋黄，却不流，吞到口里，无丝核儿，有一缕蜂蜜的香味儿，凉甜爽口，味道极佳，那种诱惑是难以抗拒的。

柿子除了鲜吃，还可以做成半湿不干的柿饼，柿饼的味道比起新鲜的柿子来更有一番风味，它既保存了柿子温润膏腴的滋味，又增加了些许的甜度，尤其是附着在表面上的那一层白霜让人看了满口生津，咬一口，又筋又甜，浓浓的味道齿颊留香。明代农学家王象晋在《群芳谱》中认为"柿霜既柿饼所出霜也，乃柿中精华，能治疗肺热咳，咽干喉疼，口舌生疮，吐血咯血等症。"

太行山上的每个人家都是做柿饼的高手，先将挑选出的柿子洗净、吹干、去皮后，放在竹席上，令其日晒夜露，待柿子表面干枯起皱，果肉变软时，再一个个压成饼子，这时候的柿子青涩味已经消失，便开始散发出诱人的香甜味道，然后再放进缸里捂，让其自行上一层层白白的霜。等到饼上的霜结得差不多了，从缸内取出来，放在阴凉处摊开风干，直到外面的白霜厚厚的覆盖在柿饼的表面时，才算是真正的美食了。这样做出来的柿饼，不但饼肉柔软，甜而不腻，而且让人品尝一次，便经久不忘。

在太行山还领略到了柿子的另一种吃法，那就是冻柿子。冻柿子原本只能在冬天下雪时才能吃到，现在只要放到冰箱里冻一冻，然后取出来用冷水激一下，也能让你感受到它的美味。吃得时候，把柿子的果蒂摘掉，剥去柿子皮，吸一口如蜜汁的柿肉，闭上眼，口中的那种甘甜与冰爽直浸入灵魂深处。那感觉就像老舍在《骆驼祥子》中描述的"他买了个冻结实了的柿子，一口下去，满嘴都是冰凌！扎牙根的凉，从口中慢慢凉到胸部，使他全身一颤。几口把它吃完，舌头有些麻木，心中舒服。"

由于柿子富含维生素和镁、铁、钾、钠、锰等矿物质，每天吃一个一百克的柿子，可以有效预防动脉硬化、心脏病和中风发作。所以，太行山的山民还将柿子做成柿子粥、柿子醋、柿子酒、柿子酱等等。最有特色的是一种叫柿皮团子的吃食，先将柿子去皮，捏成柿子泥，然后将柿子泥包入擀好的发面皮里，捏成一个个精致的团子，再整整齐齐地摆在蒸笼里，蒸熟即可食用。一口咬下去，嫩滑湿润，香甜可口，面的劲道和柿子的香甜糅在了一起，让人的舌头都打转。

从太行山回来后，那堪称红彤彤的景观一直让我难以忘记。在灰蒙蒙的天空对比下，柿树的枝条都成了深黑色，而树枝丫丫上则鲜鲜艳艳地垂着圆圆的柿子，如同高挂的红灯笼，给人一种灿烂如火的激情，它们与大山一起守护着岁月的沧桑和悠远，守护着山里人的从容由于恬淡。

承德·板栗

　　承德是闻名遐迩的避暑胜地，我去承德的时候错开了高峰期，选择了天高气爽的秋季，却也别有一番滋味。秋日的承德。除去厚重璀璨的历史，古色古香的建筑，它的大街小巷都飘荡着栗子的阵阵香味，让路过的人们停下脚步。那油油的褐色，亮亮的惹人爱，让人顿生食欲，免不了馋涎欲滴，剥一粒放进嘴里，那种甜甜香香的味道，仿佛感受到了秋季果实收获的满足。

　　栗子，又名板栗、大栗、栗果，古人曾美其名曰"天之良果"、"东方珍珠"。栗子有着几千年的种植历史，其身影遍布祖国的大江南北。《诗经》载："栗在东门之外，不在园圃之间，则行道树也"。相比较而言，承德地区的栗子栽培历史更悠久，可追溯至东汉时期，三国时陆玑的《毛诗草木鱼虫疏》中称"五方皆有栗……惟渔阳、范阳栗甜美长味，他方悉不及也"。渔阳即指兴隆县境内，至今，境内尚有且多株百多年历史的古栗树。宽城县境内百年以上的树龄的板栗树多达十万余棵，最古老的栗树植于元大德七年（1303年），至今依然枝繁叶茂，硕果累累，被誉为"中国板栗之王"。

　　承德地区的栗子品种也更多、味道也更美，有红皮栗子、白皮栗子、黑皮栗子、大黄栗子、青熟栗子、一窝峰栗子、双仁栗子等等。特别是兴隆和宽城两县所产的栗子，是国内有名的优良品种，总称为"京东栗子"。京东板栗呈红褐色，果大皮薄，色泽鲜艳、外观整洁、肉色乳白；富含糖、淀粉、蛋白质、脂肪及多种维生素、矿物质，是很多人非常喜欢的佳品。

承德的栗子吃起来嫩而清脆，味道甜美，风味独特，高居食品栗之首，被誉为"中国神栗"。据传康熙途经承德时，正值板栗成熟，食后赞曰："天下美味也"。京东板栗还有较强的医疗保健作用，其味甜性温，入脾、胃、肾，主要功效为养胃健脾、补肾强筋，可以治疗反胃、吐血、腰脚软弱、便血等症，老少咸宜。

在承德，板栗被誉为"铁杆庄稼"、"木本粮食"，是当地居民主要的食物来源之一。承德人将板栗看作是吉祥的象征，在拜师、庆寿、婚嫁等重要时刻，都以栗子相赠，以示祝福。有关板栗的历史传说、民俗礼仪、文学作品不胜枚举，展现出丰富多彩的板栗文化。对于承德人来说，板栗是他们生活中一道必不可少的美味，除去香甜可口的糖炒栗子外，他们会把这一粒粒小家伙们做成各种佳肴各种口味，像魔法般，变出更华丽的花样味道。

栗子的吃法多不胜数，可生吃、可煮、可炒，也用来焖鸡、焖肉等，都很美味。最简单的做法是栗子粥，将栗子去壳，捣碎，和粳米加水同煮，可以养胃健脾，补肾强筋。板栗南瓜饼是一种非常美味的糕点，把板栗、米粉、南瓜混在一起，捏成饼，然后将饼慢慢放入炉中烤着，火必须不疾不徐，翻饼的动作也要不紧不慢，这样出来的成品像螃蟹黄般诱人，栗香浓郁。

栗子可以做菜，最有名的是栗子鸡。鸡切块，栗子去皮壳，待油烧热后，下葱、姜炸出香味，放入鸡块，加料酒、酱油、盐和适量清水烧沸，转小火把鸡块焖至七成熟，放入栗子烧煮，至鸡块、栗子酥烂，转旺火收汁，即可盛出装盘。鸡须是当年小公鸡，栗子要尽量完整。做出来色泽金黄、汤汁浓郁、口感细腻，栗子的浓香和本地土鸡的新鲜完美地融合在了一起，让人大快朵颐。

栗子烧排骨也是一道不错的佳肴，先将新鲜的板栗去壳，然后除去板栗身上的毛皮，放入一只碗中，隔水蒸熟。再将新鲜排骨剁成寸排的样子，用小火焖上二十分钟，捞出来，放在碗中，再将新鲜的红辣椒生姜切成丝备用。将锅内的油烧滚之后，放一点糖，加入排骨、板栗和盐一起翻炒，做这道菜的诀窍在于，火要控制好，不能太大，火太大，容易糊锅。起锅前，加入酱油上色，就可以装盘了，只见一颗颗酱黄色的板栗，分分明明，晶莹透亮。

秋冬万物皆燥，养生关键在于"润其燥"，所以滋润肺腑的食疗汤羹必不可少！栗子龙骨汤就是一款秋季滋养的良汤，汤取材于栗子和龙骨，再加上玉米、胡萝卜一起炖至而成，荤素搭配合理均衡，是一道营养丰富、美味十足、色彩缤纷的美味菜肴。喝起来不但汤汁鲜美清甜、惹人食欲，而且能起到清热润肺、健脾益肾和改善腰酸背痛的作用，是抗衰老、延年益寿的滋补佳品。

栗子除了烹饪外，承德人还研发了真空包装的栗仁、冻干板栗粉等等，远销海内外，让人可以一尝承德板栗的美味。栗子是秋天不可多得的好食物，享有"干果之王"的美誉，搭配荤菜、煲进靓汤、揉进主食和甜品，那种甜丝丝回味无穷的味道，都不会被掩盖。在金秋时节的承德，在口中与板栗相约缠绵，是一件很愉悦的事情，不仅让你感受到金秋收获的味道，也让人有了浓浓的满足感。